Editora Charme

The Law of Opposites Attract #3

AS REGRAS *para* NAMORAR
meu caso de uma noite

AUTORAS BESTSELLERS DO *NEW YORK TIMES*

PENELOPE WARD
VI KEELAND

Este livro é um trabalho de ficção.
Todos os nomes, personagens, locais e incidentes são produtos da imaginação da autora.
Qualquer semelhança com pessoas reais, coisas, vivas ou mortas,
locais ou eventos é mera coincidência.

1ª Impressão 2024

Produção Editorial - Editora Charme
Modelo - Karl Kugelmann
Fotografo - Marq Mendez
Adaptação de capa e Produção Gráfica - Verônica Góes
Tradução - Alline Salles
Preparação e revisão - Equipe Editora Charme

Esta obra foi negociada por Brower Literary & Management, Inc.

CIP-BRASIL. CATALOGAÇÃO NA PUBLICAÇÃO
SINDICATO NACIONAL DOS EDITORES DE LIVROS, RJ

W232r

Ward, Penelope
As regras para namorar meu caso de uma noite / Penelope Ward, Vi Keeland ; tradução Alline Salles. - 1. ed. - Campinas [SP] : Charme, 2024.
400 p. ; 22 cm.

Tradução de: The rules of dating my one-night stand
ISBN 9786559331802

1. Romance americano. I. Keeland, Vi. II. Salles, Alline. III. Título.

CDD: 813
24-93270 CDU: 82-31(73)

Meri Gleice Rodrigues de Souza - Bibliotecária - CRB-7/6439

Editora Charme
www.editoracharme.com.br

Editora Charme

Tradução: Alline Salles

The Law of Opposites Attract #3

AS REGRAS *para* NAMORAR

meu caso de uma noite

AUTORAS BESTSELLERS DO *NEW YORK TIMES*

PENELOPE WARD
VI KEELAND

CAPÍTULO I

Owen

— *Terra para Owen.*

Billie, a esposa do meu amigo, acenou a mão diante do meu rosto.

Pisquei algumas vezes.

— Desculpe, o que você falou?

— Eu não falei nada. — Ela apontou para o meu celular. — Mas você está nessa maldita coisa há meia hora. Estamos em um bar para um happy hour, e você nem sequer notou a mulher que se sentou ao seu lado e estava tentando chamar sua atenção.

Olhei para minha esquerda. O assento estava vazio.

Billie balançou a cabeça.

— Ela já foi faz tempo, amigo. Mas o que tem de tão importante nesse celular?

— Nada, na verdade. Só me atualizando nos e-mails de trabalho.

— Sabe do que você precisa?

— Do quê?

— De uma tatuagem, um piercing no mamilo e algumas doses de tequila.

Dei risada.

— Primeiro de tudo, parece que essa lista está na ordem errada. Eu precisaria da tequila para sequer considerar os outros dois, e teria que ser muito mais do que *algumas* doses para eu ter meu mamilo perfurado. Nunca entendi a fascinação.

Billie deu de ombros.

— É sexy.

— O que é sexy? — Meu amigo Colby voltou do banheiro. Ele envolveu o braço no pescoço de sua esposa. — É melhor estar falando de mim.

— Estou falando de piercing no mamilo.

Colby fez careta.

— Dói pra cacete, cara.

Arregalei os olhos.

— O senhor certinho Colby Lennon fez um piercing no mamilo?

— A esposa gosta. Então por que não?

Balancei a cabeça.

— Nunca pensei que veria esse dia, cara.

Colby bebeu o resto da cerveja em sua caneca.

— Por que vocês dois estão falando de piercings no mamilo, de qualquer forma?

— Owen precisa tirar o nariz do celular. — Billie apontou para o bar lotado. — Este lugar está cheio de mulheres gostosas, e ele está aqui sentado respondendo e-mails.

Por mais que Billie estivesse certa, eu não estava no clima de conversar com mulheres naquela noite. Na verdade, ultimamente, não estive muito no clima. Ninguém despertava meu interesse. Então eu havia mergulhado no trabalho ainda mais do que o normal nos últimos meses.

— Sabe o que você precisa fazer? — Colby perguntou.

— Deixe-me adivinhar... uma tatuagem, um piercing de mamilo e beber algumas doses de tequila?

Colby sorriu.

— Não. Precisa pagar a nossa comanda. Porque a esposinha e eu só temos a babá por mais meia hora, e vou abandonar você para chupar o rosto lindo desta mulher no corredor ao lado antes de termos que voltar para casa.

Eu sorri.

— Pode deixar, cara. Vão se divertir. A gente se fala depois.

Após nos despedirmos, tentei chamar a atenção do bartender para fechar nossa conta, porém ele estava ocupado. Então fui para o banheiro masculino a fim de me livrar de um pouco da tequila e do refrigerante que eu tinha bebido. O corredor que levava aos sanitários tinha uma fila comprida de mulheres esperando, porém o dos homens estava praticamente vazio. Conforme me aliviava, meu celular tocou. Eu o peguei do meu bolso para atender, só para perceber que não tinha sido meu celular fazendo barulho, afinal. O único outro cara que estava lá dentro tinha acabado de sair, então fechei o zíper da calça e andei pelo banheiro masculino vazio, procurando de onde estava vindo o som. Encontrei o culpado na segunda baia, em cima do suporte de papel higiênico.

Celulares custavam mil ou mais atualmente, então imaginei que seria mais seguro entregar o celular ao bartender. Do contrário, algum bêbado poderia guardá-lo no bolso. Mas, antes de eu voltar para o bar, começou a tocar de novo. Pensei que, talvez, fosse o dono ligando para descobrir onde o deixara, então atendo.

— Alô?

— Ãh... quem é? — uma mulher perguntou.

— Aqui é Owen.

— Owen, por que está com o celular de Devyn?

— Acabei de encontrar este celular no banheiro masculino.

— O banheiro masculino de onde?

— Do bar... Polo Place, na Twenty-first.

— Merda. Era com isso que eu estava preocupada. Devyn teve um dia ruim... uma semana ruim, na verdade.

— Ele é fraco para bebida ou algo assim?

— Ele é ela, e sim, ela é bem fraca. Ela precisa de três goles para terminar uma dose, e uma margarita congelada vira líquida quando ela está na metade do drinque.

— Devyn é ela? Encontrei o celular dela no banheiro masculino.

— A fila do banheiro feminino estava longa?

— Na verdade, sim.

— Então ela deve ter ido para o masculino. Devyn *odeia* banheiro público. Assim, espera até o último segundo, achando que consegue segurar até voltar para casa. Então se transforma em uma situação urgente, e ela tem que ir aonde conseguir. Normalmente, é o banheiro masculino nos bares.

— Por que ela odeia banheiro público? É germofóbica ou algo assim?

— Não, ela teve duas experiências ruins. Da primeira, ela era adolescente em um Applebee's. A baia não trancava, então ela a fechou o melhor que pôde. Mas uma bêbada entrou e vomitou no colo dela enquanto ela estava acima do sanitário fazendo xixi.

— Está brincando?

— Não. Queria estar. Ela pulou, mas era tarde demais… coberta de vômito e também acabou fazendo xixi nas roupas quando se levantou.

— Tenho quase medo de perguntar, mas qual foi a outra experiência ruim?

— Ah, outra vez ela estava em um encontro às cegas em um restaurante tranquilo quando teve que usar o banheiro feminino. A mulher ao seu lado, aparentemente, levou o filho ao banheiro com ela. O menininho colocou a cabeça debaixo e a assistiu fazer xixi, e então, quando ele a viu no restaurante, começou a gritar no volume máximo enquanto apontava e exigia saber por que ela não tinha pelo na perereca dela.

Dei risada.

— Isso é bem engraçado.

— Para nós, sim. Para ela... não tanto. Mas isso basicamente resume o tipo de sorte que minha amiga tem. Ultimamente, está ainda pior.

Eu não fazia ideia do porquê, mas fiquei curioso.

— O que aconteceu recentemente?

— Ela tem uma mãe de merda que joga os problemas dela nela. E tem esse cara por quem ela está apaixonada há anos que a enrola. Nem vou começar a falar dos irmãos infernais que ela acredita serem anjos. Tenho praticamente certeza de que eles são filhos de Satã.

— Sinto muito por ouvir isso.

— Sente mesmo? — a mulher perguntou.

Pensei nisso.

— É, sinto. É péssimo ter pais ruins e ser enrolada.

— Você parece um cara legal. Qual é seu nome mesmo?

— Owen. Qual é o seu?

— Mia. — Ela pausou. — Olhe, agora que somos amigos, se importaria de procurar minha amiga pelo bar? Assim, você pode devolver a ela o celular, e eu também posso me certificar de que ela esteja bem.

— Posso fazer isso, sim. Mas este lugar está bem lotado. Pode me dar uma ideia de como ela é?

— Cabelo ruivo ondulado e comprido. Pele clara com olhos verdes. Ela é baixinha, mas curvilínea. Meio que parece que saiu dos anos setenta... tem uma *vibe* boho-chic, tipo Stevie Nicks na época, mas ainda mais gostosa.

Analisei o lugar, porém ninguém chegava perto dessa descrição.

— Desculpe, não a estou vendo.

A mulher suspirou.

— Deixe-me enviar uma foto. Se estiver escuro aí dentro, você pode não perceber que o cabelo dela é ruivo. Espere um pouco. Vou mandar para o celular dela. Estou sempre gritando com ela por não ter uma senha, mas, desta vez, é bom para nós.

Alguns segundos mais tarde, o celular na minha mão apitou. Abri a mensagem, e surgiu uma foto. Correndo o risco de parecer um idiota completo, meu coração parou um pouco de bater. A mulher era linda, mas era mais do que isso. Sua cabeça estava jogada para trás na gargalhada, e... Eu tive o desejo mais louco de querer descobrir qual era o som dela.

— Uau — eu disse. Mas ainda estava encarando a foto no celular, não segurando o celular no ouvido. Tinha me esquecido totalmente de que estava falando com alguém. Até ouvir a voz de Mia ao longe.

— Alô? Owen, ainda está aí?

— Merda. — Ergui o celular ao ouvido. — Desculpe. Demorou um minuto para a foto abrir.

— Ah, certo. Imaginei que estivesse ocupado babando. É isso que os homens costumam fazer quando veem Devyn.

Franzi o cenho. *Ótimo.*

Deixei de lado os pensamentos ridículos de ciúme e analisei o lugar de novo.

— Vou dar uma volta pelo bar, ver se consigo dar uma olhada melhor.

Me apertando por entre a multidão que sobrou do happy hour que estava agora se sentindo *realmente* feliz, dei a volta no bar. Eu estava prestes a desistir e dizer para Mia que deixaria o celular da sua amiga com o bartender, quando vi a mulher da foto.

E aconteceu de novo. *Uma segunda parada no coração.* Embora, desta vez, eu tenha percebido que, provavelmente, devia ser só porque eu havia tomado café demais hoje. Cafeína pode provocar palpitações. Meu coração *não* estava palpitando por um vislumbre de uma mulher aleatória. Ultimamente, não acontecia isso nem quando alguém me convidava para ir para casa junto.

Abri caminho por entre um grupo de hipsters bebendo *Moscow mule* em canecas de cobre para olhar o cara com quem ela estava conversando.

Merda. *Evan Cooper* — ou mais conhecido, em meu círculo de amigos, como *McOtário*. O cara era um completo babaca.

— Algum sinal? — Mia perguntou pelo celular.

— Sim, acho que a encontrei.

— Ah, que ótimo!

— Mas… ela está meio que flertando com um cara de quem não sou fã.

— Aff. Deixe-me adivinhar. Ele é bonito, mas mulherengo. Provavelmente parece uma estrela de cinema, do rock ou algo assim?

— Como sabia disso?

— Porque minha amiga é maravilhosa, no entanto, tem um péssimo gosto para homens.

— Esse cara é bonito, até eu admito. Ele poderia se passar por irmão de Jared Leto. Mas é um puta de um mentiroso. Fala para as mulheres que tem uma franquia de restaurantes fast-food quando, na verdade, ele trabalha no McDonald's.

Mia suspirou pelo celular.

— Sim, deve ser isso mesmo.

— Quer ficar na ligação enquanto vou até lá e entrego para ela?

— Seria ótimo. Muito obrigada, Owen.

— Certo, espere um pouco.

Fui até o canto onde McOtário e Devyn estavam juntos, porém parei de repente quando Devyn jogou a bebida na cara dele. McOtário colocou as mãos nos ombros dela e a empurrou, e eu me forcei entre o resto das pessoas para chegar até eles.

— Que porra está havendo aqui? — gritei.

McOtário ergueu as mãos no ar.

— Essa puta acabou de jogar bebida em mim.

— É, e eu vi você empurrá-la. Não se encosta em uma mulher. Não ligo se ela cuspir na sua cara.

— E isto é da sua conta, Dawson?

Dei um passo na direção dele, ampliei meus ombros e olhei para baixo por cima do nariz. McOtário era uns quinze centímetros mais baixo do que meu um metro e oitenta e sete e esguio; eu o quebraria na metade.

— Estou fazendo ser da minha conta. Agora peça desculpa e dê o fora daqui.

— Não vou me desculpar.

Dei outro passo, invadindo seu espaço pessoal.

— Então você tem ainda menos tempo para dar o fora daqui, Cooper.

McOtário resmungou, porém se virou e se afastou. Mas não consegui me conter.

— E não volte sem uns dez nuggets de frango para mim! — adicionei.

Observei conforme ele passou furtivamente pela multidão, me divertindo comigo mesmo. Entretanto, quando me virei de volta, a mulher *não* estava se divertindo muito.

— Você acha isso engraçado? Um cara colocou as mãos em mim e você está rindo?

— *Uou*. Não acho engraçado o que ele fez. Você entendeu errado.

— Só saia daqui. Não preciso de mais *babacas* me batendo esta noite.

Recuei o pescoço.

— Babacas?

— Isso mesmo. Vocês são todos iguais. Só querem uma coisa.

Balancei a cabeça. Ali estava eu ajudando, e essa mulher me xingando.

— Não se preocupe, docinho. Não quero nada de você. Você não faz meu tipo.

Me virei para me afastar e, então, percebi que ainda estava com o celular dela na mão. Não sabia se a amiga dela tinha desligado ou não, mas joguei o celular no balcão do bar.

— Ah, e de nada por salvar sua pele *e* devolver seu celular. Tenha uma boa noite.

Definitivamente, não havia palpitação em meu peito quando voltei para o outro lado do bar. Eu estava *puto*. Teria ido direto para a saída, contudo, ainda tinha que fechar minha conta. Assim, voltei para onde estivera com meus amigos e fiquei fervilhando enquanto aguardava o bartender vir. Pelo menos não tive que esperar muito.

— Ei, pode fechar minha conta, por favor? — perguntei quando ele se aproximou.

— Claro.

— Na verdade... pode me dar uma dose de tequila antes de você fechar? Acabei de ser xingado por tentar ajudar alguém.

O bartender sorriu. Pegou uma garrafa de tequila e um copinho de dose.

— Sem problema. — Ele serviu e deslizou o copo para meu lado do bar. — Esta é por minha conta. Já volto em um minuto com seu recibo.

Ergui a dose aos lábios e olhei para o outro lado do bar. A mulher estava agora no celular e olhando na minha direção. Balancei a cabeça e bebi toda a dose. Alguns minutos depois, eu estava assinando o recibo do bar quando senti alguém ir até o meu lado.

— Então *qual é* o seu tipo? — uma mulher perguntou. Sua voz estava brincalhona e simpática.

Olhando para cima, encontrei a última pessoa que esperava falar docemente comigo — Devyn, a mulher que tinha acabado de brigar comigo. Peguei meu cartão de crédito e o guardei de volta na carteira, sem me incomodar em lhe fazer a cortesia de olhar para ela enquanto falava.

— Meu tipo? Mulheres que não me chamam de babaca por tentar ajudar, para começar.

— Vim para dizer que sinto muito mesmo pelo que aconteceu. Minha adrenalina estava no máximo, e estive brava demais com o mundo esta semana. Não deveria ter descontado em você.

Ela parecia sincera, então arrisquei um olhar para ela e... *th-thump.*

Caralho. Que porra é essa?

Apesar de já ter acontecido mais cedo, me pegou desprevenido. Eu a encarei, tentando descobrir o que estava acontecendo. Mas ela deve ter entendido meu silêncio como se eu não estivesse aceitando suas desculpas.

— Posso te pagar uma bebida, pelo menos? — ela perguntou. — Me sinto péssima. Minha amiga Mia me contou como você se esforçou para me encontrar e me devolver meu celular. Ela disse que você parecia ser um cara legal. Estraguei tudo.

Eu estava hesitante. Drama *não* era minha praia. No entanto, os olhos daquela mulher eram hipnotizantes, e eu não me sentia atraído por ninguém há tempos. Ainda assim, uma bandeira vermelha era uma bandeira vermelha...

Mas, então, ela sorriu. E quase me cegou. Resplandecente. Radiante. Magnífico.

E, de repente, sou o rei dos adjetivos.

Ela piscou sedutoramente para mim.

— Só uma bebida?

Assenti.

— Claro. Só uma.

Famosas últimas palavras...

CAPÍTULO 2

Owen

Minha cabeça estava nas nuvens naquela semana.

Pela primeira vez em minha carreira, eu tinha levado alguém à propriedade errada. Também havia perdido uma conta para um concorrente. E me atrasara para encontrar clientes inúmeras vezes. Eu não iria conseguir ser um dos melhores corretores de imóveis de luxo da cidade trabalhando dessa forma; isso era certeza.

Mas eu sabia exatamente o que tinha de errado. Nos últimos dias, estivera obcecado por uma das melhores e piores noites da minha vida — a noite em que eu conhecera a mulher maravilhosa do cabelo ruivo no bar. Também foi a noite em que ela... me deixou sozinho. Há uma primeira vez para tudo, certo?

Como pude deixá-la ir embora assim? Mas o que era para eu fazer? Correr atrás dela? Não sou assim. Owen Dawson não persegue mulheres. As mulheres me perseguem e, na maior parte do tempo, não tenho interesse nelas. Mas fazia três dias desde meu encontro naquele quarto de hotel com Devyn, e eu não tinha conseguido parar de pensar nela. Era irônico que, depois de meses — esqueça, anos — sem estar sentindo uma maldita coisa por ninguém, a primeira pessoa a acender alguma coisa dentro de mim tinha resolvido fugir como o diabo corre da cruz imediatamente depois.

Nada disso fazia sentido. Devyn e eu havíamos nos entretido em uma conversa estimulante, compartilhado muitas risadas e, quando saímos do bar juntos, eu estava certo de que era o início de algo potencialmente épico. Tínhamos ido para o hotel mais próximo, só alguns imóveis para o lado, porque não parecia que conseguiríamos esperar o suficiente para escolher um lugar mais longe. Esse era o quanto nossa química estava em combustão. E o que aconteceu assim que ficamos atrás daquelas portas fechadas poderia somente ser descrito como euforia.

Ainda assim, tudo que eu tinha era seu primeiro nome e a lembrança de seu gosto, cheiro e do quanto foi bom me enterrar profundamente nela.

Já tinha transado com mulheres por uma só noite, mas nunca com uma com que eu desejara poder fazer o tempo ir mais devagar para garantir que eu não perdesse um único instante. Foi exatamente assim que me senti com ela — mesmo antes de transarmos. Essa é a questão: não era *somente* sexo. Era *tudo*. E eu quisera mais do que somente uma noite. Em nenhum momento havia pensado que ela fugiria sem me dar seu número. Devyn era como a Cinderela, só que ela não deixou para trás um maldito sapato — nem uma pista. Nem uma única coisa além de seu primeiro nome.

— Desculpe.

Foi só isso que ela disse antes de me deixar naquele quarto de hotel — sem palavras, com meu pau ainda duro.

Desculpe pelo quê? Foi o melhor sexo da minha vida e, mesmo que eu nunca mais a visse, ainda estava grato por isso ter acontecido. Eu não teria trocado por nada. Então, com certeza, não havia nada por que se desculpar. Aquela noite tinha me tirado de uma seca muito longa. Eu havia pensado que estava estragado porque nada, certamente nenhuma mulher, tinha me estimulado em uma eternidade.

Talvez, um dia, eu contasse a história para os caras, mas precisava superá-la primeiro. Apesar de eu ter certeza de que, pelo menos, um deles iria saber só de me olhar que havia algo errado.

Meus três melhores amigos e eu éramos donos do prédio de quarenta apartamentos em que todos morávamos na cidade de Nova York. Colby era o mais velho do bando. E tinha sido o maior playboy de todos nós por muitos anos, até finalmente conhecer o amor da sua vida, Billie. Holden era baterista em uma banda e tinha sido bem mulherengo, até ficar com a irmã do nosso amigo Ryan, Lala. Brayden, provavelmente, era de quem eu era mais próximo da nossa turma, e éramos os únicos solteiros ainda. Todos nós palpitávamos constantemente na vida um do outro. Éramos mais como irmãos e, tipicamente, contávamos tudo uns para os outros. Sério, se um de nós peidasse, os outros saberiam disso do outro lado do prédio.

Mas, se soubessem sobre *isto*, com certeza, pegariam no meu pé. Mas não sei se conseguiriam me repreender ainda mais do que eu mesmo estava me repreendendo no momento.

Uma batida à porta do meu apartamento interrompeu meus pensamentos.

Abri.

Brayden entrou, com o cheiro de seu perfume Polo preferido.

— Estamos todos indo para o hospital para ver o novo bebê. Você vem?

Holden e Lala tinham acabado de ter seu primeiro filho. O quinto membro da nossa turma, Ryan — irmão mais velho de Lala —, tinha falecido de leucemia quando tínhamos vinte e poucos anos. Tínhamos usado a herança que ele nos deixou para comprar esse prédio. Ele não estava mais fisicamente ali, mas seu espírito nunca nos deixara.

Eu estivera tão nas nuvens que quase me esquecera do plano de visitar a bebê Hope.

— Vou sim — disse a ele. — Mas vou encontrar vocês lá. Tenho que cuidar de umas coisas primeiro.

Brayden pareceu cético.

— Tipo o quê?

— Holden me deu uma lista de coisas para fazer na ausência dele, e há uma coisa que estou adiando. Quero poder dizer a ele que está tudo sob controle e que completei tudo da lista de afazeres. Então vou fazer isso antes de ir para lá.

— O que é?

— É aquela família do 410. Aquela mulher, Vera, com os dois adolescentes bagunceiros... os que chamamos de Frick e Frack. Houve mais reclamações de barulho em relação a esse apartamento ultimamente. Temos que enviar uma advertência que, se não parar, eles serão despejados.

— Ixi. Vai ser divertido.

— Sim. — Ergui a sobrancelha. — É por isso que estou adiando. Está a fim de fazer as honras por mim?

— Não. Você é melhor nessas coisas. É o maldoso de todos nós.

Provavelmente, isso era verdade.

— Valeu.

— Sem problema. — Ele fez careta, então olhou mais atentamente para mim, inclinando a cabeça para o lado. — Você está bem?

Meu lábio se ergueu.

— Sim. Por quê?

— Não sei. Parece... preocupado, talvez?

— Não — menti. — Estou bem.

Ele semicerrou os olhos.

— Certo. Se você diz.

Após Brayden ir embora, subi para o 410, sem saber como abordar isso. Tudo que eu sabia sobre a mulher que morava lá era que ela era mãe solo. Eu tinha empatia por ela em relação a isso; não devia ser fácil lidar com aqueles garotos. Mas ela nunca respondeu nem fez nada quanto a todas as outras advertências que havíamos enviado nos últimos meses. Eu sabia que nem sempre era possível controlar adolescentes, no entanto, os outros moradores também não conseguiam tolerar muita coisa.

Respirei fundo antes de bater à porta dela.

A porta se abriu.

— Enfim, já era hor... — Ela pausou.

Ãh?

Senti como se o ar tivesse fugido do meu corpo. Na verdade, acho que eu estava delirando, porque a mulher diante de mim *não* era a senhora que morava naquele apartamento com os filhos.

Não mesmo.

Mas eu conhecia essa pessoa.

Eu conhecia essa beleza intimamente. Só nunca pensei que a veria de novo.

O que ela está fazendo aqui?

Praticamente sem palavras, emiti:

— Devyn?

Ela balançou a cabeça.

— Não. Desculpe.

A porta bateu.

— *Desculpe.*

Essa foi a última coisa que ela tinha me falado antes de me deixar no hotel, e agora era a última coisa que tinha dito antes de fechar a maldita porta na minha cara.

Pense.

Pense.

O que eu faço?

Meu orgulho me venceu. Resolvi não bater de novo. *Foda-se.* Eu não era de bajular nem de insistir. Não sabia se ficava puto ou confuso no momento.

Claramente, ela não queria me ver. Mas eu tinha um trabalho a fazer nesse lugar, e ela nem era a pessoa com quem eu precisava falar. *Ela é a babá?* Devia ser.

Eu iria precisar de um tempo para pensar em como abordar as coisas.

Isso tinha mesmo acabado de acontecer ou eu estava no meio de um sonho zoado?

Depois de sair do hospital, optei por andar as muitas quadras de volta ao prédio a fim de clarear a mente.

Eu não estivera planejando falar nada para Holden quanto ao que tinha acontecido antes da visita. Entretanto, quando ele apontou para a minha expressão, acabei contando tudo. Brayden ouviu parte dessa conversa — só sobre uma mulher misteriosa no prédio, não que eu havia transado com ela.

Brayden admitiu que tinha visto essa mulher pelo prédio nos últimos dias, porém não fazia ideia de quem ela era nem de que estava morando no 410. Como *eu* consegui não a perceber? Mas, mais do que isso, quem era Devyn? Por que ela estava morando naquele apartamento problemático? Será que era, de fato, a babá? Aqueles dois baderneiros eram velhos demais para uma babá, não eram? Pensei que teria ajudado ter alguém cuidando deles com os estragos que causaram.

Quando voltei ao meu apartamento, peguei uma cerveja da geladeira para relaxar. Bebi quase metade dela antes de deixá-la no balcão, reunir coragem e voltar para o 410.

A adrenalina me percorreu conforme andei pelo corredor e entrei no elevador. Até onde eu sabia, Devyn nem estava mais lá. Talvez seu turno tivesse acabado, e ela tivesse voltado para casa. No entanto, eu ainda não havia dado a advertência que era para dar, e que precisava acontecer independente de ela estar ou não lá.

Pelo menos essa era a desculpa que eu havia dado a mim mesmo do porquê estava voltando.

Quando cheguei ao 410, hesitei por alguns segundos e me incentivei a bater. Enfim, me obriguei a colocar os nós dos dedos na porta.

Toc.

Toc.

Toc.

Alguns minutos se passaram sem resposta. Talvez não tivesse ninguém em casa? Mas meu instinto me dizia que uma certa ruiva poderia estar me ignorando de propósito de detrás da porta. Eu estava prestes a me virar quando a porta se abriu finalmente.

Os olhos lindos de Devyn pareciam cansados, o brilho despreocupado da noite em que eu a tinha conhecido não estava em nenhum lugar. Imaginei que nos deparar um com o outro mais cedo a havia agitado tanto quanto tinha me agitado. E agora ela parecia simplesmente tão sem palavras quanto eu.

Ficamos lá por, provavelmente, dez segundos, só olhando um para o outro. Mas, a cada instante que passava sem ela bater a porta na minha cara de novo, me sentia um pouco menos tenso.

Era uma vitória.

— O que está fazendo aqui? — ela finalmente perguntou.

Por mais estressada que aparentasse estar, Devyn estava linda demais. Eu queria segurar seu rosto, trazer sua boca à minha e prová-la de novo. Em vez disso, me lembrei de que ela parecia não querer mais nada comigo.

Cruzei os braços.

— Primeiro, me diga por que bateu a porta na minha cara mais cedo.

— Como me encontrou?

— Te *encontrei*?

Ah, porra.

Talvez porque minha cabeça estivesse nas nuvens nos últimos dias, nunca tinha pensado que ela poderia achar que eu a estava *perseguindo*. Na verdade, isso meio que me ofendeu um pouco.

— Eu não estava procurando você, Devyn. Depois do jeito que foi embora do hotel na outra noite, entendi sua mensagem bem claramente. Acredite em mim, não sou um perseguidor.

— Então o que está fazendo aqui?

— Este prédio é meu.

Ela arregalou os olhos.

— Você é o dono?

— Sim. Estava vindo falar sobre uma reclamação de barulho com a mulher que mora aqui.

A expressão de Devyn suavizou.

— Você não sabia que eu estava aqui?

Olhei profundamente em seus lindos olhos verdes.

— Não sabia, não.

— Eu... — Ela balançou a cabeça, olhando para os pés. — Deus, me desculpe.

— Sabe, você fala bastante isso.

Devyn olhou para cima.

— Falo o quê?

— Pede desculpa.

— Eu... — Ela hesitou. — Jesus, quase falei de novo. — Ela engoliu em seco. — Estou nervosa.

Ela está nervosa?

— Não fique — disse a ela, tentando soar confiante. — Não tem por que ficar nervosa. Estou entendendo a situação a cada segundo que passa... exatamente como você. Quando veio até a porta mais cedo, fiquei chocado. Você pareceu chateada antes de bater a porta na minha cara, então não insisti. Mas eu sabia que precisava voltar. Tenho um negócio oficial aqui, então não poderia simplesmente deixar as coisas assim. — Suspirei. — Posso entrar um instante?

Ela assentiu e foi para o lado. Entrei e encontrei o apartamento bagunçado, com um monte de roupa para dobrar no sofá e pilhas de livros espalhadas pelo chão.

Conforme ficamos frente a frente na sala de estar, nossa química ainda era palpável. Não havia diminuído nem um pouco — para mim, pelo menos — desde a outra noite, apesar da diferença nas circunstâncias. Queria dizer a ela como foi incrível o tempo que passamos juntos, e como eu estava feliz em vê-la de novo. Mas não saía nada. E continuei segurando tudo porque sua linguagem corporal me dizia que ela não iria se abrir para ouvir nada disso. Sua postura estava rígida, sua respiração, difícil. Essa mulher era cautelosa — camadas e camadas de armadura virtual.

— Como eu estava dizendo... — Pigarreei. — Vim aqui porque recebemos reclamações de outros moradores sobre barulho em relação a este apartamento. Os dois adolescentes que moram aqui têm sido um problema no prédio há um tempo. Mas, ultimamente, chegou ao ponto em que precisamos tomar uma atitude quanto a isso. Cadê a mulher que mora aqui... Vera Marks?

— Ela não está aqui.

— Onde ela está?

— Na verdade, não sei — Devyn murmurou. — Ela foi embora.

— Você que está cuidando dessas crianças? Quanto ela está te pagando? É melhor ser uma fortuna.

— Ela não está me pagando.

— Nada? — Franzi minhas sobrancelhas. — Como isso é possível?

Devyn olhou para o nada por um instante.

— Heath e Hannah são meus irmãos.

Senti meus olhos se arregalarem.

— Vera Marks é sua mãe?

— Se quiser chamá-la assim... — Ela revirou os olhos. — Ela me pariu, sim. Só isso.

Me lembrei da amiga de Devyn, Mia, me contando que a mãe de Devyn era péssima. Então, compreensivelmente, havia um pouco de hostilidade aqui — provavelmente uma longa história que eu não ouviria hoje, ou talvez nunca. Não queria bombardeá-la com perguntas enquanto ela ainda estava superando o choque de eu aparecer do nada. Mas minha curiosidade era infinita.

O que a tinha levado ao bar na outra noite?

Por que ela saiu correndo do hotel?

O que a mãe dela fez para ela?

Ela morava em Nova York?

Há quanto tempo ela estava nesse apartamento?

Antes de eu conseguir pensar no que dizer em seguida, a porta se abriu e Frick e Frack entraram. Os irmãos estavam no início da adolescência, e o garoto parecia um pouco mais velho do que a garota. Talvez tivessem quinze anos. Não conseguia acreditar que aqueles meninos infames, os quais agora eu conhecia como Heath e Hannah, eram irmãos de Devyn.

— Tem uma mulher estranha no elevador que estava nos incomodando agora mesmo — o garoto disse. Ele tinha cabelo castanho, longo e desgrenhado que praticamente cobria seus olhos, e usava uma camiseta vintage de Def Leppard.

— Ela era assustadora e estava nos pedindo dinheiro — sua irmã adicionou.

— Achamos que ela não mora no prédio. Nunca a vimos.

Heath apontou para o corredor.

— É melhor você verificar.

Corri pelo corredor até o elevador. Quando as portas se abriram, entrei em pânico ao ver uma mulher com cabelo loiro comprido, deitada sem vida no chão.

Meu coração acelerou. *Porra!*

Quando me abaixei para encostar nela, percebi que o corpo era de plástico, e seu cabelo havia saído da cabeça.

É um manequim.

É a porra de um manequim.

Cerrei os dentes e o arrastei do elevador, me apoiando na parede no corredor.

Me virando, eu estava pronto para voltar correndo para o apartamento, porém os irmãos estavam bem atrás de mim com seus celulares na minha cara. Pareceu que tinham gravado todo o trote. E agora que o segredo deles tinha sido descoberto, estavam rindo abertamente de mim.

Eu estava prestes a arrancá-los dos babacas, mas então vi Devyn parada atrás deles, sem nem um sinal de sorriso no rosto. Claramente, ela estava sobrecarregada e tinha pouquíssimo controle dessas crianças. Eu não queria parecer um idiota, então, em vez de gritar para Frick e Frack, forcei uma risada — mesmo que não estivesse me divertindo com isso.

Devyn os repreendeu.

— De onde tiraram esse manequim?

— Roubamos da Macy's — a menina respondeu. — Saímos andando com ele.

Devyn apontou para trás dela.

— Entrem agora no apartamento e vão se lavar. Vocês dois!

Eles desapareceram, deixando Devyn e eu parados frente a frente no corredor.

Meu peito subia e descia conforme eu ficava ali parado, dividido entre a raiva e me sentir como um cachorro no cio por causa dessa mulher linda. Mais do que qualquer coisa, eu queria envolver meus braços nela e garantir a ela de que o que quer que estivesse passando no momento iria melhorar.

— Tenho que ir — ela finalmente disse, virando-se na direção do apartamento.

Eu a segui.

— Devyn, espere. É melhor conversarmos.

Ela se virou e balançou a cabeça, com arrependimento nos olhos.

— Não posso mesmo.

— Entendo que você está ocupada. Não quero dizer esta noite.

— Acho que não, Owen. — Ela andou de costas. — Desculpe.

Se eu ganhasse um centavo para cada vez que essa mulher se desculpava para mim...

Devyn voltou ao apartamento — e fechou a porta na minha cara.

De novo.

CAPÍTULO 3

Owen

— O que está havendo? Aconteceu alguma coisa? — Dois dias depois, passei pela porta da frente do prédio após o trabalho e encontrei um saguão cheio de policiais.

— Você mora aqui? — o mais alto do grupo perguntou.

Assenti.

— No segundo andar. Também sou um dos proprietários.

— Sou o oficial Wells. — Ele gesticulou para outro policial, que se aproximou para se juntar a nós. — Este é meu parceiro, oficial Tambour. Uma das moradoras do prédio chegou em casa e interrompeu um roubo em seu apartamento... o nome dela é sra. Unger.

— Merda. Ela está bem?

O policial assentiu.

— Está bem. O autor era um garoto. Nós o encontramos no telhado. A única coisa que ele tinha era um dos gatos dela. Um tipo Persa caro, aparentemente. Ele foi vandalizado.

Minhas sobrancelhas se uniram.

— O *gato* foi vandalizado?

— Sim. Era branco. Agora está tingido de listras pretas e alaranjadas. Meio que parece um tigre.

Fechei os olhos. Um adolescente que roubou um gato para pintá-lo?

Eu tinha uma boa ideia de quem era o autor.

— Sabe o nome do garoto que fez isso?

O policial balançou a cabeça.

— Ele não falou. Com exceção de chamar meu parceiro de porco.

Jesus Cristo.

— Ele ainda está no prédio?

— Está a caminho da delegacia para ser fichado.

Merda.

— Certo. Posso subir para o meu apartamento?

— Claro. Sairemos em alguns minutos.

Em vez de apertar o botão dois no painel do elevador, apertei o botão para o quarto andar. Eu não tinha certeza se Devyn estava em casa, mas imaginei que Heath não estava... já que, provavelmente, ele estava a caminho da *cadeia*.

Bati à porta da unidade 410 e aguardei, porém ninguém atendeu. Eu estava prestes a ir embora quando ouvi alguém fungando do lado de dentro. Então bati de novo, desta vez mais alto.

— Devyn? Está em casa? É importante.

Não foi Devyn que abriu a porta; foi Hannah... a mais nova da dupla adolescente Bonnie-e-Clyde.

Coloquei as mãos na cintura.

— Não me ouviu bater da primeira vez?

— Pensei que fosse outra pessoa.

— Tipo quem? Os *policiais*, talvez?

Hannah se inclinou para a frente e colocou a cabeça para fora da porta, olhando para a esquerda e para a direita.

— Eles estão aqui?

— Não neste andar, mas estão lá embaixo.

— Pegaram Heath?

Suspirei.

— O que ele estava fazendo invadindo o apartamento da sra. Unger?

— Nós não *invadimos.* Ela deixou a porta aberta. Ela *sempre* deixa a porta aberta.

— *Nós?* Então você fez parte disto também?

Hannah apertou os lábios.

Balancei a cabeça.

— Sua irmã está em casa?

— Não.

— Onde ela está?

— Como vou saber?

Jesus, essas crianças não são fáceis.

— Você precisa ligar para ela e contar o que está acontecendo.

Hannah cruzou os braços à frente do peito.

— Não sou dedo-duro.

— Eles levaram seu irmão para a *cadeia,* Hannah. Ele precisa de ajuda.

Seus olhos se arregalaram.

— Para a cadeia? Por pintar um gato com spray? Nem é permanente. O negócio temporário é mais barato.

Apontei para o celular na mão dela.

— Ligue para sua irmã.

— Já liguei. Ela não atende.

Balancei a cabeça. Por que ela teve que dificultar para mim se já tinha ligado?

— Deixou mensagem para ela?

— Sim, mas ela não ligou de volta.

Suspirei.

— Certo. Me conte exatamente o que houve, e vou ver o que posso fazer.

— Descemos para o terceiro andar para tocar a campainha e correr, mas, quando saímos do elevador, aquela mulher velha que mora no apartamento da ponta estava com a porta aberta. O gato com cara de fresco dela saiu. Então nós o *pegamos emprestado*.

Pegaram emprestado.

— Certo, e depois?

— Eu falei que o gato andava igual a um tigre. E Heath disse para o transformarmos em um. Então trancamos o gato em nosso apartamento enquanto fomos à loja e compramos tinta de cabelo laranja e preta. Quando terminamos, a porta da velha ainda estava aberta. Ela nem percebeu que seu gato precioso tinha sumido. Heath queria filmar a reação dela quando visse a pintura, então ele entrou com o gato. Não era para ele ter sido pego.

— Tenho certeza de que as cadeias estão cheias de pessoas que *não eram para ter sido pegas.*

— Pode ajudar Heath? Foi só uma brincadeira.

A sra. Unger tinha mesmo o hábito de deixar a porta aberta para que seus gatos pudessem entrar e sair e passear pelo corredor, então a história parecia plausível. Eu não sabia se havia algo que pudesse fazer, mas imaginei que pudesse tentar.

Apontei o dedo para Hannah.

— Fique aqui. Não saia nem cause mais problema.

A menina revirou os olhos.

— Que seja.

— É, por nada.

Desci as escadas para o terceiro andar, para o apartamento da sra. Unger. Eu não fazia ideia do por que estava me envolvendo nessa confusão, mas bati à porta, de qualquer forma.

Ela abriu, segurando seu gato *vandalizado* no colo. Eu não ia falar, mas eles tinham feito um trabalho muito bom com as listras. Parecia um tigre mesmo.

— Oi, sra. Unger. Como está?

— Já estive melhor. — Ela franziu o cenho. — Uns bandidos torturaram meu pequeno Snowball.

— Fiquei sabendo. É disso que vim falar com a senhora.

— Poderíamos ter fechaduras melhores em nossas portas.

Mordi a língua em vez de dizer "A senhora teria que fechar a porta para aproveitar o benefício das fechaduras".

— É uma boa ideia. Vou pesquisar. Mas esperava que pudéssemos conversar sobre o garoto que tingiu o pelo do Snowball.

— O que tem ele?

— Bom, há alguma chance de eu conseguir convencer a senhora a não prestar queixa? Conheço a família. Ele não é um garoto ruim, só está meio que rebelde.

A sra. Unger não parecia ter muita empatia, então apelei.

— A mãe dele foi embora. Ela o deixou com a irmã mais nova, sozinhos. Eles têm feito coisas idiotas e filmado, tentando chamar atenção de alguém porque não têm atenção em casa.

Sua expressão suavizou.

Quem sabe? Talvez tivesse alguma verdade no que eu estava tirando da minha bunda. Parecia que a sra. Unger estava acreditando, então continuei.

— O garoto ama gatos. Ele usou a tinta de cabelo temporária porque é mais gentil. Não quis machucar. Só foi um jeito idiota de chamar atenção.

— Não sei...

Precisou de mais quinze minutos e de eu me comprometer a lavar a tinta do pelo de Snowball mais tarde, mas a sra. Unger, enfim, concordou em não prestar queixas. Eu sabia que a polícia poderia seguir com o caso sem ela se eles quisessem mesmo, no entanto, normalmente, deixavam quieto se não tivessem a colaboração da vítima — a menos, claro, que quisessem fazer alguém de exemplo. *Merda.* Como talvez um pivete mal-educado que chamou um policial de *porco* e precisava aprender uma lição.

Havia uma boa chance de Heath estar cavando sua própria cova naquele exato instante, então imaginei que seria melhor ir até a delegacia. No caminho, liguei para o meu pai. Agora ele estava aposentado, porém tinha sido policial da Filadélfia por trinta anos, os últimos quinze como detetive. Quis pedir conselho, mas ele ofereceu algo melhor — fazer uma ligação para a delegacia e ver o que poderia fazer. Ele tinha um monte de amigos no departamento dos anos de forças-tarefas conjuntas.

Entrei na delegacia local e fui direto para a recepção.

— Oi, estou procurando Heath... — *Merda. O sobrenome do menino é o mesmo de Vera?* — Humm... Ele tem uns quinze anos e foi trazido há uma hora, talvez.

O cara ergueu o queixo.

— Você é o filho de Frank Dawson?

Sorri.

— Sou, sim.

— Foi esperto em ligar para seu pai. Esse garoto é realmente um pé no saco. Você tem sorte de eu gostar de colecionar favores. — Ele balançou a cabeça. — Liguei para a vítima. Ela não quer prosseguir. Então vamos deixá-lo ir... por enquanto. Mas, acredite em mim, esse garoto vai voltar para cá se nada mudar.

— Muito obrigado, oficial. Eu agradeço mesmo.

— Vou ligar e pedir para o trazerem para você. Pode demorar alguns minutos.

— Ótimo. Muito obrigado.

Alguns minutos se transformaram em quase uma hora. Acho que eles não contaram para Heath quem tinha vindo tirá-lo de lá, porque ele pareceu bastante surpreso ao me ver.

— O que você está...

Ergui a mão e o fiz parar.

— Vamos conversar lá fora. E por *vamos conversar*, quero dizer que *eu vou falar* e você vai ouvir.

Heath franziu o cenho, mas assentiu.

O policial da recepção ergueu o queixo de novo.

— Boa sorte com esse aí.

Quando saímos na rua, andei alguns metros da delegacia e me virei para encarar Heath.

— Que porra estava pensando?

— Pensei que isso daria muitas visualizações.

— Primeiro... — Estendi a mão. — Me dê seu celular.

— Para quê?

— Vou apagar o vídeo que você fez. E, se dificultar para mim, vou te levar de volta para aquela delegacia. Tive que convencer a sra. Unger a não prestar queixas. E fiz meu pai, que é um policial aposentado, ligar para pedir um favor.

Heath entregou o celular. Apaguei o vídeo e o devolvi.

— Vai contar para minha irmã? — ele perguntou.

— Claro que vou contar para Devyn. Ela é responsável por você.

O garoto franziu o cenho, mas não falou nada.

Assenti na direção da estação de metrô.

— Vamos. Para lá.

— Essa é uma linha para o centro.

— Vamos fazer uma paradinha.

— Onde?

— Você vai ver.

Não era Angelo's em Philly, mas era bom demais. Eu tinha levado Heath ao Joe's Pizza na Greenwhich Village para comer, uma coisa que meu pai sempre fazia comigo quando queria ter uma conversa. Geralmente, significava que eu estava encrencado, mas, ao longo dos anos, eu passara a gostar que meu pai não simplesmente gritava e me deixava de castigo por um mês como a maioria dos pais fazia. Ele conversava comigo de homem para homem enquanto compartilhávamos pizza, o que meio que impossibilitava de eu viajar e não ouvir. Não se engane, ainda ficava de castigo por um mês — mas meu pai fazia com que eu ouvisse primeiro.

Esperei até Heath pegar sua segunda fatia antes de começar a dar bronca nele.

— Então, vamos conversar. Por que você e sua irmã sempre foram uns merdinhas?

Heath deu de ombros.

— É chato aqui. Não tem nada para fazer.

— Você mora na *cidade de Nova York*. Este lugar é muitas coisas, mas chato, definitivamente, não é uma delas.

Ele deu de ombros de novo.

— O que tem para fazer?

— Tarefa de casa, estudar, ajudar sua irmã mais velha com a casa.

— Como falei, chato.

— O que não seria chato?

— Não sei.

— Você tem algum hobby? Pratica algum esporte?

— Não.

Cocei o queixo.

— Você grava um monte de vídeos. Gosta de fazer isso?

— Sim.

— Há um clube de filmagem ou de fotografia na escola em que você possa entrar?

— Não sei.

— Bom, por que não descobre?

— É, talvez.

— É o seguinte... vocês não podem mais fazer as merdas que fizeram nos últimos meses. Nada mais de jogar coisas do telhado, roubar manequins de lojas de departamento ou tingir os gatos dos vizinhos. Se está entediado, vai ter que encontrar uma coisa para fazer que não te meta em encrenca. Mas acho que, talvez, o motivo de você estar se metendo em encrenca seja mais do que estar entediado. Quer saber o que acho?

Heath franziu o cenho.

— Na verdade, não.

Eu sorri.

— Que bom que perguntou. Acho que você está querendo atenção. Sua mãe não está aqui e, mesmo quando está, ela não cuida de vocês. Não é incomum para adolescentes e, às vezes para adultos também, buscar atenção negativa... afinal, pelo menos alguém dá a mínima se está brigando com você, certo?

— Não estou tentando chamar atenção.

— Ah, é? Então para que postar os vídeos nas redes sociais?

Claro que ele não teve resposta para isso.

Suspirei.

— Olha, não é minha função dar sermão em você. Na verdade, não faço a menor ideia se o que estou dizendo é certo mesmo. Mas, por algum motivo maluco, resolvi me envolver. E não faço as coisas pela metade. Então gostaria de tentar ajudar.

Heath enfiou sua fatia de pizza na boca e ficou quieto nos minutos seguintes. Fiquei surpreso quando, em certo momento, ele falou.

— Eu tinha uma filmadora. Gostava de fazer filmes e tal.

— Ah, é? O que aconteceu com ela?

— Nós a vendemos em uma loja de penhores.

— Por que fez isso se gostava de gravar vídeos?

— Porque não havia mais nenhuma joia barata da minha mãe para vender depois que ela foi embora, e estávamos sem comida.

Meu coração se apertou.

— Sinto muito, cara.

Ele deu de ombros. Mas, já que ele havia aberto a porta, resolvi xeretar um pouco.

— Com que frequência isso acontece? De sua mãe ir embora, quero dizer.

— Muita.

— Sabe para onde ela vai quando parte?

— Ela diz que precisa de seu espaço. — Heath revirou os olhos. — Geralmente, isso significa que ela conheceu algum cara, e ele não quer ficar perto de crianças. Então eles somem por um tempo.

— Sinto muito.

— Não sinta — ele disse. — Não preciso da sua pena.

Caramba, esse garoto tinha muita bagagem emocional para sua idade.

— Sua irmã sempre vem quando sua mãe vai embora?

Heath balançou a cabeça.

— Normalmente, não ligamos para ela, porque, se o fizermos, ela aparece. Mas não tínhamos dinheiro para comida. Não queremos encher o saco dela.

Eu não sabia o que dizer, então só assenti, e nós dois terminamos nossa pizza em silêncio.

— Podemos ir agora?

— Claro.

Pegamos o metrô e, quinze minutos depois, estávamos do lado de fora do nosso prédio. Pensei que, provavelmente, me arrependeria disso, mas esse garoto precisava muito de alguém. Então, quando entramos no elevador, não apertei o botão para o quarto andar imediatamente.

— Olha, se um dia quiser comer uma pizza, desça para o meu apartamento. Podemos conversar ou só comer em silêncio. Não me importo.

Heath deu de ombros de novo.

— Valeu.

Pensei que deveria ter uma conversa sobre tudo que tinha ocorrido com a irmã dele, então subi para o apartamento com ele. Ele não estava com a chave, então bateu à porta.

Devyn a abriu, e suas sobrancelhas se franziram.

— Owen? Por que você está com Heath?

— Hannah não te contou?

— Me contou o quê?

Droga. Agora eu tinha que ser o portador das más notícias. Enquanto isso, Heath tentava entrar no apartamento e fugir da conversa. Eu o segurei pela parte de trás da camiseta conforme ele passava pela soleira.

— Não tão rápido, garoto.

Devyn semicerrou os olhos.

— O que está havendo? Aconteceu alguma coisa no seu encontro, Heath?

— Encontro? — perguntei.

Devyn apontou o polegar por cima do ombro.

— Hannah falou que Heath estava em um encontro.

— A menos que o encontro tenha sido com o oficial Wells, acho que ela te informou de um monte de porcaria.

— A polícia? O que aconteceu, Heath?

— Pegamos emprestado o gato da velha do terceiro andar e o deixamos mais divertido. Ela ficou furiosa.

Devyn olhou para mim.

— Pode interpretar para mim?

Assenti.

— Eles pegaram o gato persa da sra. Unger e tingiram o pelo dele de preto e laranja. Então Heath entrou no apartamento dela para poder filmar a reação dela quando levaram o gato de volta. Ela chamou a polícia, e eles encontraram Heath no telhado e o prenderam por tentativa de roubo e vandalismo.

Devyn arregalou os olhos. Ela olhou para o irmão.

— Você ficou louco?

— Foi só uma piada.

— Então você estava, o quê? Preso este tempo todo e não em um encontro?

— Eles me deixaram ir depois que a sra. Unger falou que não queria prestar queixas.

Devyn mudou seu olhar para mim.

— E o que você tem a ver com tudo isto?

— Falei com a sra. Unger e fui até a delegacia buscá-lo.

A voz dela se ergueu.

— Sem me ligar?

— Hannah tinha falado que já havia te ligado e deixado mensagem para você. Então imaginei que ela fosse te contar.

Devyn apontou para Heath.

— *Você*, entre. Tome um banho e depois cole sua bunda no sofá. Nós vamos conversar.

O garoto foi esperto o suficiente para ficar quieto e fazer o que foi mandado. Quando ficamos só Devyn e eu, ela saiu para o corredor e fechou a porta. Pensei que, provavelmente, ela quisesse lamentar como era difícil administrar as crianças ou talvez até me agradecer por me ajudar hoje. Mas, cara, eu estava enganado...

Ela colocou a mão na cintura.

— Por que fez tudo isso?

— Fiz tudo o quê?

— Se envolver. Ir até a delegacia.

Ela estava falando sério?

— Pensei que fosse bem óbvio. Estava tentando ajudar.

— Por quê?

— Como assim, por quê?

— Não vou dormir com você de novo como pagamento, se foi isso que pensou.

Balancei a cabeça, sentindo minhas bochechas esquentarem.

— Sabe, às vezes, as pessoas ajudam só porque são boas.

— Não na minha experiência. Quando alguém quer me *ajudar*, normalmente espera algo em troca.

— Quer saber? Não vou ouvir essa merda. Você não me conhece bem o suficiente para pensar o pior de mim. — Me inclinei para baixo para ficarmos na mesma altura. — *De nada*. — Então me virei e saí pisando duro.

Algumas horas depois, eu ainda estava furioso. Tinha um nó gigante na minha nuca, sem contar a dor de cabeça latejante bem acima das sobrancelhas. E agora minha camisa de cem dólares estava pintada de tinta laranja e preta. Estava irritado demais para pensar direito e a tirar antes de lavar o maldito gato da sra. Unger. Eu estava prestes a me servir de um copo de uísque para me acalmar quando ouvi uma batida à porta.

Devyn era a última pessoa que eu esperava encontrar parada ali. Ela estendeu um copo cheio de um líquido claro.

— Não sei cozinhar nada. Mas queria me desculpar por minha atitude com você mais cedo. Além do mais, pensei que você gostaria de um drinque após a noite que teve com meu irmãozinho. É refrigerante com tequila. Você bebeu um na noite em que nos conhecemos.

Eu detestava ter ficado mais tranquilo com tanta facilidade. Ficara puto por horas.

— Não ajudei porque queria algo em troca — disse a ela.

— Sei que não. Foi só minha reação impulsiva, e foi totalmente inapropriada. — Ela sorriu. — Tenho um mau hábito de ficar extremamente na defensiva. Não estou acostumada com caras legais, eu acho. Pode me perdoar?

Abri mais a porta.

— Quer entrar? Podemos dividir esse drinque. Tenho certeza de que você também iria gostar agora.

— Obrigada pela proposta, mas não devo.

Olhei de um lado a outro entre seus olhos.

— Não *deve* ou não quer?

Ela mordeu o lábio inferior.

— Não devo.

Estendi a mão e ela me entregou o drinque.

— Desculpa aceita.

— Obrigada. E obrigada por tudo que fez por Heath.

Assenti.

— Imagine.

— Tenha uma boa noite.

— Você também.

Fiquei na minha porta, observando Devyn andar até o elevador. Só quando a porta abriu foi que gritei para ela.

— Ei!

Devyn se virou de volta.

— Não deve entrar porque a dupla dinâmica está lá em cima sem supervisão ou porque não confia em si mesma sozinha comigo no meu apartamento dividindo um drinque?

Seu lábio se ergueu em um sinal de sorriso conforme ela entrou no elevador.

— Os meninos estão dormindo. Acho que não se meteriam em encrenca.

Ora, ora, ora... talvez haja esperança, afinal.

CAPÍTULO 4

Devyn

Crunch.

Crunch.

Crunch.

O som de Heath mastigando seu cereal me dava nos nervos. Eu tinha pensado que não suportava o som de mastigação em geral, mas esse som crocante era muito pior. Talvez eu só estivesse estressada ultimamente, com tudo que normalmente me incomodava amplificado.

Ele sugou o leite.

Slurp.

Slurp.

Slurp.

Esse era pior do que o crocante.

Heath secou a boca com a manga da camiseta.

— Esse Owen é gente boa.

Só de mencionar o nome dele fazia meu coração acelerar. Uma lembrança rápida das minhas unhas se cravando nas costas de Owen passou pela minha mente. Eu a apaguei, de repente desejando que pudéssemos voltar aos sons crocante e sugador.

Apoiei meus braços na mesa.

— O que te fez pensar nele neste momento?

— Nós conversamos no outro dia enquanto comíamos pizza.

— Sobre o que vocês conversaram?

Heath bebeu o restante de seu leite direto da tigela.

— Só umas coisas.

— Coisas tipo o quê?

Ele hesitou.

— Contei a ele sobre a mamãe.

Aff. Mais um motivo para Owen sentir pena de nós.

— Você não deve falar com ninguém sobre a mamãe.

— Por que não?

— Eles não vão entender, e não é da conta de ninguém.

— Como se eu conseguisse evitar. As pessoas vão começar a se perguntar onde ela está se não voltar.

Suspirei.

— Quanto exatamente você contou a ele?

— Só tipo… que esta não é a primeira vez que ela desaparece e tal.

Tive que me conter para não o repreender de novo. A verdade era que meus sentimentos em questão tinham a ver com *meu* trauma, a vergonha que eu sentia em ter sido abandonada pela minha própria mãe. Eu deveria estar me perguntando que tipo de mãe vai embora e abandona os filhos. Em vez disso, minha cabeça, com frequência, ia para *que tipo de filho faz a mãe querer partir*.

Heath deveria poder conversar sobre a situação de merda da família com quem ele quisesse, lembrei a mim mesma. Era bom para ele. Eu precisava respeitar isso.

— Certo. Entendo por que sentiu que precisava explicar as coisas — eu disse a ele.

— Ele falou que posso ir ao apartamento dele se um dia precisasse conversar.

Isso me deixou inquieta, mas como poderia ficar brava por Owen ter oferecido um ombro amigo ao meu irmão?

— Bom, isso foi legal da parte dele.

Parece que havia muitas coisas *legais* quanto a Owen. Queria conseguir conhecê-lo melhor, mas não poderia me dar ao luxo de me envolver emocionalmente com ninguém enquanto estava ali.

Naquela tarde, deixei Heath e Hannah no centro comunitário local. Eles voltariam andando sozinhos mais tarde, mas eu tinha que acompanhá-los na ida para pagar a inscrição. Heath iria jogar basquete, e inscrevi Hannah para uma aula de artes. Foi difícil pensar em coisas para fazerem com o tempo deles para não arranjarem encrenca. O centro, onde ficariam sob supervisão de alguma forma por umas horas, parecia uma boa alternativa em vez de eles ficarem perambulando pelo prédio causando estragos.

Também significava que eu tinha um pouquinho de tempo para mim mesma, então fiz uma caminhada para clarear a mente.

Quando voltei para o prédio, havia uma mulher linda com cabelo loiro e ondulado na porta de entrada do lado de fora, segurando um bebê minúsculo em um canguru. A mãe ou babá estava toda arrumada. Parecia quase ilegal não parar e admirar o bebezinho adorável.

Então, antes de entrar no prédio, parei.

— Menino ou menina?

— Menina. — Ela sorriu, olhando para o bebê. — Esta é a Hope.

Own. Ela devia ter menos de uma semana de vida.

— Ela é sua?

— Sim. Sou a mãe dela. — Ela deu risada. — Nossa, é tão estranho falar isso. Às vezes, é difícil acreditar.

— Imagino que seja surreal. — Eu sorri.

— Você mora no prédio? — ela perguntou.

— Temporariamente. Estou cuidando dos meus irmãos enquanto nossa mãe... está viajando.

— Ah, que legal da sua parte. — Ela estendeu a mão. — Sou Lala. Bom, meu nome é Laney, mas todo mundo me chama de Lala. Moro aqui com meu noivo e nossa filha.

— Muito prazer em te conhecer. Sou Devyn.

— Em que apartamento você está? — ela perguntou.

— 410.

Ela pausou e, então, pareceu cair sua ficha.

— Ah... aqueles adolescentes são seus irmãos.

Me endireitei.

— Sei que Heath e Hanna têm uma reputação e tanto por aqui...

— Eles têm. Mas, quero dizer, eles são jovens. Entendo. Todos nós fazíamos maluquices quando éramos mais jovens, certo?

— Acho que sim.

— Bom, meu irmão e os amigos dele faziam. — Ela suspirou. — Está trabalhando enquanto está por aqui?

— Sou agente de elenco em L.A. Consigo trabalhar de forma remota, apesar de ser mais fácil estar na Costa Oeste, claro.

— Parece um trabalho empolgante. — Lala ninou sua filha. — Agora estou de licença-maternidade, mas sou cientista. Conduzo estudos de pesquisa. Vou voltar a trabalhar em alguma área, só não sei qual ainda.

— Uau. Uma cientista. É muito legal.

Lala olhou para cima, para o prédio.

— Já conheceu alguém daqui?

— Algumas pessoas. — Mordi meu lábio, pensando. — Deixe-me te perguntar, o que sabe sobre o proprietário deste prédio?

Lala deu risada.

Inclinei a cabeça para o lado.

— O que é tão engraçado?

— Bom, o proprietário do prédio é o pai da minha filha. Então... eu o conheço muito bem.

Uma onda de adrenalina me percorreu.

Ai, meu Deus.

Como assim?

Esta é a filha de Owen?

Isto não pode estar acontecendo.

Engoli em seco.

— Owen é o pai da sua filha?

— Owen? — Lala arregalou os olhos. — Ah, nossa. Não, não, não. *Holden* é meu noivo. Owen é um dos melhores amigos de Holden. Eles são donos do prédio, junto com Colby e Brayden. Os quatro criaram uma empresa que, tecnicamente, é dona da propriedade.

O alívio me inundou. Eu tinha pensado que teria um infarto por um segundo.

Lala explicou que os quatro tinham crescido juntos na Pennsylvania. O irmão de Lala, Ryan, tinha sido o quinto membro do grupo deles até morrer de leucemia. Os amigos dele tinham sido os beneficiados de seu seguro de vida, o qual usaram para comprar o prédio em homenagem a ele. Eles eram bem unidos.

Assenti devagar, absorvendo tudo.

— Que história fascinante. Eu não fazia ideia.

— Há um motivo para você ter curiosidade sobre Owen? — Ela deu uma piscadinha. — Ele é um dos dois solteiros.

Senti minhas bochechas queimarem.

— Eu o conheci. Só isso. Ele... veio entregar uma advertência de barulho certa noite, esperando encontrar minha mãe. Só presumi que ele fosse o único dono.

— Ah, entendi. — Ela cobriu a cabecinha de Hope com um chapeuzinho. — Sabe por quanto tempo ficará aqui em Nova York?

— Não. Poderia ser semanas ou talvez meses...

— Bom, você deveria conhecer Billie. Ela tem um estúdio de tatuagem no térreo e é uma pessoa incrível. É casada com Colby, um dos meninos. — Ela estalou os dedos. — Na verdade, por que você não sobe e dá oi? Ela está me esperando agora, porque vai me ajudar a organizar a primeira sessão de fotos de Hope. A amiga dela é fotógrafa. Vamos ter uma festinha de sessão de fotos hoje.

Balancei a cabeça.

— Não quero me intrometer...

— Imagine! Não há muitas mulheres da nossa idade no prédio. Ela é uma pessoa boa de conhecer. E é raro ela não estar trabalhando no estúdio, então é a ocasião perfeita para eu apresentar você. Não sei o que teria feito sem ela quando me mudei para cá. — Ela pareceu perceber minha hesitação. — Só venha falar oi.

Não queria, mas também não sabia como dizer não.

— Claro. Por que não?

Segui Lala até o apartamento dessa mulher Billie.

Quando Billie abriu a porta, fui imediatamente atraída por sua beleza. Ela tinha cabelo escuro comprido, e seus braços eram cobertos de tatuagens coloridas. Ela era como uma obra de arte humana.

— Oi, Lala. — Ela se virou para mim. — Quem é esta?

— Esta é Devyn. Está morando, temporariamente, no 410.

A boca de Billie se abriu, depois se fechou, e ela estendeu a mão, um sinal de sorriso no rosto.

— É ótimo conhecer você.

Por que ela está sorrindo? Só poderia imaginar que tivesse a ver com meus irmãos. Parecia que todo mundo sabia do tumulto que eles tinham causado por ali.

Uma fotógrafa estava arrumando o canto da sala contra um fundo preto enorme. Também havia uma mesa com petiscos e bebidas espalhados.

— Como está indo a arrumação? — Lala perguntou.

— Bem. — Billie ajustou algumas coisas na mesa. — Estamos prontas para começar quando você estiver.

Então, Billie nos apresentou à sua amiga Cash, a fotógrafa.

Lala olhou em volta.

— Cadê o Colby?

— Ele saiu com Saylor e May enquanto arrumávamos tudo. Eles devem voltar logo. — Billie se virou para mim. — Certo, então preciso confessar, Devyn. Sua reputação precede você...

— Como assim?

— Bom, por um tempo, mentes curiosas se perguntaram quem era você. Você foi vista pelo prédio, mas era um mistério.

Arqueei uma sobrancelha.

— Há muitas mentes curiosas por aqui?

— Você não faz ideia. — Billie deu risada. — Enfim, desculpe se pareci meio estranha quando você chegou. Só agora somei dois mais dois. É um prazer enorme te conhecer.

A porta se abriu, e um cara lindo tatuado usando um gorro em seu cabelo meio longo entrou. Presumi que fosse o pai da bebê de Lala, já que ele a abraçou e beijou sua bochecha. Ele pegou Hope imediatamente dela.

Lala o trouxe para perto de mim.

— Amor, esta é a mulher misteriosa do 410. Ela tem um nome! Devyn.

— Ah. — Os olhos de Holden brilharam. — Muito prazer em te conhecer, Devyn.

Ele estendeu a mão, e nos cumprimentamos.

— O prazer é meu.

Alguns instantes depois, outro cara que parecia estar perto dos trinta entrou. Ele fez um cumprimento de mãos com Holden, e me perguntei se ele era um dos outros amigos proprietários do prédio. Ele também era superbonito. Será que era alguma coisa no ar dali? Todo homem era lindo.

A boca dele se abriu em um sorriso conforme seguiu até mim.

— Quem temos aqui?

Lala sorriu.

— Esta é Devyn. A mulher do 410.

— Eu sei. Eu a reconheci. — Ele sorriu. — Sou Brayden. É incrível, finalmente, conhecer você.

— Eu não tinha percebido que as pessoas estavam esperando para me conhecer — eu disse, rindo. — Mas também é maravilhoso conhecer você. — Toda a atenção me fez sentir meio envergonhada. Talvez eu precisasse sair dali antes de ser completamente devastador.

— Bem, é só que ninguém sabia quem você era por um tempo — Brayden explicou. — E, quero dizer, normalmente nós sabemos de tudo por aqui, então isso foi uma surpresa. — Ele deu risada. — O que a traz a Nova York?

— Só estou aqui temporariamente, cuidando dos meus irmãos enquanto minha mãe está fora.

— Ela está de férias? — ele perguntou.

— Algo assim. — Cerrei os dentes.

— Legal. — Ele assentiu. — Bom, bem-vinda.

— Obrigada. — Expirei.

Alguns minutos depois, entrou *outro* cara bonito, esse rodeado por duas crianças: uma menininha e um bebê em um bebê-conforto.

A menina correu até mim — ainda mais rápido do que Brayden fizera.

— Quem é você?

Eu sorri para ela.

— Meu nome é Devyn. E você?

— Saylor Lennon. — Ela apontou para o bebê. — E aquele é o meu irmãozinho, Maverick Ryan Lennon.

Estes devem ser os filhos de Billie.

Olhei para o bebê.

— Ele tem bastante cabelo escuro.

— Eu sei. Parece uma *puruca*!

— Uma peruca — Colby corrigiu, estendendo a mão. — Sou Colby, marido de Billie. É um prazer conhecer você.

— Colby, atualmente, Devyn está morando no 410 — Billie adicionou. — Ela é a mulher misteriosa.

— Ah… a famosa mulher misteriosa. — Ele riu em silêncio.

Me senti corar.

— Aparentemente, essa sou eu.

Quando vi, Saylor tinha trazido seu porquinho-da-índia para me mostrar.

— Esta é Guinevere — ela anunciou.

Fiz carinho no animal gorducho.

— Ele é tão fofo.

— É ela…

Dãã. Guinevere é nome feminino.

Brayden veio parar ao meu lado.

— Quem é fofo? Eu?

Ele deu uma piscadinha.

Esse era um paquerador e *tanto*.

— Estou brincando, claro — ele disse. — Então, está gostando de morar aqui, Devyn?

Passei os minutos seguintes conversando com ele — contei tudo sobre meu emprego e mencionei brevemente o desafio de cuidar dos meus irmãos. Brayden, certamente, era encantador, atento a cada palavra que saía da minha boca e parecia *bastante* interessado em mim. Isso era um problema por inúmeros motivos.

Então Holden o pegou pelo ombro e o arrastou para longe.

— Já volto. — Brayden ergueu um dedo e andou de costas, parecendo confuso.

Estranho.

Fui deixada ali parada, me sentindo esquisita entre esse grupo de amigos próximos. Senti que era a hora certa de ir embora quando todo mundo começou a atacar a comida, e Holden e Lala se preparavam para tirar uma foto em família.

Pensei em sair de fininho, porém resolvi falar um tchau rápido para Billie, que não estava no meio de nada no momento.

— Tenho que voltar para o meu apartamento. Foi ótimo conhecer vocês.

— Por que não fica? Temos bastante comida!

Coloquei a mão na barriga.

— Ah, muito obrigada. Mas preciso estar em casa quando meus irmãos voltarem do centro.

— Certo, bom... vamos combinar de almoçar algum dia. Você, eu e Lala.

— Seria ótimo. — Eu sorri.

Concordar com isso pareceu bem inofensivo. Elas eram legais, e não me mataria conhecê-las. Com certeza, era mais seguro do que conhecer melhor, digamos, *Owen*. Billie e eu trocamos números de telefone.

Conforme eu ia até a porta, Brayden veio atrás de mim.

— Vai embora tão rápido?

— Vou, sim.

— Ainda não pode ir embora. — Ele praticamente fez beicinho, piscando seus cílios... pecaminosamente longos para um homem. — Fique só para uma bebida. Você não precisa dirigir para chegar ao 410, certo? — Antes de eu conseguir dizer qualquer coisa, Brayden pegou um copo. — Qual é seu veneno? Vinho? Tequila?

Eu não queria parecer uma mala antissocial, então aceitei. Tinha um tempinho até as crianças voltarem.

— Certo, só *uma* bebida rápida. Tequila e água com gás com limão seria ótimo.

— Saindo rapidinho.

No instante em que Brayden me entregou o copo, me virei e vi que outra pessoa tinha entrado no apartamento.

Meu corpo estremeceu conforme engoli em seco. *Owen.*

Eu deveria ter imaginado que ele poderia aparecer. Estava arrumado, parecendo que tinha acabado de chegar do trabalho, apesar de ser sábado.

Ele lançou um olhar estranho para Brayden e se virou para mim.

— O que está fazendo aqui? Está me perseguindo ou algo assim?

Provavelmente, eu merecia isso.

— Não vou ficar para a sessão de fotos — eu disse a ele. — Conheci Lala lá fora, e ela me convidou para vir conhecer Billie. Não sabia que seria uma festa.

Owen olhou para o meu copo.

— Mas parece que você está participando.

— Brayden me convenceu a ficar para uma bebida antes de eu ter que ir embora.

Seus olhos se moveram para Brayden.

— Ele convenceu, é?

— E aí, cara? Chegou do trabalho? — Brayden perguntou.

Owen ficou inquieto, olhando para seu relógio caro.

— Bem, minha exibição foi cancelada, então voltei. Teoricamente, não era para eu estar aqui.

— Pensei que você só estivesse atrasado como sempre — Brayden zombou.

— Parece que *você* está *começando cedo*, como sempre — Owen repreendeu.

Havia uma tensão entre esses dois. Caiu minha ficha de que, provavelmente, Brayden não sabia de nada sobre meu histórico com Owen, já que estava dando em cima de mim bem na cara do amigo. Eu respeitava o fato de parecer que Owen não era do tipo que beijava e contava para todo mundo.

— Só conhecendo nossa nova vizinha... sendo sociável — Brayden disse, olhando entre mim e Owen. — Mas não percebi que vocês dois se conheciam.

— Sim, na verdade, conversamos algumas vezes — Owen respondeu. — Certo, Devyn?

Pigarreei.

— Owen me ajudou com uma situação relacionada aos meus irmãos — eu falei finalmente. — Eles se meteram em encrenca. Owen pediu para o pai dele mexer uns pauzinhos.

Brayden deu risada.

— Bem, isso foi muito gentil da sua parte, Owen. Tenho certeza de que suas intenções foram as mais puras possíveis.

Parecia que Owen queria matá-lo. A testosterona no ar estava tóxica, e Owen parecia particularmente com ciúme. Muito mais motivo para eu precisar criar um limite entre mim e ele. Embora um motivo maior ainda fosse, talvez, o jeito que meu corpo reagia a Owen toda vez que ele estava por perto.

Dei um gole longo na bebida até ficar quase vazia. Coloquei o copo na mesa de canto.

— Preciso mesmo voltar. Meus irmãos vão chegar em casa em breve, e preciso começar a fazer o jantar. Foi incrível conhecer você, Brayden. —

Me virei para Owen. — E é sempre bom te ver. Espero que tenham um resto de dia maravilhoso.

Me virei e praticamente corri para fora do apartamento — de novo, fugindo de Owen. Ele não tentou me impedir, e fiquei grata por isso.

De volta ao meu apartamento, me ocupei com a preparação do jantar. No entanto, conforme eu mexia o molho de tomate no fogão, não conseguia parar de pensar na festa no apartamento de Billie. Eles eram um grupo tão unido. Eu nunca fizera parte de um grupo de amigos assim — também nunca tive uma sensação de família, por causa das decisões da minha mãe e por ficar separada de Heath e Hannah por tantos anos. Sempre tivera que cuidar de mim mesma, então eu sabia que ter pessoas com quem contar era um presente maravilhoso. Mia, provavelmente, era minha única amiga verdadeira. E, claro, ela morava na Califórnia. Tinha passado da hora de eu a atualizar depois da noite que conhecera Owen… Quanto mais cedo eu conseguisse voltar à minha vida em L.A., melhor. Contudo, com minha mãe sumida, me perguntei se as coisas voltariam a ser iguais de novo um dia. Cada vez mais, parecia que eu precisaria levar meus irmãos para a Califórnia comigo.

A porta se abriu, interrompendo meus pensamentos, e Heath e Hannah entraram como um raio.

— Como foi o centro? — perguntei a eles.

— Chato — Heath respondeu ao tirar os tênis. — Eu era o mais velho lá.

— Chato é melhor do que se encrencar de novo. — Me virei para Hannah. — Como foi a aula de artes?

— Eu pintei uma girafa, e parecia um pênis grande e peludo.

— Onde está? — Dei risada.

— Deixei na frente da porta de Owen… como um agradecimento por ele ajudar Heath.

Ótimo. Eu não tinha resposta para isso.

— Vão se lavar para o jantar. Está quase pronto.

Conforme nos sentamos para comer alguns minutos depois, Heath ficou olhando seu celular.

— Deixe isso de lado enquanto estamos comendo — eu o repreendi.

— Não posso.

— Como assim?

— Tenho que vigiar. Fica subindo o tempo todo.

— O que fica subindo?

— O número de visualizações e comentários naquele vídeo que postei de Owen encontrando o manequim no elevador e pensando que era um cadáver.

Peguei o celular e olhei para a conta da rede social dele.

Quatro milhões de visualizações.

CAPÍTULO 5

Owen

— Ei! Segure o elevador! — Corri até as portas se fechando. Holden já estava lá dentro. Ele apertou o botão no painel, e as portas se abriram assim que atravessei o saguão.

— Valeu.

— Sem problema. — Holden assentiu. — Está chegando do trabalho só agora?

— Sim. Dia longo. E só é quarta-feira.

Apertei o botão para o segundo andar, porém vi que o quarto andar estava iluminado, não o terceiro, onde era o apartamento de Holden.

— Você vai subir para o quatro ou ainda não apertou o três?

Holden ergueu sua caixa de ferramentas.

— Tenho que trocar um chuveiro antes de terminar o dia. Falei para Devyn que ia fazer isso esta noite para que as crianças possam tomar banho antes da escola pela manhã.

Minha pulsação acelerou à menção do nome dela.

— Devyn, hein?

Holden ergueu uma sobrancelha.

— Havia um pouco de tensão entre você e Brayden outro dia na sessão de fotos de Billie.

Passei a mão pelo cabelo.

— Aquele otário dá em cima de qualquer coisa com pernas.

— Não se preocupe. Tive a sensação de que ele entendeu o sinal quando você rosnou para ele.

— Eu não rosnei.

Holden sorriu.

— Você definitivamente marcou seu território, cara.

Suspirei.

— Talvez seja melhor eu falar com ele... contar que Devyn e eu tivemos um lance.

— É uma boa ideia. Eu iria querer saber se fosse ele. Ele nunca daria em cima dela se soubesse que você estava interessado.

— É. — Balancei a cabeça. — Apesar de *interessado* não estar me levando a lugar nenhum. Devyn não quer nada comigo.

— Que droga. Sinto muito, cara.

— Não sei o que tem nessa mulher. Mas não consigo parar de pensar nela.

— Uau. Essa é uma declaração forte vindo de você. Faz um tempo que ninguém chama sua atenção.

— Eu sei. E claro que tenho que escolher alguém ainda mais fechado do que eu.

— Qual é a dela? Ela tem namorado onde mora ou algo assim?

Dei de ombros.

— Provavelmente você sabe tanto quanto eu. Tivemos uma noite ótima juntos. Então ela desapareceu antes de eu conseguir pegar o número dela e, toda vez que chego perto agora, ela bate a porta na minha cara ou foge antes de eu conseguir falar mais do que uma ou duas frases. O único motivo pelo qual sei alguma coisa sobre a situação dela é por causa do que o garoto, Heath, me informou outro dia.

As portas se abriram no meu andar. Eu havia trabalhado treze horas hoje e mal podia esperar para tirar o terno, mas...

Olhei para Holden.

— Eu posso trocar o chuveiro?

Um sorriso se abriu no rosto dele.

— Com todo prazer.

Ele me entregou a caixa de ferramentas e apertou o botão para o andar dele.

— Boa sorte, mano. Parece que você vai precisar. — Ele acenou ao sair do elevador. Quando as portas se abriram de novo, caminhei pelo corredor do quarto andar. Tinha parecido uma boa ideia, mas, assim que estava diante da porta de Devyn com a caixa de ferramentas e o chuveiro, comecei a duvidar de mim mesmo.

Isto é uma má ideia.

Quantas vezes você precisa levar um fora para entender o sinal, Dawson?

Após alguns minutos parado ali, comecei a me virar. No entanto, parei quando a porta se abriu abruptamente.

— Owen? O que está fazendo aqui fora? — Devyn perguntou.

— Ãh... — Ergui a caixa de ferramentas e o chuveiro. — Estou aqui para consertar seu banheiro.

— Pensei que Holden fosse fazer isso.

— Ele, humm... está no turno do bebê esta noite. Todos nós nos revezamos para dar um descanso para ele quando podemos, já que ele não tirou uma licença-paternidade oficial.

— Por que estava aqui parado por tanto tempo? Por que não bateu?

Merda.

— Eu estava tentando me lembrar se tinha trazido a chave correta na caixa de ferramentas ou não.

Ela estreitou os olhos.

— Aham...

— Como sabia que eu estava aqui fora?

— Ouvi um barulho e olhei pelo olho mágico. Pensei que pudessem ser meus irmãos. Você ficou encarando minha porta por quase cinco minutos.

— Se me viu aqui parado, por que não abriu a porta?

Ela deu de ombros.

— Eu estava curiosa para saber quanto iria demorar para você bater.

— Bem, vai me convidar para entrar e consertar seu chuveiro ou vai me deixar parado aqui fora para sua diversão por mais um tempinho?

O canto de seu lábio se ergueu, porém ela deu uns passos para trás e abriu mais a porta para eu entrar.

— Obrigado — eu disse ao passar.

O apartamento estava silencioso. Coloquei as ferramentas no balcão da cozinha e olhei em volta.

— Onde estão Frick e Frack?

— Ficaram na escola depois da aula.

— *Voluntariamente*?

Devyn fechou a porta e deu risada.

— Também foi assim que reagi. Pensei que tivessem tomado advertência, mas Hannah queria fazer uma audição e, aparentemente, Heath está gostando de alguma menina que também está fazendo o teste. Eles prometeram voltar juntos para casa depois.

Assenti.

— Heath parece ser um bom garoto quando baixa a guarda.

— Hummm... Talvez queira repensar essa declaração depois que eu te contar que ele postou o vídeo que fez de você correndo para salvar um manequim no elevador. Parece que viralizou.

Balancei a cabeça.

— Eu deveria fazer com que ele marcasse minha empresa de

corretagem para eu ganhar alguma coisa com isso, em vez de só parecer um idiota.

Devyn sorriu.

— Falando no seu trabalho, vai trocar o chuveiro com esse terno?

Inclinei a cabeça para o lado.

— Está sugerindo que eu tire minhas roupas, Devyn?

Suas bochechas ficaram coradas.

— Não. Só não gostaria que você se sujasse.

— Aham.

Ela revirou os olhos.

— Vamos. Deixe-me te mostrar o que está acontecendo.

Devyn e eu fomos para o banheiro. Era bem apertado para duas pessoas, o que eu gostava. Tirei meu paletó e entreguei para ela.

— Pode colocar no cabide da toalha na parte de trás da porta, por favor?

— Claro.

Entrei na banheira e arregacei as mangas.

— Então o que acontece quando você abre?

— Sai água em cinco direções diferentes, em todo lugar menos para baixo, e o piso inteiro do banheiro fica encharcado.

Me inclinei para a caixa de ferramentas na pia. Quando a abri, veio um sopro grande do perfume de Devyn.

— Está usando Baccarat Rouge?

Ela piscou algumas vezes.

— Sim, mas como sabe disso?

No dia seguinte de ela me dar o fora, eu havia passado duas horas em um balcão de loja de perfumes tentando encontrar o maldito cheiro que ela usava. Provavelmente o teria comprado, se não fosse trezentos e cinquenta dólares.

Dei de ombros.

— Uma mulher no trabalho o usa.

— Ah.

Olhei para ela conforme peguei a chave na caixa de ferramentas.

— É bem caro.

— É? Foi um presente.

Não pude deixar de me perguntar quem estava comprando perfume para ela. Mas, em vez de arriscar minha sorte e perguntar, fiquei de boca fechada e me concentrei em retirar o chuveiro. Não estava tão duro, então só precisei de algumas viradas de chave. No entanto, no momento em que ele saiu, espirrou água para todo lado.

— *Porra*. Como assim?

— O que devo fazer? — Devyn gritou.

— Nada, só chegue para lá para que eu consiga ir para debaixo da pia.

Saí da banheira, abri o gabinete e me estiquei para dentro a fim de virar a válvula para fechar. A água parou, mas eu já tinha ganhado um banho. Gelado. Chacoalhei gotas de água das mãos.

— Não deveria ter água corrente no chuveiro quando a água não está aberta. O cano também deve estar quebrado.

— Qual parte é do cano?

Apontei para a parede.

— Tudo isto.

— Ah. — Devyn mordeu o lábio inferior. — Acho que deveria ter mencionado que o registro da água fria só gira em falso. Temos que usar alicate para abrir e fechá-lo. Não tinha contado para Holden porque foram as crianças que quebraram. Heath estava gravando um vídeo.

Franzi o cenho.

— Bem, posso substituir o chuveiro e ver o que acontece quando abrir a água de novo. Entretanto, as lojas de material fecham às seis, então não vou conseguir um cano novo até amanhã, no mínimo.

— Como puder fazer. — Devyn olhou para mim de cima a baixo. — Sua camisa está encharcada. Deixe-me ver se tenho alguma roupa para você se trocar.

— Tenho praticamente certeza de que nada seu vai caber em mim.

— Já volto.

Enquanto Devyn foi verificar no quarto dela, tirei minha camisa. A camiseta por baixo não estava tão molhada, mas tinha começado a absorver a água da primeira camada.

Devyn voltou com uma camiseta cinza dobrada.

— Esta deve servir em você.

Eu a peguei e a abri. Era uma camiseta dry-fit da Nike de corrida e devia ser GG.

— Não pode ser sua.

— Não é.

— De quem é?

Ela franziu os lábios.

— Humm... De um amigo.

Franzi o cenho.

— E você simplesmente *a trouxe* para Nova York?

— Gosto de dormir com ela às vezes.

De jeito nenhum eu iria vestir a camiseta de outro cara... *um cara com cujas roupas ela gosta de dormir.* Isso era pior do que quando uma mulher rouba seu gorro. Balancei a cabeça.

— Não, obrigado.

— Por quê? Acho que vai servir.

— Tenho certeza de que vai. Mas não vou usar uma camiseta de um homem que você gosta tanto que até usa a roupa dele para dormir.

Devyn balançou a cabeça.

— Prefere ficar com a camisa molhada?

— Com certeza.

Ela revirou os olhos.

— Certo. Vou colocar sua camisa na secadora.

Demorei menos de meia hora para trocar o chuveiro. Quando finalizei, deu certo, embora não tenha resolvido o problema do registro girando e da água fria.

— Você vai ter que usar o alicate de novo amanhã, mas vou comprar um cano novo a caminho do escritório.

— Certo. Obrigada.

Guardei minhas ferramentas e joguei o lixo no cesto.

— Quer uma água ou algo para beber? — Devyn perguntou.

Embora eu ainda estivesse pensando na camiseta idiota que ela tentara me dar, ainda não queria deixá-la.

— Claro. Obrigado.

Mas, na cozinha, a maldita camiseta estava dobrada no balcão. Continuei olhando para ela conforme bebia a água da garrafa. Devyn seguiu minha linha de visão. Quando nossos olhos se encontraram de novo, não consegui me conter.

— Qual é o lance, Devyn? Você é casada ou algo assim?

Ela pareceu ofendida.

— Deus, não. Não teria dormido com você se fosse.

— Então de quem é essa camiseta? De um namorado ou algo parecido?

— Na verdade, não.

— De um ex?

Ela suspirou.

— Não sei como rotular as coisas com Robert.

— Robert?

— Ele é um homem com quem me envolvi por alguns anos. Acho que se pode dizer que foi um tipo de coisa casual, que vai e volta.

— É assim que você quer? Casual, quero dizer?

Devyn deu de ombros.

— Não sei. Robert é ator. Eu sou uma agente de elenco. Foi assim que nos conhecemos. Mas isso foi antes de ele ficar famoso. Ele é muito ocupado agora, viajando para filmes e tal.

— Quais filmes ele fez?

Devyn desviou o olhar.

— Provavelmente é melhor eu não falar. Ele gosta de manter sua vida particular em particular, incluindo nosso relacionamento.

Robert parecia um babaca, na minha opinião. Eu iria querer que todo cara do mundo soubesse que essa mulher era minha. Ainda assim, mantive a boca fechada de novo e terminei o resto da minha água.

— Então, agente de elenco, hein? Significa que você escolhe quais atores conseguem os papéis no filme?

— Não exatamente, mas tenho influência nisso. Colaboro com produtores e diretores para encontrar o melhor talento para cada papel. Mas a palavra final é deles.

Assenti.

— Parece um trabalho legal. Como entrou nisso?

— Sou obcecada por filmes desde criança. Sempre soube que queria trabalhar na indústria cinematográfica de alguma forma. Não fico confortável diante da câmera, então fui estudar para ser roteirista. Fiz um estágio para um produtor que faz muitas obras baseadas em livros. Ele estava filmando um filme e adaptando dois outros. Uma das atrizes de apoio teve que sair da produção que ele estava gravando, e mencionei que achava que uma atriz pouco conhecida seria uma ótima substituição. O produtor nunca tinha ouvido falar dela, mas acabou vendo-a trabalhar e a contratou. Depois disso, ele me perguntou quem eu achava que seria bom para os papéis em outro roteiro que ele tinha acabado de adquirir. Ele gostou de todas as minhas recomendações e sugeriu que eu fizesse um estágio para agente de elenco para ver se ficaria interessada nessa carreira. E foi isso. Cinco anos depois, abri minha própria empresa, e esse produtor foi meu primeiro grande cliente.

— Uau. Que história legal. Você deve ser muito boa no seu trabalho.

Devyn sorriu.

— Gosto de pensar que sou. Amo o que faço, de qualquer forma.

— Então está trabalhando remotamente enquanto está aqui?

Ela assentiu.

— Estou, mas não é o ideal. Gosto bastante de ser acessível aos meus clientes. As pessoas de L.A. gostam de almoçar e ter reuniões para fazer as coisas acontecerem, não do Zoom.

— Por quanto tempo está planejando ficar em Nova York?

Ela soltou a respiração.

— Não faço ideia. Os meninos precisam terminar o ano escolar, que tem mais dois meses. Não quero tirá-los no meio do semestre. Só Deus sabe o quanto tive que fazer isso ao longo da minha vida, e odiava. Mas, se Vera não voltar quando a escola terminar, acho que vou ter que realocá-los na Califórnia comigo. Não quero afastá-los de novo. Eles estão em Nova York há quatro anos já, e esse é o tempo mais longo que já ficaram em um estado. É difícil se mudar e trocar de escola em qualquer idade, mas é extremamente cruel quando se é um adolescente no ensino médio. As crianças formam seus grupos, e não é tão fácil fazer novos amigos como era quando se é criança.

Eu tinha o mesmo grupo de amigos desde o jardim de infância, mas provavelmente ela estava certa.

— Tem alguma ideia de onde sua mãe está?

— Não.

— Heath mencionou que foi ele que te ligou. Então ela foi embora sem nem saber quem iria cuidar deles?

Devyn assentiu.

— Infelizmente, isso é normal para ela. Para Vera, assim que se tem idade com dois dígitos, você consegue se defender.

A porta da frente se abriu. Hannah entrou primeiro, com Heath logo atrás dela carregando uma pizza.

— Arranjei um emprego! — ele anunciou.

— Um emprego? — Devyn franziu as sobrancelhas. — Onde? Você só tem quinze anos.

— Na pizzaria no fim da rua.

— Para fazer o quê?

— Limpar mesas, montar caixas e tal. — Heath ergueu o queixo para mim. — E aí, Ranger de Borracha?

Inclinei a cabeça para o lado.

— Ranger de Borracha?

Heath fez careta.

— Esse é seu novo nome de super-herói, já que salvou Judy e tal.

Presumi que Judy fosse o manequim que ele roubara.

— É fofo você dar nome às suas bonecas antes de torná-las sua namorada.

Heath deu risada ao jogar a caixa de pizza na mesa.

— Venham, vamos comer. O dono me deu uma de graça quando me contratou.

— Fiz frango e brócolis — Devyn disse.

Hannah enrugou o nariz.

— De novo?

— Desculpe se meu cardápio não é tão variado quanto você gostaria.

Hannah fez beicinho.

— Podemos só comer a pizza? Cheira tão bem. Podemos comer seu frango sem graça amanhã.

Devyn balançou a cabeça, parecendo frustrada.

— Certo. Mas vão comer o frango amanhã.

Heath abriu o topo da caixa de pizza.

— Quer uma fatia, Ranger de Borracha?

Olhei para Devyn, que pareceu hesitante. Mas foda-se. Eu não tinha comido, e já havia ultrapassado minha curiosidade bem-vinda. Então, por que não?

Dei de ombros.

— Claro. O cheiro está bom.

Foi interessante de se observar a dinâmica dos três irmãos durante o jantar. Devyn parecia mais uma mãe do que uma irmã de Frick e Frack.

— Como foram as audições, Hannah? — ela perguntou.

Hannah deu de ombros.

— Acho que bem.

— Ela era a melhor de lá — Heath comentou. — Além de Daisy, é claro.

Hannah revirou os olhos.

— Daisy nem é uma cantora tão boa. Ela só é bonita e tem peitos legais.

Limpei o óleo da pizza das minhas mãos com um guardanapo.

— Para que foi sua audição, Hannah?

— *PS Idol*. É a versão idiota da minha escola de *American Idol*.

— Você canta? — indaguei.

— Hannah é uma cantora incrível. — Devyn sorriu. — Ela também toca guitarra e bateria. Ela quer ir para Juilliard um dia.

— Sério? Que legal. Sempre quis saber cantar. Meu amigo Holden é baterista, mas ele também tem uma ótima voz. Ele mora aqui no prédio. Talvez você já o tenha visto.

O rosto de Hannah ficou vermelho.

— Ah, ela já o viu. — Heath uniu as mãos na posição de oração e as colocou na bochecha. — *Holden, o gostoso* — ele disse com uma voz aguda.

Hannah se levantou e jogou o guardanapo na mesa.

— Você é tão babaca, Heath.

— Pelo menos não estou apaixonado por uma mulher de cinquenta anos.

Como Holden e eu tínhamos a mesma idade, me ofendi com esse comentário.

— Ei, calma aí. Holden só tem trinta anos.

Heath deu de ombros.

— Mesma coisa.

Hannah saiu pisando duro para seu quarto.

— Você tem que provocar sua irmã toda vez? — Devyn perguntou.

— O que foi? É a verdade. Ela é apaixonada pelo cara. Outro dia, ela tropeçou nos próprios pés quando o viu no saguão.

Devyn balançou a cabeça.

— Vá fazer sua tarefa, Heath.

Depois que ele desapareceu, recolhi os pratos de papel sujos e os joguei no lixo.

— Então Hannah tem uma quedinha, hein?

— Aparentemente, sim.

Balancei a cabeça.

— Treze ou trinta, as mulheres não conseguem deixar de amar esse cara. Holden é um ímã de mulheres. Sempre foi.

— Dá para ver por quê. Ele tem um certo jeito nele.

Uma pontada de ciúme percorreu minhas veias.

— Ah, é? Você também tem uma queda por Holden?

— Eu? — Devyn balançou a cabeça. — Não, ele não é meu tipo. Mas isso não significa que eu não consiga enxergar o atrativo. Ele tem aquela coisa de músico desinteressado que as mulheres amam, principalmente jovens como Hannah.

Passei meu polegar no lábio inferior.

— Não é seu tipo, hein? Então qual é o seu tipo exatamente, Devyn?

Os olhos dela baixaram para meus lábios por meio segundo antes de ela desviar o olhar.

— Não tenho um tipo em particular. Mas está ficando tarde, então...

— Entãooo... cuidado para eu não deixar a porta bater na minha bunda?

— Não foi isso que eu quis...

Ergui uma mão.

— Tudo bem. Entendi a deixa.

Peguei minha caixa de ferramentas, e Devyn me seguiu para a porta. Mas parei depois que a abri.

— Posso te perguntar uma coisa?

— O quê?

— Você falou que seu relacionamento com o ator é casual, certo?

— Sim.

— Então o problema sou eu? Nossa noite juntos não foi boa para você?

A expressão de Devyn se fechou.

— Nossa, não. Nossa noite foi ótima. Não é você, Owen. É só que minha vida já é bem complicada sem me envolver com alguém enquanto estou por aqui. Só estou na cidade por um período curto de tempo.

Assenti. Tinha muita coisa acontecendo com ela.

— Certo. Entendi.

— Entendeu mesmo?

— Claro. — Me inclinei para beijá-la na bochecha e dei uma piscadinha. — Mas isso não vai me impedir de tentar.

CAPÍTULO 6

Devyn

Tinha passado uma semana, e eu não encontrara Owen de novo, nem ele tinha entrado em contato. Isso me trouxe sentimentos confusos, mas, majoritariamente, alívio. Porque toda vez que eu ficava perto dele, pensava duas vezes em afastá-lo. Seus olhos, seu cheiro, a forma como ele olhava para mim, e as lembranças da nossa noite juntos eram difíceis de esquecer quando ele estava bem à minha frente.

A janela ao lado da mesinha na sala de estar do apartamento fornecia uma vista perfeita da rua em frente ao prédio. Heath e Hannah tinham acabado de ir para a escola, e estava silencioso. Não conseguia evitar de olhar para fora de vez em quando para ver se avistava Owen. Não sabia que horas ele normalmente saía para o trabalho, mas tinha praticamente certeza de que ele já teria ido porque passava das nove da manhã. No entanto, isso não me impedia de olhar para fora mesmo assim, na esperança de observá-lo descaradamente sem ele saber.

Consegui ver Billie voltando na direção do prédio com um café na mão. Seu cabelo comprido e escuro esvoaçava com a brisa. Ela não havia entrado em contato comigo desde o dia em que nos conhecemos, embora ela tivesse mencionado que saíssemos para almoçar. Imagino que não fizesse tanto tempo, mas me perguntei se eu deveria dar o primeiro passo. Isso era bem atípico para mim. E meu instinto me dizia para não insistir em começar uma amizade que teria vida curta, de qualquer forma. Essa estadia temporária se tratava de negócios, não de prazer — apesar do jeito *bem prazeroso* com que tinha me relacionado com Owen.

Meu celular tocou, interrompendo minha vigia da janela. O nome de Robert apareceu na tela. Respirei fundo e atendi.

— Acordou cedo...

— Oi, amor. Na verdade, ainda nem fui dormir.

— Ah. Eu deveria saber.

— Como está indo aí? — ele perguntou.

— Está... corrido.

— É? Por quê?

Por quê?

— Bem, primeiro, meus irmãos dão trabalho e...

— Você precisa voltar, Devyn — ele interrompeu. — Eles adiantaram a data inicial da sessão de fotos na Itália. Vou viajar em menos de três semanas, e só vou voltar aos Estados Unidos depois de quatro meses.

Ele está falando sério?

— Por que você não pode vir para Nova York?

— Tenho coletiva de imprensa aqui em L.A. quase todos os dias. Deixe-me comprar sua passagem. Não precisa ficar muito tempo.

Esse era outro exemplo de como Robert era egocêntrico.

— Não posso simplesmente deixar Heath e Hannah sozinhos para ficar com você por três dias.

— Sua mãe os abandona permanentemente, mas você não pode deixá-los por alguns dias?

Fiquei boquiaberta.

— Era para ser engraçado?

— Certo, desculpe. Não foi engraçado. Eu sei. — Ele pausou. — Por que não os traz com você? Pago as passagens deles também.

Jogando minha caneta, gritei:

— Eles têm aula, Robert. E nem consigo controlá-los aqui, no próprio ambiente deles. Com certeza, não posso confiar neles soltos em L.A. Precisaria ficar de olho neles a cada segundo, e isso acaba com o objetivo de eu ir aí para te ver. — Balancei a cabeça. — Desculpe. Não vai dar certo.

— O que não vai dar certo? Você vir para cá... ou nós?

Ambos.

Talvez?

— O que nós somos, Robert? Não estamos juntos. Nem somos amigos realmente.

Ele suspirou.

— Você significa alguma coisa para mim, Devyn. Sei que sou ocupado, mas quero você na minha vida.

— Você sempre quer tudo na mão. Mas tenho uma vida própria e responsabilidades que, obviamente, você não consegue entender.

— É. Acho que tem razão. — Ele expirou. — Bom, eu tentei. E não foi minha intenção te deixar toda agitada... pelo menos não *desse* jeito. Se mudar de ideia, me avise. Eu compro as passagens.

Soltei a respiração, frustrada.

— Sinto muito. Isso não vai acontecer.

Ele suspirou.

— É. Também sinto muito.

Após desligar, meu humor piorou. Fiquei brava comigo mesma por desperdiçar tanto tempo enfeitiçada por um homem que nem tentava entender meu dilema atual. Uma coisa positiva de estar em Nova York era a distância e a clareza que me fornecia quanto às coisas da minha vida que estiveram me sobrecarregando por tanto tempo. Robert, certamente, estava no topo dessa lista.

Em vez de continuar remoendo aquela ligação, um pouco depois resolvi dar uma caminhada para tomar um ar fresco.

Conforme me aproximava do prédio na volta, um sedã de luxo parou. Para minha surpresa, Owen saiu dele. Meu coração acelerou. Ele não estava sozinho. Uma loira linda e alta saiu do veículo logo atrás dele. Uma onda de náusea me atingiu quando ela o abraçou. Então ela voltou para dentro, e o carro saiu.

Engolindo meu ciúme, pensei em entrar de fininho no prédio antes que Owen me visse, porém seus olhos encontraram os meus antes de eu ter essa chance.

— Oi. — Sua boca se abriu em um sorriso.

Owen estava lindo em uma camisa social, azul e elegante com as mangas arregaçadas. Cabia perfeitamente em seus ombros amplos. Quando ele tirou seus óculos escuros, o sol atingiu seus olhos, que tinham uma cor linda verde-azulada.

— Como foi seu encontro? — perguntei, provando o amargor injustificado na língua.

— Encontro? — Ele deu risada. — Foi *muito bem*, na verdade.

Lutando contra o desejo de fugir, assenti.

— Bem, que bom.

— Foi um encontro de *negócios* — ele esclareceu. — Levei minha *cliente* para ver algumas propriedades. Ela pediu para seu motorista me deixar aqui depois.

— Ah. — Olhei para meus pés, escondendo meu alívio. — Bom, ela era muito linda. Só presumi que...

— Carolyn é casada, e o marido dela é meu amigo. Eles estão procurando um lugar maior na cidade.

— Ah. — Minhas bochechas queimaram com vergonha.

— Eu teria voltado para o escritório, mas esqueci meu notebook em casa e ia pegá-lo antes de voltar ao trabalho. — Ele inclinou a cabeça para o lado. — O que você está fazendo?

— Eu só estava dando uma caminhada rápida na pausa do trabalho. Tentando aproveitar ao máximo meu tempo enquanto as crianças estão na escola.

Owen verificou o celular.

— Está na hora do almoço. Sei que você prefere não sair comigo em algo que poderia parecer um encontro, mas gostaria de pegar algo rápido para comer?

Mordi meu lábio.

— Não sei, Owen...

— Apenas dois vizinhos compartilhando uma refeição, Devyn. Mais nada. — Ele deu risada. — Em quanta encrenca podemos nos meter em público, de qualquer forma?

Deixei minhas reservas de lado.

— Certo, por que não?

Owen correu para cima para pegar seu notebook, e eu optei por esperar ali.

Quando ele voltou, sugeriu um lugar de que gostava que era somente a algumas quadras dali, porém na direção do escritório dele.

No entanto, quando chegamos, percebi que era chique demais para a forma como eu estava vestida... de camiseta e All Star.

— Esta é sua ideia de um almoço simples?

— Posso estar meio desacostumado — Owen confessou. — Normalmente, levo clientes para jantar, então costumo frequentar lugares assim.

— Bom, é muito legal, mas não estou vestida para isso. Teria me trocado se soubesse.

Owen me deu uma olhada, o que enviou um arrepio pela minha espinha.

— Você está perfeita. Além do mais, conheço o gerente, então, se alguém tentar te expulsar, é só chamá-lo. A menos que realmente esteja incomodada com isso. Não quis te deixar desconfortável.

Olhei para mim mesma. Acho que não estava tão ruim.

— Não, tudo bem. — Suspirei.

Felizmente, a hostess não pareceu se importar com a forma que eu estava vestida. Ela se animou quando viu Owen e nos levou direto para uma mesa no canto, apesar do fato de não termos reserva.

Owen puxou minha cadeira. Parecia que o cavalheirismo estava vivo e ativo no mundo dele. Eu não conseguia me lembrar da última vez que Robert tinha feito algo assim para mim.

Owen se sentou à minha frente.

— Então, como está sendo seu dia, além do almoço surpresa de emboscada comigo?

— Bem simples. Trabalhei um pouco e, então, precisei sair para andar para espairecer. Você me encontrou na volta para o prédio.

— Então está dizendo que eu sou a *melhor* parte do seu dia até agora... — Ele deu uma piscadinha.

— Talvez. — Eu sorri.

A expressão dele mudou.

— Sério, o que te deixou estressada?

Hesitei.

— Recebi uma ligação que me irritou.

— Era de Mia?

Quase tinha me esquecido de que ele falara com minha melhor amiga na noite em que encontrara meu celular.

— Não era, não.

Owen ergueu uma sobrancelha.

— Era de um *amigo*?

Engoli em seco.

— Sim.

— Esse é o cara da camiseta que você me ofereceu na outra noite?

Assenti.

— É o ator que você mencionou antes...

Soprei um pouco de ar em meu cabelo.

— Sim.

— Ele *também* é o cara por quem Mia disse que você está apaixonada?

Arregalei os olhos.

— Ela falou isso? — *Eu iria matá-la.*

— Falou. — Owen sorriu com culpa antes de dar um gole em sua água.

— Bem, ela está exagerando. Não é amor. Talvez um feitiço que tenha ido longe demais. — Estreitei os olhos. — O que mais Mia te contou?

— O suficiente para eu saber que não importa quantas bebidas tomar no almoço, você não vai ao banheiro aqui. — Ele mexeu as sobrancelhas.

— Aff. Vou esganá-la. — Dei risada. — *Tenho*, sim, um pouco de medo de banheiros públicos.

— Entendo. — Ele deu risada. — Sem julgamento.

Uma garçonete veio pegar nossos pedidos, mas ainda nem tínhamos olhado o cardápio. Então paramos de conversar e ficamos lendo os especiais. Eu escolhi salmão com alcaparras e Owen, peixe-espada.

Quando ficamos sozinhos de novo, ele desdobrou seu guardanapo, colocando-o em seu colo.

— Então o que esse *amigo* falou para te irritar?

Acho que ele não vai deixar isso pra lá.

— Ele quer que eu vá até a Califórnia para vê-lo antes de ele ter que viajar para a Itália. Ele só ficará lá por mais algumas semanas até viajar para trabalhar por quatro meses.

— Como ele espera que você viaje agora? Ele não sabe por que você está aqui?

Viu só? Eu tinha razão.

— Ele sabe, sim, por que estou aqui, porém, infelizmente, é um narcisista, então...

Owen balançou a cabeça.

— Por que você perde tempo com um cara desse?

— Velhos hábitos podem ser difíceis de mudar. Às vezes, mantemos pessoas tóxicas em nossas vidas sem um bom motivo. Ele não é má pessoa. Só está deslumbrado com a fama. Não foi sempre assim, o que, provavelmente, é o motivo de eu ter dificuldade de me soltar. Me lembro da pessoa que ele costumava ser.

— Mas você falou que ele não é seu namorado.

— Não — esclareci. — Nunca foi. Na verdade, ele já foi fotografado com outras mulheres muitas vezes, então, se ele fosse meu namorado, teríamos um grande problema.

Owen brincou com seu relógio.

— Eu conheço esse ator?

Tenho certeza.

— Deve conhecer.

— Não quer me contar quem é?

Está ficando quente aqui?

— Talvez um dia, mas não hoje.

— Certo. Justo.

Nossa comida chegou e, felizmente, o assunto mudou. Owen me contou sobre algumas das propriedades de luxo que ele vendera recentemente, e eu falei de como administrava minhas funções de agente de elenco de forma remota.

Depois de terminarmos nossa refeição, Owen limpou a boca e olhou para mim como se quisesse falar alguma coisa.

— Sempre quis te perguntar uma coisa... — ele começou.

— Certo.

— Na noite em que nos conhecemos... Se você tinha vindo para a cidade para cuidar de Heath e Hannah, o que estava fazendo naquele bar?

— Está me julgando?

— Não mesmo. — Ele balançou a cabeça. — Sou muito grato por aquela noite. Só fiquei curioso pelo que te fez ir lá.

Suspirei.

— Tinha acabado de chegar na cidade, e estava estressada de como iria cuidar de tudo. Uma amiga da minha mãe daqui da cidade... uma mulher muito gentil chamada Laurice... passou no apartamento e viu como eu estava esgotada. Ela é uma daquelas pessoas raras que entende a verdadeira personalidade da minha mãe, mas, de alguma forma, continua a ser amiga dela. Ela me disse que daria jantar às crianças e cuidaria delas durante a noite enquanto eu saía para respirar. Me aproveitei da hospitalidade dela... um pouco demais.

— Então, provavelmente, eu devesse agradecer Laurice.

Corei e, quando olhei de volta para cima, Owen estava me encarando com intensidade.

— Não consigo muito tempo sozinho com você, então vou logo dizer isto antes que nós dois tenhamos que voltar ao trabalho. — Ele baixou a voz e se inclinou. — Penso bastante sobre a nossa noite. Não só pelos motivos óbvios, mas porque... eu estava destruído antes disso. É uma coisa que você não sabe sobre mim. Eu estivera incapaz de sentir qualquer coisa por qualquer pessoa em muito tempo. E você me tirou disso. Foi uma noite ótima... mesmo que tenha sido só isso, uma noite. E, mesmo se nunca mais formos mais do que amigos, Devyn, quero que saiba que você é alguém de quem não me esqueço.

Não falei nada. *Por que ele estivera destruído?*

— Se você for voltar, em definitivo, para a Califórnia, provavelmente *seja* melhor não ficarmos — ele adicionou. — Você não é o tipo de garota com quem eu iria querer só brincar e ir embora. Está passando por muita coisa. E tem razão, você não precisa de mais complicações. Então, quero que saiba que respeito por que você esteve hesitante comigo. Não te culpo mesmo.

— Por que estava destruído, Owen? — perguntei. — Alguém te magoou?

Ele passou o dedo por sua taça e balançou a cabeça.

— Não é tão dramático assim. Não tenho uma resposta clara do motivo. — Ele olhou para o nada por um instante. — Foi estranho ver dois dos meus melhores amigos se apaixonarem enquanto eu estava incapaz de sentir qualquer coisa por alguém, incapaz de me identificar com as experiências deles. Sempre me mantive ocupado com o trabalho, e todo mundo acha que só não tenho tempo para outra coisa na minha vida. — Ele pausou. — Mas a verdade é que *sempre* há tempo para as coisas que você realmente quer.

— Então você *quer* encontrar alguém para viver com você?

— Quero. Mas não estou com pressa. Não me importo se não me casar ou não tiver filhos. Mas quero uma conexão com alguém... com a pessoa certa. Não pode ser forçado, só porque você sente que está em uma certa idade ou precisa acompanhar os amigos. — Ele olhou além de mim por um instante. — Acho que mudei bastante depois que nosso amigo Ryan faleceu. Parte de mim morreu com ele. E isso pode ter influenciado um pouco a seca em que estive por tanto tempo. Me deixou mais apático e fechado. — Owen fechou os olhos por um instante. — Tudo isto para dizer que ninguém que conheci em todo esse tempo me atraiu assim. Até você.

Meu coração flutuou. Owen e eu éramos mais parecidos do que eu pensava.

— Casamento e filhos também não são uma coisa de que preciso — eu disse. — Tenho uma ótima carreira da qual tenho bastante orgulho e não preciso de muito mais do que isso. Fico irritada quando as pessoas afirmam que você precisa ter todas essas coisas para ser feliz. Acho que parte do motivo pelo qual mantive a relação com o ator sobre o qual te contei foi eu não querer nada complicado.

— Já se apaixonou? — Owen perguntou.

— Não. E não sei se consigo, para ser sincera.

Ele franziu o cenho.

— Sério?

— Prefiro não me aprofundar nisso agora, mas, basicamente, minha vida familiar... ou falta dela... me moldou para não me unir a ninguém.

Owen assentiu e não insistiu para mais.

— Também nunca me apaixonei — ele disse. — Todos os meus amigos já se apaixonaram uma ou outra vez. E fico feliz por eles... não me entenda mal. Mas também me sinto imparcial à alegria deles, por causa dos meus próprios problemas.

— Bem, não somos uma dupla animada? — Eu sorri.

Ele pressionou a ponta dos dedos uma na outra conforme apoiou os cotovelos na mesa.

— É legal ter uma conversa sincera com alguém. Mesmo que não esteja me contando tudo, agradeço muito por ter se aberto.

Encarei suas mãos masculinas, tentando não me lembrar do jeito que foi quando elas exploraram meu corpo.

A garçonete veio de novo.

— Vocês querem alguma sobremesa?

— Estou bem cheio. — Owen se virou para mim. — Mas ainda temos tempo. Você deveria pegar alguma coisa.

Ergui minha mão.

— Eu não deveria...

A garçonete colocou um cardápio na mesa.

— Bem, aqui está o cardápio, no caso de decidirem.

Só precisei de um olhar.

— Na verdade, sim — eu disse a ela. — Eu gostaria de sobremesa.

Owen deu risada.

— Isso mudou rápido.

— Bem, tem torta de limão no cardápio. Nunca recuso torta de limão. *Nunca.*

— Saindo uma torta de limão — a garçonete disse.

Owen sorriu.

— Você gosta tanto assim, é?

— É a única coisa para a qual não consigo dizer não.

— Bem, talvez eu precise ter umas aulas com a torta de limão — ele zombou.

Um minuto depois, quando a garçonete colocou o triângulo perfeito verde-limão na minha frente com a quantidade exata de chantilly, fui em frente. Suspirei quando a mistura azeda entrou na minha boca. Posso até ter gemido.

— Uau — Owen murmurou. — Preciso dizer que ver você comer é bem satisfatório.

Estendi meu garfo.

— Coma um pouco.

Ele balançou a cabeça.

— Não tem como eu apreciar tanto quanto você. Por favor, termine. Estou aproveitando cada segundo.

Gesticulei com meu garfo.

— É um fetiche ou algo parecido? Me ver comer sobremesa?

— Nunca tinha pensado nisso... — Ele sorriu maliciosamente. — Mas topo um pornô de torta.

Dei risada e coloquei outro pedaço na boca. Comi tudo.

Depois de Owen pagar a conta, ele verificou seu celular.

— Tenho uma reunião com um cliente às duas. Mas, caramba, poderia ficar aqui o dia todo e conversar com você. Definitivamente, também pediria outro pedaço de torta para você.

Me levantei, limpando a boca.

— Vá. Não se atrase.

E não posso me dar ao luxo de olhar para você por mais um segundo.

— Não sei como agradecer o suficiente pelo almoço.

— O prazer é meu. O fato de você ter gostado tanto foi o chantilly na torta de limão. — Ele deu uma piscadinha. — Vou chamar um carro para você.

— Sou totalmente capaz de andar as três quadras de volta. Além do mais, *realmente* preciso andar para queimar a torta. Seu escritório é longe daqui?

— Dez minutos de metrô. Há uma estação na esquina. Às vezes vou dirigindo para o trabalho; outros dias, pego o metrô. Depende do meu humor.

— Bom... obrigada de novo — eu disse a ele de forma desajeitada assim que saímos do restaurante.

— O prazer é meu. Obrigado por almoçar comigo. — Seus olhos se demoraram nos meus, e me perguntei se ele iria me abraçar ou algo assim, mas, em vez disso, ele simplesmente se virou e saiu andando.

Conforme ia para casa, percebi que Owen não tinha me convidado para sair de novo. Pareceu que tinha sido um almoço casual, afinal, e ele tinha oficialmente aceitado a ideia de que nada aconteceria entre nós. Era um pouco triste, porque passar um tempo com Owen hoje tinha me feito gostar mais dele.

CAPÍTULO 7

Devyn

Acho que estou pegando o jeito disto.

Os últimos seis dias tinham passado voando. Tinha sido — ouso dizer — uma boa semana. Hannah havia aceitado entrar na competição *PS Idol* da escola e feito amizade com alguns dos outros participantes. Heath tinha conseguido atingir noventa pontos em sua prova de Inglês após reprovar no semestre anterior, e eu o havia levado ao médico para um checkup e para pegar os documentos de vacina que a escola estava nos incomodando para enviar. Deus perdoe Vera por não prestar atenção em coisas como exames e regras escolares. Mesmo quando essa mulher estava por aqui, ela não priorizava minha irmã e meu irmão. E, além de fazer umas incursões com Heath e Hannah, eu havia adquirido um cliente novo e, de forma bem-sucedida, encaixado *três* atores em uns filmes bastante promissores esta semana. Em geral, as coisas estavam evoluindo.

Até alguém bater à porta.

Abri a porta e encontrei uma mulher vestindo um terninho bege. Ela ajustou a maleta grande pendurada em seu ombro e não sorriu.

— Você é Vera Marks?

Franzi o cenho.

— Não.

A mulher olhou por cima do meu ombro para dentro do apartamento.

— Esta é a casa de Heath Marks?

Xiiii. Meu estômago se afundou. *No que ele se meteu?*

— É. E quem é você?

A mulher enfiou a mão na frente de sua maleta e tirou um cartão de visita.

— Sou Melinda Rollins, assistente social do Departamento de Serviços de Proteção à Criança. E você é?

Peguei o cartão, desejando não ter atendido a porta. Mas não havia como não responder às perguntas dela agora.

— Sou Devyn Marks, irmã de Heath. Está tudo bem com Heath?

A srta. Rollins franziu os lábios.

— Preciso falar com sua mãe. Sabe quando ela volta?

— Humm... Ela viajou por um tempo.

— Então ela a deixou responsável por Heath e Hannah enquanto está fora?

— Sim.

— Quando exatamente a srta. Marks volta?

— Não tenho certeza.

A mulher uniu as sobrancelhas.

— Ela deixou você responsável por duas crianças, mas não te disse quando vai voltar?

Merda.

— Ah. Não, quis dizer que não tenho certeza da *hora* que ela volta. Não sei a hora exata. Mas ela voltará no domingo.

— Então você vai ficar para cuidar das crianças até sábado?

Assenti.

— Sim.

— Voltarei na segunda-feira para falar com a srta. Marks quando ela voltar.

Ah, droga.

— Pode me dizer o assunto? Heath está metido em alguma encrenca? — Ela não pareceu muito interessada em compartilhar, então insisti. — Como estou ficando de olho neles, gostaria de saber se está havendo alguma coisa.

Ela assentiu.

— Heath esteve ausente da escola de novo na semana passada. Duas vezes.

Arregalei os olhos. Bem quando eu tinha pensado que estava indo tão bem...

— Ele faltou à aula *na semana passada*?

— Não foi a primeira vez que aconteceu. A escola tentou entrar em contato com a srta. Marks, mas parece que o número dela não está mais funcionando. Há quanto tempo ela está fora?

— Humm... Uma semana, mais ou menos — menti.

— Isso significa que eles estavam sob sua supervisão quando ele esteve ausente? Você sabia que Heath faltou dois dias da escola na semana passada?

Franzi o cenho.

— Sim, estavam, e não, eu não sabia.

— Teria problema se eu entrasse? Para dar uma olhada?

Eu tinha lidado com o Serviço de Proteção à Criança o suficiente quando era mais nova para saber que não precisava deixá-los entrar legalmente. Mas, se não deixasse, só pioraria as coisas. Então forcei um sorriso e dei um passo para trás a fim de abrir a porta.

— Claro. Entre.

A srta. Rollins passou dez minutos xeretando pelo apartamento. Felizmente, eu tinha arrumado a casa naquela manhã e havia ido ao mercado no dia anterior. Porque, depois que pediu para ver os quartos das crianças, ela abriu a geladeira e vasculhou os armários da cozinha. Quando ficou satisfeita de as crianças não estarem morando em um casebre e comendo pão e água, concluiu sua visita tirando uma foto do meu documento e me entregando um papel amarelo com um monte de contatos de emergência nele. Como se eu não soubesse o número da emergência.

— Voltarei na segunda-feira para falar com a srta. Marks.

— Certo. Ótimo. Obrigada.

Fechei a porta quando ela saiu e a observei andar pelo corredor através do olho mágico. Quando não conseguia mais vê-la, apoiei a cabeça na porta.

Caralho. Tenho até segunda-feira para encontrar Vera.

Resolvi caminhar até a escola às seis horas naquela noite para encontrar Hannah depois do treino para o *PS Idol*. Heath estivera trabalhando naquela tarde e, provavelmente, chegaria em casa da pizzaria alguns minutos antes da irmã. Eu queria uma oportunidade de conversar com ela sozinha.

Hannah deu dois passos para fora da porta da frente da escola e parou quando me viu.

— Por que está aqui?

— Tive que fazer umas coisas aqui perto, então pensei em voltarmos andando para casa juntas.

Ela deu de ombros.

— Certo.

Perguntei como tinha sido seu dia e o treino para o *PS Idol*, então comecei com cuidado as perguntas que precisava fazer.

— Então, como você está, no geral? Deve estar começando a sentir saudade da mamãe.

Outro dar de ombros.

— Na verdade, não.

— Sabe, quando eu era pequena e ela ia em uma dessas viagens, eu costumava contar os dias no calendário marcando-os com um X. Você já fez isso? Contar os dias, quero dizer.

— Não.

— Porque você já tem uma ideia de quanto tempo, normalmente, ela demora para voltar?

— Não. Só não me importo de quanto tempo ela fica fora.

Deus, ela me lembra tanto de mim mesma na idade dela. Eu nunca admitia que sentia falta da minha mãe. Mas, na época, sentia. Além de ter medo de ficar em nosso apartamento à noite sozinha, eu sempre tinha uma sensação inquieta na boca do estômago quando ela tinha seus rompantes de desaparecimento.

— Ela já está fora há quase um mês — eu disse. — Quando eu era criança, ela sempre voltava antes do décimo sétimo dia. Ela já ficou mais do que um mês?

— Falei que não conto.

— Mas desta vez parece mais tempo do que das outras para você?

Hannah parou de andar.

— Você não precisa ficar, se não quiser. Heath arrumou um emprego agora, então temos dinheiro para comida.

Balancei a cabeça.

— Ah, não, não é isso que estou dizendo, Hannah.

— Então o que realmente quer perguntar? Porque, com certeza, parece que você está doida para dar o fora daqui, com tantas perguntas sobre quando a mamãe vai voltar.

Suspirei.

— Desculpe se foi isso que pareceu. Não estou tentando abandonar você. Eu juro.

— Então qual é o objetivo com todas essas perguntas sobre Vera?

Pensei que estávamos nisto todos juntos.

— O que acha de eu, você e seu irmão conversarmos quando chegarmos em casa? Todos juntos?

— Certo.

Não consegui mais do que um dar de ombros ou uma resposta de uma palavra no resto da caminhada.

Como esperado, Heath já estava no apartamento quando chegamos. Eu teria que lidar com o fato de ele faltar à aula, mas essa era uma conversa separada. No momento, a prioridade era encontrar Vera.

Hannah jogou sua mochila em uma cadeira da cozinha e falou com o irmão.

— Você ganha dinheiro suficiente para comida e tal? Devyn falou que quer ir embora.

— Não, *não* foi nada disso que falei, Hannah. — Balancei a cabeça.

Heath puxou uma cadeira e a virou, sentando nela de costas.

— Ganho o bastante para comida. Posso pedir mais horas para tentar pagar o aluguel.

Olhei para Hannah, que ainda estava em pé.

— Pode se sentar, por favor?

Ela revirou os olhos, porém se sentou à mesa.

Me sentei entre eles. Enrolar com esses dois só os fazia preencher as lacunas com a ideia de que ninguém os queria, então pensei em ser direta desta vez.

— O Serviço de Proteção à Criança veio ao apartamento nesta manhã. Eles queriam conversar com Vera. Consegui ganhar um pouco mais de tempo, mas eles não vão desistir. Precisamos encontrar sua mãe... nossa mãe. Eles voltarão em alguns dias.

— O que acontece se não conseguirmos encontrá-la? — Hannah indagou.

Eu não queria assustar as crianças e mencionar minhas *quatro* passagens por orfanatos.

— Vamos enfrentar isso com um passo de cada vez. Neste momento, só precisamos nos concentrar em encontrá-la.

— Como vamos fazer isso? — Heath perguntou.

— Não sei. O que pode me dizer sobre o novo cara com quem ela está saindo? Com quem ela foi embora?

— Bo? Ele tem um sotaque ruim — Heath disse.

— Que tipo de sotaque?

— Parece aquele cara nos filmes *Ted*. Aquele do bicho de pelúcia que fala.

— Mark Wahlberg?

— É, acho que é o nome dele. Ele não fala carro. Fala *carr*.

Assenti.

— Boston.

Hannah apontou para o irmão.

— Acho que ele falou algo sobre se mudar para lá. Ele conserta caminhonetes, daquelas grandes de dezoito rodas. As mãos dele são craqueladas, e elas sempre pareciam sujas, mas ele dizia que não estavam. Mamãe disse que ela queria ajudá-lo a decorar o novo apartamento dele.

— Sabem o sobrenome de Bo?

Ambos deram de ombros.

— Não. Ele só começou a aparecer algumas semanas antes de mamãe partir — Heath disse.

Parece bem o estilo de Vera.

— Certo, bem, mais alguma coisa que conseguem lembrar sobre Bo?

Hannah franziu o nariz.

— Ele arrota muito, e aproveita o som para formar palavras. Acha que é engraçado. Mas não é.

Parece uma joia de verdade. Bo, o porcão de Boston. Eu tinha muita coisa para fazer agora.

Conversamos mais um pouco, porém nenhum deles sabia muita coisa sobre Bo ou a viagem que Vera tinha feito com ele.

Algumas horas depois, após as crianças estarem na cama, me servi uma taça de vinho muito necessária. Heath voltou para a cozinha conforme eu bebia e se sentou à minha frente.

— A assistente social veio porque faltei à escola?

— Sim, amigão, veio por isso. Eu ia conversar com você sobre isso amanhã. Não pode faltar.

— Fiz isso para trabalhar na pizzaria. Um dos caras do dia tirou uns dias de folga, então menti e falei que não tinha aula e que poderia ajudar. Queria te pagar de volta todo o dinheiro que gastou desde que chegou aqui... com comida e coisas para mim e Hannah.

Meu coração se apertou.

— Ah, Heath. Não precisa fazer isso. Não é seu trabalho sustentar você e sua irmã.

— Também não é seu — ele disse. — Acho que estraguei tudo mesmo não indo à escola, né? Eles vão nos colocar em orfanato?

— Não se eu conseguir evitar. Juro fazer tudo que puder para impedir que isso aconteça.

Heath assentiu, no entanto, sua expressão ficou sombria. Me estiquei e cobri a mão dele com a minha.

— Você falou que queria me pagar de volta as coisas que comprei para você e Hannah. Acha que é certo você pagar a comida de Hannah?

— Claro que sim. Ela é minha irmã. E é nova demais para ter um emprego.

Apertei a mão dele.

— Me sinto da mesma forma em relação a vocês dois.

Ele me olhou nos olhos, porém não falou nada.

— Somos uma família — expliquei. — Cuidamos uns dos outros.

Além do mais, juro que não estou apertada de dinheiro. Cuido muito bem de mim mesma. Ok?

Heath assentiu.

— Então nada mais de faltar à escola. Você jura?

— Sim.

Baguncei o cabelo dele.

— Então vá dormir, garoto.

Quando ficou silêncio de novo, não pude evitar refletir sobre minha própria infância. Eu entrava em nosso apartamento todos os dias sem saber o que iria encontrar. Escondia comida enlatada debaixo da cama para que houvesse mais para comer quando Vera, inevitavelmente, viajasse uma próxima vez. Senti que, talvez, se fosse uma filha melhor — mais esperta, mais bonita, mais prestativa com a casa —, ela não iria querer viajar tanto.

Odiava que Heath e Hannah estivessem passando pelo mesmo turbilhão. Escorreram lágrimas pelo meu rosto conforme pensei nas emoções com que provavelmente eles lidavam diariamente: abandono, ressentimento, medo, falta de dignidade, desdém. Nenhum filho nunca deveria ser levado a pensar que era um fardo e indesejado.

Demorei dez minutos para controlar meus sentimentos. Quando, enfim, o fiz, resolvi lavar a dor com uma segunda taça de vinho, no entanto, quando me levantei para ir até a geladeira, alguém bateu à porta.

Olhei para a hora em meu celular. *Nove e quarenta e cinco.*

Deus, torcia muito para não ser a assistente social de novo. E se estivessem vindo para levar as crianças? O que eu faria? Era para fingir estar dormindo e não escutar?

Respirando fundo, fui na ponta dos pés até a porta e olhei através do olho mágico. Fiquei aliviada em ver Owen e não a srta. Rollins de novo.

Ele ergueu um saco marrom de papel quando abri a porta.

— Torta de limão. Eu estava no restaurante a que fomos para almoçar na semana passada e pensei que você pudesse gostar de uma fatia.

Forcei um sorriso.

— Não precisava fazer isso.

Ele deu uma piscadinha.

— Posso ter tido a esperança de você me deixar te ver comer.

Não dei risada.

— O que aconteceu? — Owen analisou meu rosto. — Por que estava chorando?

— Não estava.

Ele ficou quieto por um instante.

— Imagino que seja difícil ser tirada de toda a sua vida e jogada na função de cuidar de duas crianças. Estou aqui se quiser conversar. Mas não vou insistir. — Ele estendeu o saco de papel. — Pode aproveitar a torta em paz sozinha.

— Obrigada, Owen. Foi muito atencioso da sua parte.

— Sem problema. Tenha uma boa noite.

Ele se virou para sair, e comecei a fechar a porta. Mas até que seria bem útil ter alguém com quem conversar. E ele parecia ser um bom ouvinte.

— Owen, espere…

Ele se virou.

Eu sorri.

— Gostaria de entrar e dividir a torta?

A luz que preencheu seus olhos foi simplesmente adorável.

— Com certeza.

Dei risada.

— Entre.

Na cozinha, peguei dois garfos da gaveta e a garrafa de vinho da geladeira.

— Quer uma taça?

— Adoraria.

Owen tirou a torta do saco enquanto eu servia nosso vinho. Foi só quando me sentei que dei uma boa olhada no que ele realmente havia trazido.

— Ai, meu Deus. Você trouxe uma torta *inteira*?

Ele sorriu.

— Dei sorte de eles ainda terem uma torta inteira para vender.

Lambi meus lábios.

— Você quer dizer que *eu* tive sorte.

Ele deu risada e pegou um garfo.

— Vá em frente.

— Nem vamos cortá-la?

— Não. Fatias são para quem desiste.

Owen e eu mergulhamos naquela torta de limão. Após comer o que provavelmente totalizava duas fatias grandes, tive que fazer uma pausa. Me recostei na cadeira com a mão na barriga.

— Ai, meu Deus. Estava muito bom.

— Sente-se melhor? — ele perguntou.

— Sim. Precisava mesmo disso. Seu *timing* foi impecável.

Ele soltou o garfo.

— Converse comigo. O que está havendo?

Suspirei.

— Fiquei emotiva pensando na minha infância e no que Hannah e Heath devem estar sentindo.

— Me conte sobre isso.

— Sobre o quê?

— Sua infância.

Arregalei os olhos. Raramente, eu conversava com alguém sobre meus anos com Vera. Antes, eu ficava com vergonha. Entretanto, fui ficando mais velha e percebi que não tinha nada do que me envergonhar — minha mãe que tinha. Mas eu ainda não me abria para muitas pessoas porque não queria a pena delas nem ser julgada. Nunca havia contado a Robert como as coisas tinham sido traumáticas quando eu era pequena. Mesmo assim, parecia certo deixar Owen entrar, pelo menos um pouquinho.

Tracei a beirada da minha taça de vinho.

— Quando eu tinha nove anos, minha mãe começou a namorar um motociclista chamado Q. Era tudo o que eu sabia dele... seu nome de uma letra. Ele usava um colete preto com umas manchas nele, e tinha um rabo de cavalo comprido que ele amarrava na nuca e na ponta. Minha mãe resolveu viajar de moto com ele, então me deixou na vizinha idosa, dizendo que voltaria em algumas horas. Mas claro que só voltou depois de dias.

Olhei para cima conforme continuei.

— A vizinha me deixou dormir no sofá dela naquela noite, porém, na manhã seguinte, ela falou que era melhor minha mãe voltar porque ela tinha coisas para fazer. Fingi ir até meu apartamento e verificar, então voltei e falei para ela que minha mãe tinha voltado. Ela não se importou o suficiente para ver se uma menina de nove anos estava dizendo a verdade ou não, então decidi que conseguia ficar sozinha por uns dias. Essa foi a primeira vez que Vera viajou, pelo menos que consigo me lembrar. Acho que, porque eu ainda não tinha dez anos, ela pensava que tinha a obrigação de ser mãe para mim, então me deixou com a vizinha e não sozinha.

Parei e olhei para longe, visualizando nosso apartamento da época.

— Morávamos no segundo andar de um prédio de quatro andares em Chicago. Era perto de um estacionamento que tinha uma árvore grande na esquina. À noite, os galhos batiam na lateral do prédio, e gatos de rua brigavam e gritavam. Me assustava pra caramba. Após alguns dias, aprendi que, se eu enrolasse papel higiênico em bolinhas e enfiasse nas orelhas, ajudava a abafar o som. Até hoje, durmo com tampões de ouvido.

Owen balançou a cabeça.

— Quanto tempo ela ficou fora?

— Nove dias. Ela voltou para casa no dia *seguinte* ao meu aniversário de dez anos.

— Jesus. Era jovem para ficar sozinha tanto tempo. Você contou a alguém?

— Não. Eu tinha medo de me meter em encrenca. Nunca contava a ninguém quando ela desaparecia. Escondia isso o melhor que podia e dava cobertura para ela. Às vezes, um adulto que se importava um pouco descobria e a assistência social vinha. Então eu ficava presa em um orfanato por um tempo até minha mãe voltar e me reivindicar.

— Por que eles continuam devolvendo uma criança para uma mãe que a abandonava por semanas seguidas?

— Às vezes, eles me mantinham lá por um tempo, e Vera ia me visitar e tal. Mas aí ela frequentava uma aula de parentalidade ou conversava com um psicólogo, e, certo dia, eles me devolviam. — Dei de ombros. — O sistema não é ótimo. E, infelizmente, havia crianças bem piores do que eu... pais abusivos, viciados em drogas que moravam nas ruas. Vera sabia como fazer o jogo e usar o charme quando precisava.

Owen assentiu.

— Algo em particular te fez ficar chateada esta noite? Ou apenas as circunstâncias em geral?

Suspirei.

— A assistente social passou aqui hoje. Aparentemente, Heath faltou à escola algumas vezes na semana passada, e eles não conseguiram entrar em contato com Vera, então ligaram para o serviço social. A assistente quer conversar com a mãe dele. Eu a despistei hoje, dizendo que Vera estava em uma viagem planejada. Mas a mulher queria a data exata em que ela voltaria. Falei que era domingo. Então agora preciso encontrar minha mãe e arrastá-la para casa até lá, porque a assistente social voltará na segunda-feira.

— Merda.

— É...

— O que nós vamos fazer?

Não pude deixar de sorrir.

— *Nós*? É gentil da sua parte, mas não é seu problema.

— Quero ajudar.

— Não posso te pedir para fazer isso.

— Você não pediu. Estou oferecendo. Meu pai era policial. Talvez ele possa nos ajudar a encontrá-la. Além disso, sou bom em encontrar uma agulha no palheiro. Pergunte aos meus clientes.

Um calor se espalhou pelo meu peito. Só o fato de ele *querer* ajudar o tornava querido para mim. Mas esse problema era meu.

— Agradeço mesmo a oferta, Owen, mas estou bem.

— Tem alguma ideia de onde Vera possa estar?

— As crianças disseram que o novo namorado dela é mecânico de caminhão. Eles acham que ele arranjou um emprego novo em Boston, e pode ser para lá que eles foram. Mas o celular da minha mãe está desligado. Às vezes, ela pega um pré-pago por um ou dois meses, porém sempre acaba sendo cancelado porque ela não paga a conta.

— Por que não fazemos uma viagem de carro até Boston?

— Nem tenho certeza se foi para lá que eles foram, e não faço ideia de qual é o sobrenome do cara. Bo sequer é um nome de verdade ou a abreviatura de algo? O que eu faria, só andaria por aí gritando *Bo*?

Owen sorriu.

— Eu tenho carro. Sei dirigir, e você poderia colocar a cabeça para fora da janela e gritar.

Dei risada.

— Estou torcendo para não chegar a esse ponto e ela, milagrosamente, aparecer nos próximos dias.

— Bem, se chegar a esse ponto, você sabe onde me encontrar.

— Obrigada.

Um pouco depois, bocejei, e Owen entendeu a deixa.

— É melhor eu ir.

— Certo.

Fui com ele até a porta, porém ele se demorou na porta.

— Obrigada pela torta — eu disse. — E o ouvido.

— Por nada.

— Você é um bom amigo, Owen.

Ele deu uma piscadinha.

— Eu poderia ser isso *e* mais... não precisa ser um ou outro.

A proposta era mais tentadora do que nunca. Mas eu tinha que me conter.

— Boa noite, Owen.

Ele se inclinou e beijou minha bochecha.

— Boa noite, linda.

CAPÍTULO 8

Owen

Como sempre, na noite seguinte, fui o último a aparecer para nossa reunião mensal do conselho do prédio, que era realmente só uma desculpa para nós conversarmos e bebermos. Embora, normalmente, houvesse negócios de verdade na programação — só não tanto negócios quanto devassidão generalizada.

Colby, Holden e Brayden estavam sentados a uma mesa no L-Bar quando cheguei.

— Oi. — Puxei uma cadeira e me sentei. — Desculpem o atraso.

— E é novidade você ser o último a aparecer? — Brayden repreendeu conforme olhava o cardápio. — Acontece toda vez.

— Acho que não. — Me virei para Holden, que estava com olheiras. — Como está Hope? Encontrei com Lala no corredor outro dia. Ela me disse que a bebê pegou a primeira gripe.

— Semana mais difícil da minha vida. Graças a Deus, ela está melhorando. Mas ainda está meio entupida. Tem sido tenso vê-la com dificuldade de respirar. — Holden expirou. — Não estávamos dormindo bem antes da gripe... ela tem sido uma corujinha desde o primeiro dia... mas isso foi ainda pior.

— Uma corujinha igual ao papai dela, certo? — Dei um tapa nas costas dele. — Pensei que seus anos de festa teriam te preparado para ficar acordado a noite toda, baterista.

— Mav também passou por essa fase de não dormir — Colby disse. — Mas, felizmente, ele está muito bem agora.

— Ok, chega dessa merda de *Creche do Papai*. É entediante para os solteiros — Brayden zombou.

Aproveitei a oportunidade de uma rara calmaria na conversa para entregar algo a Colby.

— Ei, Devyn me deu este cheque do aluguel para você. Ela estava descendo para seu apartamento, mas falei que te veria de qualquer forma.

— Ok. — Ele o guardou no bolso. — Como está essa situação? Para onde a mãe deles foi que Devyn teve que voar para cá para ficar com aquelas crianças?

Expirei.

— Está ruim, cara. Basicamente, ela está desaparecida.

— Você parece saber os bastidores dessa situação do 410, Owen — Brayden percebeu. — Tem alguma coisa que quer nos contar?

Percebi só então que minha conversa de lado com Colby não estava sendo tão particular.

Holden gargalhou atrás de sua garrafa de cerveja.

Brayden olhou para mim e Holden.

— O que tem de tão engraçado?

Eu tinha postergado demais de atualizar Brayden e Colby do meu histórico com Devyn. Holden era o único que sabia como realmente a conheci. Por algum milagre, ele havia guardado meu segredo todo esse tempo, porém Holden era conhecido por ter uma boca grande. Então era apenas uma questão de tempo antes de ele acabar contando a verdade se eu não contasse.

Veio uma garçonete e pegou meu pedido de bebida, mas, quando ela saiu, os caras ainda estavam me encarando, esperando uma explicação.

Eu os atualizei da situação de Vera primeiro.

— É o seguinte. Vera foi embora. Viajou com um cara, e ninguém sabe onde ela está. Ela fazia a mesma coisa com Devyn quando ela era mais nova, inúmeras vezes, e Devyn acabava em um orfanato. A coisa toda é bem bagunçada.

— Merda — Colby murmurou.

— Então, espere... — Holden disse. — Ela pode nunca mais voltar?

— No passado, ela sempre voltava depois de um tempo. Nós só não sabemos quando será desta vez.

Eu estava usando *nós* de novo.

Brayden ergueu uma sobrancelha.

— *Nós*? Você parece bem envolvido, Owen.

Claro que ele percebeu. Olhei desafiadoramente para ele.

— Vou chegar nessa parte.

— Ah, é? — Brayden arregalou os olhos. — Fiquei intrigado.

A garçonete colocou minha cerveja diante de mim. Ela também colocou um prato de petiscos variados.

Dei um gole grande e continuei.

— Enfim, Devyn mora em L.A., e seu irmão ligou e a atualizou da situação deles. Foi isso que fez Devyn vir imediatamente para cá. Ela não está sendo babá deles como um favor. Foi mais como uma emergência.

Colby balançou a cabeça.

— Puta merda, isso é terrível.

— Bom, na verdade, piora — eu disse. — Heath faltou à escola mais de uma vez recentemente, então a assistente social apareceu na porta deles. Devyn teve que, praticamente, mentir para ela e falar que a mãe estava de férias até domingo. Mas a verdade é que nós não fazemos ideia de quando nem se ela vai voltar.

Holden franziu o cenho.

— Caramba, eu sabia que aquelas crianças eram encrenca, mas

nunca imaginei o quanto era ruim. Isso explica bastante coisa. Fiquei com muita pena deles.

— É. A história está se repetindo. A mulher não consegue ser responsável. — Dei outro gole na cerveja. — Mas Devyn tem uma pista de onde ela pode estar. Então me ofereci para viajar para lá com ela para ver se conseguimos localizar Vera antes de a assistente social voltar.

Brayden apontou sua garrafa para mim.

— Espere um minuto. Você precisa voltar, cara. Por que se ofereceria para ir a Boston com ela se mal a conhece? Está faltando alguma coisa aí...

Holden riu, e eu o fuzilei.

— Posso, por favor, fazer as honras? — Holden perguntou. — Tenho sido bonzinho por muito tempo. Não mereço?

Revirando os olhos, me recostei no assento e cruzei os braços.

— Vá em frente. Conte a eles. Sei que está morrendo de vontade.

Holden se inclinou e pausou para dar efeito antes de contar tudo.

— Owen e Devyn ficaram por uma noite. — Ele se recostou e curtiu as consequências da bomba que acabara de soltar.

Brayden piscou.

— O quê?

— Quando? — Colby perguntou, tão perplexo quanto Brayden.

— Antes de eu saber que ela morava no prédio — respondi. — Foi total coincidência. Eu a conheci em um bar. Tivemos uma química maravilhosa, que então... foi até o hotel vizinho.

Colby ficou boquiaberto, e o queixo de Brayden caiu.

Me demorei um pouco mais contando sobre aquela noite, inclusive como Devyn tinha fugido de mim. Também expliquei como havia dito a Holden a verdade no hospital depois de encontrar Devyn, quando fui entregar o aviso de reclamação do barulho.

A reação de Brayden foi exatamente como eu esperava.

— Está me zoando? — ele se enfureceu. — Quando eu estava dando em cima dela na casa de Colby naquele dia, você deixou eu me fazer de bobo, sabendo que já tinha dormido com ela?

Cerrei meus dentes.

— Eu não estava tentando armar para você. Isso não tem nada a ver com você. Só não estava a fim de contar desta vez.

Colby estreitou os olhos.

— Contamos tudo uns aos outros. O que tem de diferente nisto? Qual é o grande segredo?

Hesitei.

— Não sei exatamente. Acho que me sinto protetor dela ou algo assim. Não quis me gabar. Fiquei com um pouco de vergonha pelo jeito que ela me deu um perdido. — Encarei minha garrafa. — Também não estava a fim de *só* uma noite... Deus sabe que já tive isso. Então, assim que descobri que ela morava no nosso prédio, tratei de proteger a privacidade dela mais do que qualquer coisa.

Colby assentiu.

— Certo. Justo.

Brayden deu risada.

— Me perguntei por que parecia que você queria me matar naquele dia em que me viu conversando com ela na casa de Colby.

— Tem razão. Queria mesmo te matar. Mas entendi que não sabia o que estava havendo. Você nunca ficou em perigo de levar um soco.

— Tem sorte de eu não estar interessado nela. — Ele bufou.

Dei um tapa no braço dele.

— Ah, é? Você é bom demais para ela agora, babaca?

— Não. — Brayden tirou um fiapo de sua camisa. — Mas estou virando uma nova página.

Holden parou de beber no meio do gole.

— Do que está falando?

— Na verdade, me vi atraído por... uma mulher mais *madura* ultimamente. — Ele enfiou um petisco jalapeño na boca.

— Devyn é bastante madura — defendi.

— Ela é nova demais — ele disse com a boca cheia.

Ele está falando sério?

— Ela não é tão mais nova que a gente — destaquei.

— É, mas estou achando que as mulheres da nossa idade, dos vinte e muitos anos, trinta e poucos até, costumam ser superficiais e imaturas, no geral.

— É mesmo? — Colby ergueu uma sobrancelha.

Holden deu risada.

— Quando isso começou?

— Vamos só dizer que tenho meus próprios segredos. — Brayden deu uma piscadinha.

Colby bebeu toda a sua cerveja.

— Jesus. Vocês dois estão misteriosos ultimamente.

Quando Brayden se recusou a revelar mais coisa, o assunto voltou para Devyn e eu.

— Então qual é a de vocês? — Colby perguntou. — Por que não estão saindo agora se tiveram uma noite tão boa juntos?

— Não tenho uma resposta para você. Gosto muito dela. E você sabe que não falo isso com muita frequência.

— Gosta muito dela. Esse é o seu motivo para não sair com ela? — Colby perguntou.

— Há um *mas* aí em algum lugar — Holden insistiu. — Conte.

— A vida dela está complicada no momento, e a última coisa que quero fazer é complicar mais para ela. É tudo que há nisso.

— Então por que está se oferecendo para ir a Boston com ela? — Colby indagou.

— Porque quero ajudá-la.

— Que mentira. — Brayden deu risada. — Acho que você quer *ajudá-la* em outro quarto de hotel.

Revirei os olhos.

— Talvez, no fundo, eu não ligaria se isso acontecesse... Mas, quer você acredite ou não, essa *não* é minha motivação. Desculpe se não acha que sou uma pessoa decente o bastante só para ajudar alguém que está sobrecarregado no momento. — Suspirei. — Enfim, pode ser que ela não aceite minha proposta.

— Sabe o que eu acho? — Brayden olhou para mim com ceticismo. — Acho que está sendo cauteloso por *sua* causa, não por ela.

— Sério? — Apoiei o queixo na mão. — Me esclareça, já que parece que você acha que me conhece melhor do que eu mesmo.

— Ela está aqui só temporariamente. Você sabe que ela vai embora. Então está sendo extremamente cauteloso porque *você* não quer se machucar.

Com certeza, esse era o raciocínio de Devyn, mas eu não estava pronto para falar disso.

— Ache o que quiser — eu disse a ele. Bebi um pouco de cerveja antes de pegar um palitinho de muçarela.

Colby olhou pela mesa.

— Mais alguém tem alguma coisa para confessar esta noite?

Brayden e eu nos olhamos e demos risada.

Holden deu um tapa na mesa.

— Se não, vamos acabar com esta reunião. Tenho uma bebezinha fungando em casa esperando os beijos do papai.

Na volta para casa naquela noite, me questionei se deveria passar no apartamento de Devyn para ver se havia alguma atualização sobre Vera. Resolvi verificar e, no instante em que ela abriu a porta, dava para ver, pela sua expressão estressada, que as coisas não tinham mudado.

— Oi. — Ela deu um passo para o lado. — Entre.

— Como você está? — perguntei.

— Longo dia. — Ela soltou uma respiração desesperada. — Estive tentando trabalhar, e as crianças ficaram brigando no jantar, mas, felizmente, agora estão no quarto fazendo tarefa. — Ela olhou para mim com olhos cansados.

— Imagino que nada tenha mudado em relação à situação com sua mãe.

— Não. Infelizmente, não estou mais perto de saber o que falar para a assistente social na segunda-feira.

— Bem, a proposta sobre Boston ainda está de pé. Não vou te incomodar com isso, mas estou pronto para ir quando você estiver.

— Agradeço você querer ajudar, Owen. — Então ela mudou de assunto: — Como foi sua reunião do conselho?

— Como sempre é, mais uma desculpa para beber e encher o saco uns dos outros... oitenta por cento besteira e vinte por cento falando sobre negócios do prédio. — Pausei. — Na verdade... — Pigarreei. — Devo te avisar que decidi contar para eles sobre a noite em que nos conhecemos. Até hoje, só Holden sabia.

Ela olhou para mim, surpresa.

— Ah...

Incapaz de interpretá-la, continuei.

— Brayden claramente estava de olho em você, então pensei que ele deveria saber o que houve entre nós. Mas, em especial, é difícil, para mim, esconder coisas desses caras. Eles são como meus irmãos, e praticamente conseguem saber quando está acontecendo algo comigo. Não contei para me gabar. Preciso que saiba disso. Quando entreguei o cheque para Colby, ele perguntou sobre sua situação, e isso levou a uma discussão do porquê você e eu parecíamos... mais próximos do que estranhos. — Tentei medir sua reação. — Não quis mentir.

— Entendo. — Ela assentiu. — Também conto tudo a Mia. Não esperaria que você não se abrisse com seus melhores amigos. — Ela deu de ombros. — Nós dois somos adultos. Não há nada do que se envergonhar.

— Bom, obrigado por entender.

Ela assentiu, mas não falou mais nada.

— Provavelmente seja melhor eu não te atrapalhar. Só queria passar aqui e falar oi.

Para minha surpresa, sua expressão se entristeceu. Ela colocou uma mecha de cabelo atrás da orelha.

— Eu ia colocar um filme e relaxar. Quer assistir comigo?

Bingo. Meu coração acelerou.

— É, parece legal.

— Ainda tenho o resto da torta que você trouxe para mim na geladeira. Pode me ajudar a finalizá-la?

Isso me fez pensar no quanto eu queria *finalizá-la* agora mesmo. A torta teria que fazer a vez. Assenti.

— Parece ótimo.

— Vou pegar a torta e dois garfos. — Ela deu uma piscadinha.

Após um instante, segui Devyn até o sofá em sua sala de estar. Ela colocou a torta na mesa de centro e mexeu no controle para tentar encontrar o canal de filmes. Ela acabava deixando na TV a cabo ou em outra tela.

— Imagino que não assista muita TV — zombei.

— Como adivinhou? — Ela deu risada.

— Um palpite. — Me estiquei para pegar o controle. — Posso? — Naveguei pelo menu certo e abri a Netflix antes de devolver o controle a ela. — Essa configuração é igualzinha a minha, então a conheço como a palma da minha mão; embora não consiga me lembrar da última vez em que me sentei para ver um filme. Na maioria das vezes, estou tão cansado depois do trabalho que acabo dormindo.

— É, infelizmente, também não consigo me lembrar da última vez que terminei um filme. Não sei se é minha capacidade de atenção ultimamente devido a todas as distrações ou se é pura exaustão. — Ela me ofereceu de volta o controle. — Você escolhe.

— Bem, não vou levar para o lado pessoal se você dormir. — Dei risada, passando pelas opções. — Está a fim de alguma coisa?

— Só nada pesado demais nem com muita violência.

Mexi o cursor ao longo da lista dos mais populares. Havia um suspense romântico em terceiro lugar que parecia algo de que nós dois gostaríamos.

Parei nele.

— O que acha desse?

Ela se inclinou para olhar melhor. Seu rosto ficou vermelho.

— Ãh, qualquer um menos esse, por favor.

— Ok… — Arqueei uma sobrancelha. — Você não gosta de suspenses românticos ou…

Quando ela não falou nada, olhei de novo a imagem do ator na miniatura… cara bonito com cabelo loiro-escuro e olhos azuis impressionantes.

Ahhh…

— É ele, não é?

Ela assentiu.

Robert Valentino.

Agora eu tinha um rosto e um nome para o "ator secreto" que estivera detestando.

E também tinha um nome para o sentimento indesejado no meu peito: ciúme.

CAPÍTULO 9

Devyn

— O que é isto? — perguntei.

Heath deu de ombros.

— Não sei. Acabei de encontrar no chão na porta da frente.

Peguei o envelope pardo com meu nome escrito na frente e o joguei no balcão da cozinha. Se a pessoa não quis me entregá-lo pessoalmente, poderia ser má notícia. Poderia esperar até as crianças saírem para a escola. Elas não precisavam se preocupar com mais coisa. Heath tinha me perguntado um monte de vezes se eu havia tido notícia de Vera desde que a assistente social apareceu; ambos estavam preocupados com o que poderia acontecer quando o serviço social voltasse.

Quando fiquei sozinha, rasguei o envelope. Dentro dele, um pacote grosso de papéis tinha sido grampeado junto com um recado grudado em cima.

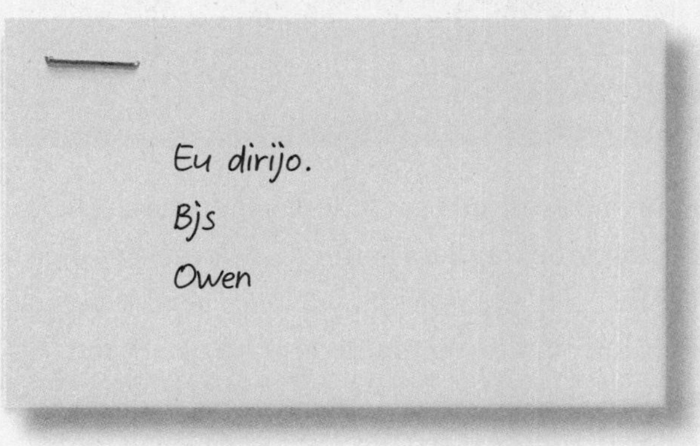

A primeira página era um mapa, com uma rota destacada em amarelo e um monte de X marcados. Confusa, verifiquei o restante da pilha. Meu coração se apertou quando percebi que era uma cópia impressa de todas as mecânicas de caminhão na região de Boston. No rodapé de uma das páginas, vi a hora no canto — *2h12*.

Owen deve ter ficado acordado até tarde fazendo isso. Eu não sabia se era sua gentileza ou meus nervos à flor da pele, mas fiquei meio chocada.

Engoli em seco e peguei meu celular, verificando, pela milionésima vez, para ver se Vera tinha ligado ou enviado mensagem. Claro que não tinha. Meu celular ainda estava na minha mão quando vibrou com a chegada de uma mensagem.

Owen: Bom dia, raio de sol. Coloquei uma coisa debaixo da sua porta antes de sair para o escritório.

Eu sorri e respondi.

Devyn: Acabei de abrir. Foi tão fofo da sua parte reunir as informações.

Owen: Só para você saber, olhei os sites de alguns dos lugares. Muitos não abrem no sábado ou domingo. Então teríamos que ir amanhã. Imagino que, se sairmos às quatro da manhã, não pegaremos trânsito para ir e voltaremos no início da noite para que as crianças não fiquem sozinhas por muito tempo depois da escola. E posso pedir para Colby passar no apartamento pela manhã, para garantir que eles realmente vão e não matem aula.

O homem tinha pensado em tudo. Quando ele sugerira, pela primeira vez, ir para Boston procurar Vera, pareceu distante. Era uma cidade grande pra caramba. Mas, com o passar das horas e percebendo como ele tinha organizado bem um plano de ataque, eu estava começando a sentir que não era tanta loucura.

Devyn: Não precisa trabalhar amanhã?

Ele digitou a resposta quase que imediatamente.

Owen: Vim cedo hoje de manhã para terminar as coisas, só no caso de precisar.

Mordi a unha. Eu sempre detestava pedir favores. Me orgulhava da minha independência, mas, no fundo, desconfiava que se tratava menos de necessidade de ser autossuficiente e mais da minha incapacidade de confiar nos outros porque minha mãe sempre me decepcionava. Ainda assim, por algum motivo, eu não estava nervosa quanto a Owen me decepcionar, embora não o conhecesse tão bem. Meu coração me dizia que ele era confiável. Esse pensamento — de que eu não me importaria em confiar um pouco em alguém — era o que mais me assustava.

Devyn: Posso te avisar mais tarde?

Owen: Claro. Tenha um bom dia.

Depois disso, obriguei meus pensamentos sobre Vera a saírem da minha mente, porque minha agenda estava lotada. Eu tinha três reuniões por vídeo com produtores que procuravam novos talentos, e um roteiro que precisava ler a fim de montar uma proposta para os papéis. Quando vi, era quase hora de as crianças voltarem para casa, e eu ainda precisava ir ao mercado comprar umas coisas para fazer o jantar. Então juntei os papéis jogados por toda a mesa da cozinha e fechei o notebook.

No elevador, chequei meu celular. Havia meia dúzia de mensagens de texto de atores que eu representava. Conforme fui abrir a primeira, chegou uma nova mensagem. Eu sorri ao ver que era de Owen. Estávamos na mesma *vibe*.

Owen: Qual é a sua comida porcaria preferida? Estou comprando uns petiscos de viagem no caso de irmos amanhã. Não consigo viajar sem um pacote de bala Swedish Fish e um saquinho de amendoins de wasabi. Você gosta de doce ou salgado?

Antes de eu conseguir responder, chegou outra mensagem.

Owen: Ahhh. Eles têm Pop Corners... sabor milho. Meu preferido. Mas é melhor eu comprar dois pacotes, porque não divido este negócio.

Meu sorriso cresceu. Eu também era uma garota do tipo viagem-e-petiscos.

Devyn: Nunca provei Pop Corners, mas amo Swedish Fish.

Alguns segundos depois, chegou uma imagem. Cliquei nela e apareceu uma foto de uma cesta bem cheia de porcarias. Devia ter uns vinte tipos diferentes ali — salgadinhos, chocolate, bala e castanhas.

Dei risada ao digitar.

Devyn: Humm... de quanto tempo é esta viagem? Um mês?

Owen: Pode ser que eu vá até o Canadá e volte se você resolver que não quer encontrar Vera. Vou precisar de uma desculpa para comer toda esta merda.

Chegou outra mensagem.

Owen: Então você está dentro? Ou preciso colocar meu passaporte na mala para amanhã?

A segunda-feira estava se aproximando, e eu precisava seriamente tentar *alguma coisa*. Minha estratégia de aguardar-e-torcer não estava funcionando muito bem. E vamos admitir que minha hesitação se tratava mais de eu ter medo de me aproximar de Owen do que qualquer outra coisa, e não deveria deixar que isso me atrapalhasse de encontrar Vera. Meus irmãos precisavam dela de volta em casa. Então respirei fundo e digitei.

Devyn: Acha que nessa cesta tem espaço para Reese's Pieces?

Chegou outra foto alguns minutos depois. Owen sorria em uma selfie com um saco de Reese's Pieces. A mensagem dele estava abaixo.

Owen: Encontro você no saguão às 4 da manhã.

— Peguei um. — Owen balançou um Twizzler para mim conforme dirigia. Estávamos em um jogo que eu tinha apelidado de *Adivinhe qual amigo*, pela última hora. — Na quinta série, tivemos que fazer um projeto de escrita criativa em que criávamos uma história sobre o Papai Noel. Um dos caras escreveu sobre o Papai Noel deixando a Mamãe Noel por uma mulher jovem e gostosa, que secretamente era discípula do Grinch e substituiu todos os brinquedos que ele entregava por blusas feias marrons de gola alta tricotadas por vovós.

— Ai, meu Deus. — Dei risada. — Deve ter sido Holden. Só porque tem uma mulher gostosa envolvida.

Owen sorriu.

— Não. Fui eu. Minha avó tricotava um monte de blusas que faziam eu me coçar. Eu odiava, mas minha mãe me obrigava usar uma quando íamos visitar. Enquanto isso, a avó de Holden comprava para ele coisas como teclado elétrico e Nintendo 64.

Dei risada.

— Vocês devem ter sido um grupo e tanto. Aposto que as meninas enlouqueciam quando vocês chegavam juntos em todos os lugares.

— Está dizendo que acha meus amigos *bonitos*, Devyn?

— Tenho praticamente certeza de que você já deve saber disso. Não consigo imaginar nenhum de vocês tendo dificuldade para arranjar encontros.

Owen olhou para mim.

— Também tenho certeza de que você não tinha.

Suspirei.

— Na verdade, não tive muitos namorados. Minha mãe trazia para casa tantos homens aleatórios, e todos eles a usavam por uma ou duas noites. Permaneciam por algumas semanas, aí minha mãe sempre ficava triste quando eles sumiam sem avisar. E quase toda vez eles iam embora com todo o dinheiro que ela tinha na carteira. Então achava que era assim que os homens eram. Isso me fez ficar bem desinteressada.

Ele franziu o cenho.

— Ainda se sente assim?

— Não, tive bastante sorte de ter bons exemplos de homens de caráter na minha vida. Lembra do produtor de que te contei? O que me guiou na direção desta carreira e que foi meu primeiro cliente oficial quando comecei?

— Sim...

— Bem, ele é tipo da família. É trinta anos mais velho do que eu e é casado com a mesma mulher desde que tinha dezenove. Aprendi bastante com ele, e não somente sobre a indústria de filmes.

— Seria muita invasão se eu perguntasse sobre seu pai? Você tem algum contato com ele?

Balancei a cabeça.

— O nome dele é Rick. Ele foi embora quando minha mãe contou que estava grávida.

— Então você nunca o conheceu?

— Eu o encontrei uma vez. Eu tinha, talvez, sete ou oito anos. Minha mãe e eu estávamos no supermercado. Um cara com uma barba longa veio até nós e falou oi. Minha mãe se virou para mim e disse, com bastante naturalidade: "Devyn, este é seu pai caloteiro que não te sustenta". Me lembro de que eles conversaram por um ou dois minutos, e ele olhou para mim, deu de ombros e falou: "Tenha uma boa vida, garota. Tente não crescer e ser igual a sua mãe". E foi isso. Minha mãe nunca falou disso comigo, e eu nunca o mencionei de novo.

— Que zoado.

— Pelo menos ele me deu um bom conselho. Passei os vinte anos seguintes tentando *não* ser igual a Vera.

O sistema de navegação de Owen nos interrompeu, indicando que deveríamos pegar a próxima saída para a mecânica de caminhão. Tínhamos trinta e oito lugares traçados no mapa de papel que ele tinha marcado. A oito quilômetros da rodovia, paramos na oficina número um. Era meio fora de mão, mas os caminhões grandes estacionados por todo o lugar exigiam bastante espaço, e o centro de Boston era caro.

Owen e eu entramos juntos. O cara do balcão da frente tinha um cigarro pendurado entre os lábios, e o cinzeiro próximo estava transbordando. Ele não olhou para cima quando falei oi.

— Você tem alguém trabalhando aqui chamado Bo? — perguntei.

— Não. Nenhum Bo.

— É possível que você conheça algum mecânico de caminhão com esse nome?

O cara levantou a cabeça e franziu o cenho.

— O que pareço? Uma central de informações? Não, não conheço nenhum Bo, e não tem nenhum que trabalha aqui. Mais alguma coisa?

Suspirei.

— Não. Obrigada pelo seu tempo.

O cara cuidando da recepção na segunda oficina foi bem mais simpático, porém também não conhecia Bo. Na hora do almoço, tínhamos chegado a dezesseis oficinas, e eu estava começando a sentir que a viagem tinha sido uma grande perda de tempo.

— Não fique desmotivada — Owen disse. — Vamos encontrá-los.

Agradecia a positividade dele, mas ele não tinha uma vida de experiência tentando encontrar Vera. A mulher desaparecia melhor do que um mágico.

Passamos as quatro horas seguintes seguindo o mapa de ponto a ponto. Alguns lugares não estavam mais funcionando, e às três da tarde tínhamos apenas mais uma visita.

Entramos, mas me senti derrotada antes mesmo de falar com alguém. Owen deve ter sentido isso, porque falou com o cara da recepção desta vez, em vez de mim.

— Oi. Como vai? Estamos procurando um mecânico chamado Bo.

— O que ele fez? Fez sua carroceria quebrar?

Owen balançou a cabeça.

— Não. Nada disso. Só precisamos conversar com ele. Na verdade, é pessoal.

Arregalei os olhos.

— Mas ele trabalha aqui?

— Estão procurando Bo Ridge?

— Não temos certeza do sobrenome dele — respondi. — Ele começou recentemente?

— Há uma semana e meia, mais ou menos. Talvez duas?

— Você viu uma mulher com ele? O nome dela é Vera.

— Não sei o nome, mas tem uma loira que o deixa e o busca às vezes. Veio na hora do almoço outro dia. Tenho praticamente certeza de que eles se pegaram no carro. Ela estava sentada no colo dele no banco da frente, e aquele lixo que eles dirigem estava balançando.

Bem a cara de Vera...

— Ela era magra, com maquiagem demais e um monte de pulseiras?

— Não sei quanto às pulseiras, mas magricela com maquiagem se encaixa.

— Quando Bo trabalha de novo?

— Amanhã de manhã. Oito horas. Abrimos por meio período aos sábados.

Suspirei.

— Há alguma chance de você conseguir ligar para ele ou nos dar o número dele?

O cara franziu os lábios.

— Por favor? — pedi. — É muito importante que eu consiga falar com eles.

Ele assentiu rapidamente antes de procurar em um armário de arquivos e puxar uma pilha de papéis. Xeretei enquanto ele tirava um da pilha, tentando ler a letra horrível de ponta-cabeça enquanto o cara visualizava a inscrição de uma página com o dedo. Na metade dela, seu dedo indicador parou em um número de telefone. Ele bateu nele duas vezes antes de ligar para o número do telefone de sua mesa no viva-voz.

Mas nem tocou. Em vez disso, a ligação caiu direto em uma mensagem automática dizendo que o número tinha sido desligado.

Ele franziu o cenho.

— Funcionou no dia seguinte à inscrição dele. Eu o usei para ligar e falar para ele que poderia ficar com o emprego por um período de experiência.

— Talvez você tenha ligado errado?

O cara franziu a testa, mas desligou e apertou os números de novo. Desta vez, observei o que ele digitou e verifiquei os dígitos no papel. Ele tinha ligado corretamente, porém a mensagem automática soou de novo.

— Acho que foi desligado? — Ele deu de ombros.

Se a descrição da loira magricela que tinha se pegado com ele no carro durante o almoço não foi suficiente para identificar Vera, o telefone desligado confirmou. Esse era o modus operandi da minha mãe.

— Você tem um endereço? — perguntei.

Ele olhou para a folha e balançou a cabeça.

— Ele estava ficando em um hotel quando preencheu a ficha. Falou que estava esperando saber se tinha conseguido um apartamento.

— Sabe qual hotel?

— Não, mas não te ajudaria em nada. Ele não está mais lá. Se mudou para um novo local há alguns dias. Ficou de me dar o endereço para atualizar meus registros, porém ainda não deu.

Suspirei.

— Certo. Teria problema se eu ligasse para ele aqui amanhã, no telefone da sua oficina?

— Contanto que não demore demais. Ele tem muito trabalho a fazer. Estamos lotados.

— Pode me dar seu telefone?

O cara deslizou um cartão de um suporte e o entregou para mim.

— Muito obrigada pela sua ajuda.

Do lado de fora, Owen ergueu a mão para mim em um cumprimento.

— Conseguimos!

Cumprimentei-o com um sorriso.

— Não acredito que deu certo. Não sei como te agradecer, Owen.

— Não precisa agradecer. Mas acha que é uma boa ideia ir embora e ligar de manhã? Aí você estará confiando que sua mãe vai voltar para Nova York em menos de quarenta e oito horas.

Meu entusiasmo diminuiu.

— Tem razão. Eu não estava pensando com clareza. Entrar em contato com ela é apenas metade da batalha. Ela não é como uma mãe normal que correria para casa quando eu contar que seus filhos podem ser colocados em orfanatos. Esse pode ser um motivo para ela *não* correr para casa. Na sua mente deturpada, saber que outra pessoa está com eles é licença para continuar perambulando por aí. Pode ser que eu tenha que arrastá-la de volta. Mas também não posso deixar as crianças sozinhas esta noite.

Owen pensou por um instante.

— Por que não deixamos você em um hotel aqui perto, e eu volto e fico com as crianças?

— Não posso deixar você fazer isso. Além do mais, não sei como Hannah iria se sentir com você ficando no apartamento.

— Você poderia ir para casa, e eu poderia ficar e conversar com Bo?

Enchi as bochechas de ar e soltei, balançando a cabeça.

— Não estou exagerando quando digo que ela pode precisar ser arrastada para casa. Acho que tem que ser eu.

— Tenho uma ideia. — Owen ergueu um dedo. — Espere um minuto. Deixe-me fazer uma ligação rápida. — Ele tirou seu celular do bolso e mexeu na tela por alguns segundos antes de levá-lo à orelha. Ouvi um lado da conversa.

— Oi. E aí, cara?

Pausa.

— Olha, preciso de um grande favor. Acha que Hannah e Heath podem dormir aí esta noite? Hannah gosta muito de Billie e das crianças, então acho que ela não se importará. Se se importar, convide Holden para ficar aí por uma ou duas horas... isso vai ajudar.

Outra pausa.

— É, está tudo bem. Devyn e eu estamos em Boston. Pensamos que seria uma viagem de um dia, mas acabou que precisamos passar a noite.

Alguns segundos depois, Owen sorriu.

— Valeu, cara. Vou te mandar por mensagem o plano para pegá-los depois que Devyn avisá-los.

Owen desligou a ligação e olhou para mim.

— Problema resolvido. Provavelmente seja melhor se tivermos quatro mãos, de qualquer forma, no caso de precisarmos amarrar Vera e carregá-la para casa. Além do mais, não gosto da ideia de deixar você sozinha por aqui.

Meu coração começou a acelerar.

— Então vamos passar a noite... juntos?

Um sorriso curvou os cantos dos lábios de Owen.

— Sim. Você é uma garota de sorte.

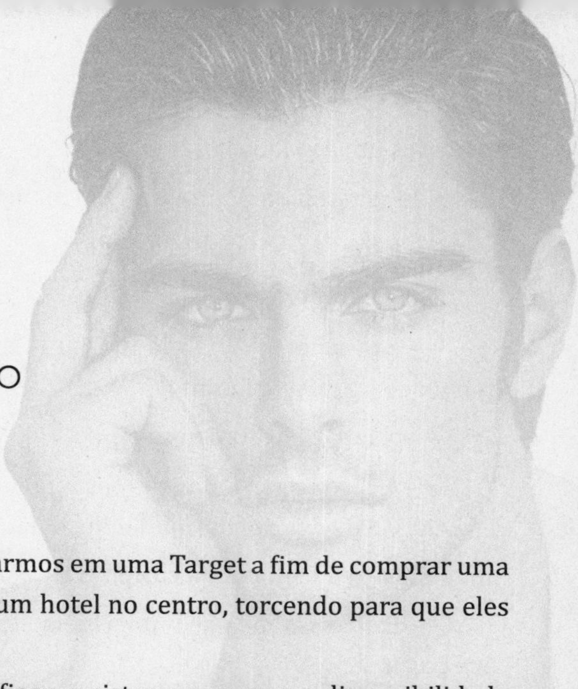

CAPÍTULO 10

Devyn

Depois de Owen e eu pararmos em uma Target a fim de comprar uma troca de roupas, chegamos em um hotel no centro, torcendo para que eles pudessem nos acomodar.

A moça da recepção verificou o sistema para ver a disponibilidade deles.

Ela digitou algumas teclas.

— Temos um quarto.

— Na verdade — Owen corrigiu. — Como falei, precisamos de *dois* quartos.

Ela arregalou os olhos.

— Dois quartos separados?

Owen assentiu.

— Sim.

— Desculpe. Presumi que estivessem juntos e devo ter entendido errado. — Ela inclinou a cabeça para o lado. — Viagem a negócios?

— Algo assim — ele respondeu.

A moça piscou sedutoramente para Owen e ficou, de repente, super entusiasmada em nos ajudar. Imaginava que ele provocava essa reação em todo lugar a que ia.

— Certo. — Ela digitou algumas teclas. — Temos, sim, dois quartos separados um ao lado do outro. Serve?

Ele se virou para mim com um olhar sério.

— É longe o suficiente de mim?

Eu o cutuquei com o cotovelo.

— É perfeito. — Virando-me para ela, perguntei: — Mas pode colocá-los em dois cartões diferentes?

— Não. — Ele ergueu sua mão. — O que está fazendo?

— Quero pagar o meu — respondi, enfiando a mão na bolsa. — Na verdade, você que está me ajudando, então eu deveria pagar por ambos.

Ele dispensou minha carteira.

— Esta coisa toda foi minha ideia, Devyn. Nada disso. Não vou deixar você pagar.

Mesmo que eu odiasse sentir que devia a ele, parecia que ele não aceitaria não como resposta.

— Obrigada — eu disse a ele, guardando minha carteira de volta na bolsa.

— Não precisa me agradecer. Só estou feliz de não ter que te deixar aqui.

Arrepios cobriram a minha pele. Eu não conseguia imaginar como seria vasculhar Boston sozinha, procurando minha mãe. Por mais que eu tivesse resistido à viagem no início, sabia que havia tomado a decisão certa.

A moça me entregou minha chave e a de Owen.

— Se precisar de qualquer coisa... — ela falou, olhando para ele. — Meu nome é Colleen. Estou aqui até meia-noite. E, mais importante, *saio depois* da meia-noite.

— Obrigado — ele respondeu, não parecendo afetado pela proposta dela.

— Essa mulher merece levar um soco — sussurrei enquanto andávamos na direção dos elevadores.

Owen deu risada.

— Ela não foi muito sutil, né?

— Só porque não vamos dormir na mesma cama não significa que não estejamos juntos. — Rapidamente me corrigi. — Quero dizer, *não* estamos juntos, mas *ela* não sabe disso.

— É, isso foi meio ousado. Meio que me lembrou de uma nervosinha que conheci uma noite não muito tempo atrás que me falou bem claramente o que queria.

Corei, percebendo que ele estava se referindo a mim.

— Não era do meu feitio deixar rolar... até então.

Entramos no elevador.

— Bem, fico feliz por você ter me levado junto, mesmo que tenha sido apenas por um momento rápido. — Ele apertou o número do nosso andar. — Desculpe se te deixei desconfortável por falar disso.

Coloquei meu cabelo atrás da orelha.

— Não deixou.

As portas do elevador se abriram, e saímos em nosso andar.

— O que me diz de, depois de deixarmos nossas coisas, nós encontrarmos o melhor restaurante por aqui e sairmos para um bom jantar? — Owen sugeriu. — Extrair o melhor disto?

— É tentador, porém meio que só estou a fim de ficar no quarto de hotel. Estou tão exausta do dia de hoje. Podemos pedir comida em vez de sair?

— Claro. Vou pedir alguma coisa enquanto você relaxa.

— Ficou decepcionado por não sairmos? — perguntei enquanto caminhávamos pelo corredor.

— Passo minha vida em restaurantes com clientes, Devyn. Um jantar tranquilo aqui com você parece ainda melhor.

Após localizarmos nossos quartos, Owen foi para o dele deixar suas coisas. Um minuto depois, ouvi uma batida à porta, mas não na porta da frente. Nossos quartos não eram apenas um ao lado do outro, eram conjugados.

Ele se juntou a mim para olhar para a vista espetacular de Boston pela janela do meu quarto.

— Uau, é muito lindo — eu disse.

— É — ele concordou, embora, no reflexo do vidro, eu conseguisse vê-lo olhando para *mim*, não para a vista.

Saber que ele estaria bem no quarto ao lado me deixava nervosa, no entanto, eu não teria escolhido ser de outro jeito.

— Quer comer alguma coisa em particular? — ele perguntou.

Dei de ombros.

— Me surpreenda.

— Sério? Sem exigências? O mundo está aos seus pés, Devyn. — Ele sorriu. — O North End não é muito longe daqui. Eles têm uma ótima comida italiana.

— Sem exigências. Estou me sentindo indecisa, mas não tenho alergias a comida nem nada. Então qualquer coisa será ótima. Literalmente, a única coisa de que não gosto é gengibre. Sabe, o tipo picante que eles colocam de acompanhamento no sushi? Aquilo me faz querer vomitar.

Ele deu risada.

— Certo, vou ficar bem longe de gengibre picante.

Depois que ele saiu para comprar comida, liguei para falar com Heath e Hannah por um minuto antes de tomar um banho quente e demorado. Precisava disso depois daquele dia. Me sentia mimada tendo esse tempo sozinha em um quarto de hotel lindo enquanto um homem ainda mais lindo saía e comprava jantar para mim. Isso me fez perceber exatamente como homens tinham me tratado mal no passado. Esse sentimento não deveria ser tão desconhecido. Depois do banho, fiquei deitada na cama, vestindo o pijama que eu tinha comprado na Target e me sentindo grata. Liguei a TV, me perguntando o quanto seria patético se Owen voltasse e me encontrasse completamente apagada — eu estava cansada *nesse nível*.

Conforme comecei a pegar no sono na cama confortável, meu celular tocou.

Robert.

Atendi.

— Oi.

— Oi, amor. O que está havendo? Não tive notícia de você. Pensei que já pudesse ter mudado de ideia quanto a vir para cá.

Me sentei apoiada na cabeceira da cama.

— Desculpe estourar sua bolha, mas não. Nada mudou. Não vou conseguir ir para aí.

— O que está fazendo esta noite? — ele perguntou.

— Na verdade, estou em Boston.

— O que está fazendo aí? Pensei que não pudesse viajar — ele destacou, seu tom meio rude.

— Não é uma viagem a lazer. Vim porque tive uma pista de que minha mãe desnaturada poderia estar aqui com o namorado, e estou tentando localizá-la antes que o serviço social leve meus irmãos. Heath e Hannah estão ficando com meus vizinhos.

— Ah, caramba. Certo. Está sozinha aí?

— Não. Meu amigo está aqui me ajudando. Achamos que encontramos onde o namorado dela trabalha. Mas temos que esperar até de manhã para confrontá-lo.

— Que amigo é este?

— O nome dele é Owen.

Ele pausou.

— Owen, hein?

— Sim.

— Esse Owen tem algo a ver com o motivo de você não estar aqui na minha cama neste momento?

— Não. — Engoli em seco. — Somos só amigos.

— Estão em um hotel?

— Sim.

— Ele está dormindo no mesmo quarto que você?

— Não, estamos em quartos separados.

— E esse cara te ajudando não tem nenhum motivo extra?

— Acredite ou não, Robert, há alguns homens neste mundo que não querem só sexo de mim. — Revirei os olhos.

— Não quero só sexo de você. Posso conseguir sexo em qualquer lugar.

— Que elegante — murmurei.

— Desculpe. Não quis que saísse assim. — Ele suspirou. — Enfim, não sei se acredito que esse cara tenha intenções puras, não importa o que você diga.

— E se ele *tivesse* outras? Você e eu não somos exclusivos, de qualquer forma. Deus sabe que você, com certeza, não tem sido monogâmico.

— Você não confia que eu seja, lembra? Eu *queria* que fosse minha namorada. Você falou não toda vez que te perguntei.

— Essa seria uma receita para um desastre. Você sabe que não conseguiria ser fiel com todas as viagens que faz. E tem razão. Não confio em você. Porque nunca me deu razão para isso.

— Não acredito que vou para a Itália sem te ver primeiro.

— Bem, você fala que está ocupado demais para voar para me ver, então não devo significar muito para você.

— Te falei que tenho coletiva de imprensa todos os dias aqui.

— As pessoas sempre podem mudar planos e arranjar tempo para as coisas que importam para elas.

— Exatamente. E é por isso que eu esperava que você viesse para cá... mesmo que por um dia. — Ele expirou demoradamente. — Olha, você importa, *sim*, para mim, Devyn. Sei que tenho um jeito estranho de demonstrar às vezes. Mas é uma das raras pessoas em quem confio. Conheceu meu eu verdadeiro antes de eu ficar famoso. Por que acha que não consigo te deixar ir, independente do quanto tudo tenha mudado? A única constante na minha vida é que quero você nela.

Meu corpo ficou tenso conforme lutei contra ser manipulada.

— Você só me quer aos seus termos, Robert. Isso nunca vai dar certo. *Nós* nunca vamos dar certo.

— Fala isso e, ainda assim, sempre volta para mim, mesmo que eu só tenha você por uma semana de sexo incrível... Você *sempre* volta, Devyn. O que isso lhe diz?

— Que não sou muito inteligente e, talvez, precise cuidar de mim mesma para evitar decisões tão ruins. — Passei uma mão no cabelo. — Claramente, isso não me levou a lugar algum.

Ele ficou em silêncio por um instante.

— Vou deixar você desligar. Não parece muito feliz em falar comigo, de qualquer forma. Boa sorte tentando encontrar sua mãe. Falo sério. Espero que a localize para que possa voltar antes de eu ter que viajar. Seria maravilhoso.

Sempre se tratava dele.

— Obrigada. Tenha uma boa noite. — Desliguei e joguei meu celular de lado.

Como sempre, conversar com Robert me deixava com um péssimo humor. Mas isso foi ofuscado pela lembrança de que Owen deveria voltar em pouco tempo. Ele estava fora há bem mais de uma hora. Presumi que não tivesse ido para Timbuktu para comprar a comida. Ainda mais estranho, quando enviei mensagem, ele não respondeu. Certamente, isso não era típico dele.

Meia hora depois, eu o ouvi entrar no quarto dele. Me levantei da cama e fui até lá e o vi esgotado, segurando um saco de papel enorme e... uma torta?

Cobri a boca.

— Ai, meu Deus. O que você fez?

— Bem, infelizmente, nossa comida deve estar gelada. Quando fui comprá-la, passei em uma confeitaria. Resolvi entrar para ver se tinham torta de limão. Tinham, mas, quando a mulher pegou a torta da vitrine, escorregou das mãos dela e caiu no chão. Falei para ela não se preocupar com isso, porém ela insistiu que o chef fizesse uma nova para mim. Demorou quarenta minutos, e acabou a bateria do meu celular no meio disso, então nem conseguia te avisar por que estava demorando. Me senti mal por ir embora assim que ele tinha começado a fazê-la. Ela nem me cobrou. — Ele suspirou. — Enfim, precisa gelar por uma hora na geladeira.

— Eu estava ficando muito preocupada.

— Desculpe — ele disse.

Uma parte do seu cabelo escuro estava desarrumada. Ergui a mão e passei os dedos nas mechas a fim de endireitá-lo. Owen fechou os olhos por um instante.

— Não tem que se desculpar por nada. Obrigada por sair da sua rota para me fazer feliz. Não estou acostumada com isso.

— Você merece ser feliz — ele sussurrou. Então uniu as mãos. — Vamos comer, então? Antes de ficar ainda mais gelado do que já está.

Ele colocou a torta na geladeira e trouxe o saco de papel da comida para a mesinha do meu quarto. Owen tinha comprado dois pratos para dividirmos: massa primavera e frango com parmesão de um restaurante italiano. Meu estômago roncou quando o cheiro de queijo e orégano preencheu o ar. Ele também tinha comprado uma garrafa de vinho tinto — felizmente, com uma tampa de rosca, já que não tínhamos abridor.

Owen serviu o vinho em dois copos de água e colocou diante de cada um de nós. Ergueu o dele.

— Um brinde.

Os copos clicaram um no outro.

— Você tomou um banho bom enquanto eu estava fora? — ele perguntou conforme comíamos. — Parece fresquinha.

— Tomei. Foi divino.

— Mal posso esperar para tomar um depois do jantar.

— Provavelmente, precisa de um. — Dei um gole.

Ele ergueu uma sobrancelha.

— Está dizendo que estou fedendo?

— Não, na verdade, seu cheiro está ótimo. Mas, depois de toda a correria que você fez esta noite, deve sentir que precisa de um.

— Consertou bem. — Ele deu uma piscadinha. — Enfim, fiquei muito preocupado, me perguntando o que você estava pensando no tempo inteiro que fiquei fora.

Cortei meu frango.

— Normalmente, teria pensado que você me deu um perdido ou algo assim, mas não pensei que fosse fazer isso.

Owen colocou o garfo no prato e estreitou os olhos.

— Mas por que pensaria isso?

— Acho que por causa da minha infância, tendo sido deixada sozinha tantas vezes. Estou acostumada a ver as pessoas irem embora... partirem da minha vida, em vez de ficarem. — Dei uma garfada na comida.

Owen balançou a cabeça.

— Desculpe. Não tinha pensado nisso. Espero não ter te preocupado.

— Como falei, não pensei que você fosse fazer isso. É só uma coisa que sempre passa pela minha mente quando alguém está atrasado... que nunca mais vão voltar. — Balancei a cabeça. — Ai, meu Deus. Está tarde demais para falar da minha loucura esta noite.

— Amo sua loucura. — Ele sorriu. — Mas *não* é loucura. Você tem todo motivo de se sentir assim com base no que já passou.

— Mal conheço você, Owen, e já despejei muito da minha bagagem.

Ele encarou meus olhos.

— Você sente que mal me conhece. Mas... — Ele pausou. — Estive dentro de você. E amo aprender sobre você desde então. Mesmo que a ordem dos eventos seja meio que incomum, em geral, acho que nos conhecemos melhor do que a maioria.

As palavras dele — “estive dentro de você” — me deram arrepios. Ele esteve, não foi? Ainda assim, eu sempre o tratava como um estranho.

— Tenho dificuldade em deixar as pessoas entrarem, mesmo que me importe com elas. — Precisava encerrar o assunto antes que começasse a chorar, então me levantei para jogar as coisas no lixo.

— Quer que eu pegue a torta? — ele perguntou.

Me sentia horrível por dizer não a ele, porque ele tinha passado por todo aquele perrengue. Mas estava cheia demais. Na verdade, meu estômago estava meio chateado no momento.

— O que acha de a comermos no café da manhã? Estou cheia.

— Parece ótimo, na verdade. Vai bem com café.

Owen se levantou e terminou de limpar a mesa.

— Vou para o quarto ao lado tomar banho. Provavelmente, é melhor dormirmos um pouco no caso de termos que amarrar sua mãe e carregá-la para o meu carro amanhã.

Dei risada.

— Tem mais possibilidade de isso acontecer do que você pensa, sabe.

— Ah, eu sei. — Ele sorriu. — Você me preparou para isso.

— Boa noite, Owen. — Segurei sua mão e não soltei. Me vi, silenciosamente, implorando para ele me beijar. Mesmo que, com frequência, eu fingisse que não era isso que queria, teria dado qualquer coisa para sentir os lábios dele nos meus no momento.

Mas, em vez de se inclinar, Owen puxou sua mão de volta.

— Boa noite, Devyn. Durma bem.

Então ele desapareceu para o quarto ao lado.

Bom, acho que perdi essa oportunidade.

Na manhã seguinte, acordei com o pior enjoo que já tive. Será que era o nervosismo?

Continuou piorando até, finalmente, eu ter que correr para o banheiro e vomitar no sanitário.

Como assim? Será que foi a comida italiana?

A última coisa que eu queria era que Owen soubesse que eu havia vomitado — porque era nojento. Mas foi alto, e meu instinto me disse que, provavelmente, ele tinha ouvido.

Houve uma batida à porta logo depois de eu me limpar.

Merda. Ajustei minha aparência e fui até a porta entre nossos quartos.

— Ei, acabei de ouvir você vomitar? — Owen perguntou, sua expressão preocupada.

Suspirei.

— Sim. Acordei com o estômago ruim.

— Caramba. Acha que foi intoxicação alimentar?

— É possível. Mas também poderia ser meu nervosismo por hoje.

Owen me puxou para um abraço. Apesar de me sentir péssima, era bom ser abraçada.

— Está bem agora? — ele perguntou.

Esfreguei minha barriga.

— Estou um pouco melhor, sim.

— E eu nem comprei gengibre picante para você.

— Eu sei. — Dei risada.

— Bem, droga. Acho que nada de torta de limão para você nesta manhã, hein? — Ele se afastou. — Pensando bem, meu estômago também estava barulhento quando acordei. Pensei que tivessem sido os três cupcakes que comi ontem à noite enquanto estava esperando. Mas talvez tenha sido a comida italiana?

— Por mais que eu ame essa torta, não consigo comê-la agora.

— Acha que eu consigo pegar gelo da máquina e descobrir como levar a torta para casa conosco? — Ele deu risada.

— Provavelmente, duraria algumas horas no gelo, sim.

Ele puxou gentilmente minha camiseta.

— O que posso fazer por você agora?

— Nada. Só vou ferver um pouco de água e fazer chá.

— Vou descer e comprar algo salgado no mercadinho da recepção. É bom você ter algo no estômago.

— Obrigada. Será ótimo.

Estivera tão absorta por minha vergonha do vômito que não tinha prestado atenção em como Owen estava lindo na camiseta preta que tinha comprado na Target no dia anterior.

Depois que ele trouxe biscoito de água e sal, me obriguei a comer uns com o chá. Owen se juntou a mim no meu quarto com seu café e uma barra de granola que ele tinha comprado lá embaixo.

Não tínhamos muito tempo. Então, quando terminamos, pegamos nossas coisas e fizemos checkout no hotel. Quando chegamos à oficina de caminhões, ainda não estava aberta. Esperamos do lado de fora até vermos alguém se aproximar da porta com uma chave.

Trocando um olhar, Owen e eu saímos do carro e andamos na direção dele.

— Olá — Owen disse. — Esperava que você pudesse nos ajudar. Estamos procurando Bo.

— Eu sou Bo. — O homem estreitou os olhos. — Como posso ajudar vocês?

Owen e eu nos olhamos.

— Pode nos contar onde podemos encontrar Vera Marks — respondi a ele.

— Quem?

— Vera Marks — repeti. — Sua namorada. A menos que ela tenha te dado um nome falso. Ela faz bastante isso também.

— Deve haver algum mal-entendido. Não tenho namorada. E não conheço nenhuma Vera.

— Tem certeza? — perguntei.

— Tenho praticamente certeza de que saberia se tivesse uma namorada, principalmente já que não tenho interesse em mulheres desde o jardim de infância. Meu parceiro ficaria bem chateado se eu o estivesse traindo com uma mulher.

Owen ergueu o queixo.

— E a loira com quem você, supostamente, tem andado por aí?

O homem pareceu confuso de verdade.

— Meu *homem* tem cabelo loiro. É isso que quer dizer? Além disso, não tem nenhuma loira.

Percebendo que tínhamos chegado a um fim, baixei a cabeça.

— Obrigada, Bo. Desculpe por fazer você perder seu tempo nesta manhã.

Ele assentiu e desapareceu na oficina, deixando Owen e eu parados do lado de fora.

Cinco horas depois, paramos em nosso prédio em Manhattan.

Owen estacionou, e saímos, encarando um ao outro na calçada.

Ele esfregou meu braço.

— Sinto muito mesmo, Devyn.

— É. Eu também.

Ele me abraçou. Fechei os olhos, aproveitando cada segundo nos braços dele. Por mais triste que eu estivesse, ainda estava eternamente grata por ter Owen e seu apoio.

Olhei para ele.

— Obrigada por tudo. Mesmo que não tenha dado certo, nunca vou me esquecer do que fez por mim.

Ele assentiu e expirou.

— O que nós vamos fazer agora?

Nós.

— Não sei. — Esfreguei os olhos. — Talvez pegar aquela torta de limão no gelo e comer nossas preocupações lá em cima depois de eu colocar as crianças para dormir?

— Parece um bom plano. Mas preciso ir para o escritório por algumas horas primeiro. — Ele sorriu, erguendo a bolsa que estava segurando. — Mas talvez eles possam nos ajudar a finalizar estes petiscos de viagem também.

Eu sorri.

— Tenho praticamente certeza de que podemos compartilhar isso com todo o prédio e ainda não vamos terminar.

CAPÍTULO II

Owen

Mais no fim daquela tarde, tive que ir ao escritório por algumas horas, mas parecia não conseguir me concentrar. Ficava olhando meu relógio, me sentindo estressado por como os minutos estavam passando rápido até a manhã de segunda-feira. Tentei me lembrar de que não era meu problema — Devyn era só uma amiga, nada mais —, porém isso se tratava de mais do que apenas Devyn. Em pouquíssimo tempo, eu tinha começado a me importar com Frick e Frack também. Não conseguia ficar alheio enquanto o estado fazia Deus sabe o que com eles. Então resolvi ligar para meu amigo Marcus, um advogado de família. Tínhamos estudado juntos e ainda mantínhamos contato.

Marcus atendeu no primeiro toque.

— Owen, cara, está me ligando do happy hour de um bar em que está conversando com uma mulher bonita e a amiga igualmente gostosa e solteira dela e precisa de um amigo... eu imagino?

Dei risada.

— Quase. Estou sentado em meu escritório irritado por alguém ter comido o iogurte que deixei na geladeira. Estou ficando velho.

— É, não brinca. Ontem machuquei as costas me inclinando para colocar uma lata vazia no lixo. Mas como vai, cara? Como estão os negócios?

— Muito bons. O mercado está em ascensão, então não posso reclamar.

— Quando vamos fazer um happy hour? Faz um tempo...

— Logo. Prometo. Mas, escute, tenho uma amiga que está com um problema de família, e estava torcendo para você usar seu cérebro para um conselho legal.

— Você sabe que este é o cérebro localizado dentro da cabeça que contém o recorde na Kappa Sigma de mais latas amassadas nela, certo?

Dei risada.

— Infelizmente, você é a melhor escolha que tenho.

— O que está havendo?

Nos dez minutos seguintes, informei Marcus da confusão acontecendo com Devyn. Contei para ele o histórico da mãe dela de desaparecer, da nossa viagem malsucedida para encontrar Vera em Boston e da recente visita da assistente social.

— A irmã também é zoada?

Fiquei na defensiva.

— Não, ela não é *zoada*. É uma boa pessoa, idiota. Eu não estaria ligando para pedir sua ajuda em um sábado se ela não fosse boa pessoa.

— Certo, bom, então a melhor aposta provavelmente seria ela ir até a vara de família e preencher uma petição para guarda de emergência. Eu faria isso na primeira hora da manhã de segunda-feira, assim que o tribunal abrisse, para que, quando a assistente voltar, já tenha uma petição pendente. Vai mostrar à assistente social que ela fala sério e, normalmente, ordens de emergência são cumpridas dentro de vinte e quatro horas, talvez até durante a tarde.

— Faz diferença que ela more na Califórnia?

— Ela está lá agora?

— Não, está aqui na cidade com as crianças. Mas a residência permanente dela é lá.

— Ela iria querer sair do estado com as crianças imediatamente?

— Não. Ela acha que é importante para as crianças terminarem o ano escolar. Eles já se mudaram muito. Não sei quando o semestre acabar, mas ainda há mais um mês e metade do ano, então ela não tem planos de fugir agora.

— Isso é bom. Então não faz muita diferença em que estado ela tem residência permanente, só que ela vai ficar por aqui com as crianças por um tempo. Ela tem histórico criminal ou algo assim?

De novo, minha reação imediata foi ficar na defensiva. Mas não sabia tanto sobre o histórico de Devyn, além das coisas que ela tinha compartilhado sobre seu relacionamento com sua mãe ao crescer.

— Não tenho certeza, mas duvido.

— O juiz da vara de família gosta de manter crianças com pessoas que conheçam — Marcus explicou. — Eles quase sempre consideram um parente de sangue para recolocação, em vez de tirar as crianças de suas casas e colocá-las em um orfanato. Mas até um irmão precisa passar por uma investigação de vida a fim de ter a guarda temporária. Apesar de que, se ela requisitar, e não houver alertas durante sua apresentação, eles, provavelmente, vão manter as crianças com ela enquanto analisam o processo.

Respirei fundo, mais aliviado do que provavelmente deveria estar.

— Certo. Então posso te pedir um favor? Acha que pode falar com ela hoje ou amanhã, se ela resolver ir por esse caminho? E cuidar das coisas na segunda? Vou precisar conversar com ela primeiro, obviamente.

— Vou te cobrar uma garrafa de tequila... da boa, não a de cem dólares.

— Pode deixar, cara. Agradeço muito. Deixe-me falar com Devyn, e vou retornar para você assim que possível.

— Certo. Aliás, essa Devyn é solteira?

— É, sim. Isso prejudica as chances dela?

— Não. Mas me ajuda. Ela é gostosa?

Senti meu rosto esquentar.

— Ela está fora dos limites. Nem pense nisso.

— Puta merda. Isso pareceu bem territorial, Dawson. Está em um *relacionamento*?

Franzi o cenho.

— Só dê ajuda legal a ela e mantenha seus olhos e mãos para si mesmo, ok?

Marcus deu risada.

— Parece que alguém está apaixonado.

— Falo com você daqui a pouco.

Eu ainda estava balançando a cabeça quando desliguei. Marcus tinha acertado no ponto. Eu *estava* mesmo. Por uma mulher que tinha zero interesse em mim...

Mesmo assim, alguns minutos depois, resolvi ir conversar com Devyn pessoalmente. Eu não estava conseguindo trabalhar naquela tarde mesmo.

Devyn sorriu quando abriu a porta do apartamento dela.

— Oi, Owen.

Diferente de quando eu a tinha deixado horas antes lá, agora ela usava um vestido branco e esvoaçante e um rosto cheio de maquiagem. Talvez estivesse se preparando para sair?

— Desculpe não ter ligado primeiro. Queria conversar com você sobre uma coisa.

— Humm... — Ela não deu um passo para o lado para eu entrar.

Quando ela olhou por cima do ombro e de volta para mim, meu estômago se revirou. *Porra*. Ela estava com um cara lá ou algo assim?

— Se não for uma boa hora... — eu disse.

Ela balançou a cabeça.

— Não, não. Entre. Só estou em uma reunião no Zoom. Terminarei em alguns minutos.

A tensão do meu corpo foi embora. É só uma reunião de trabalho, seu idiota ciumento. Relaxe.

O notebook de Devyn estava na sala. Eu não queria invadir seu espaço, então fui aguardar na cozinha. Mas o apartamento tinha uma planta aberta, então eu não conseguia ficar totalmente isolado.

— Desculpe por isso — Devyn disse, sentando-se no sofá. — Onde estávamos?

— Estávamos falando sobre você me encontrar na Itália na próxima semana.

Congelei. Eu conhecia aquela voz. *O maldito ator do filme a que quase assistimos na semana passada. O* ator *dela.*

Os olhos de Devyn pularam para os meus. De repente, me senti um imbecil. Apontei para a porta e falei baixinho.

— Vou indo.

— Não, não vá.

Ela estava falando comigo, mas o idiota não fazia ideia.

— Não o quê? — ele perguntou. — Compre sua passagem?

Ela balançou a cabeça.

— Não, desculpe. Não estava falando com você. Mas preciso ir. Alguém acabou de chegar.

— Ah, bem, me ligue de volta e me avise que dia é melhor para você. Certo, querida?

Querida.

Pareceu que alguém espetou um alfinete no meu coração inchado, fazendo-o murchar.

Devyn segurou o topo de seu notebook.

— Vou te ligar quando puder. — Ela o fechou sem esperar uma resposta e se levantou, mordendo o lábio. — Desculpe por isso.

Engoli em seco.

— Só passei aqui para te contar que conversei com um amigo meu. Ele é advogado de família aqui na cidade. Contei um pouco da sua situação, e ele falou que provavelmente consegue uma guarda temporária de emergência para você. Ele acha que você deveria preencher a papelada antes de a assistente social voltar aqui na segunda-feira.

Ela arregalou os olhos ao sorrir.

— Sério? Ele acha que consigo uma guarda de emergência? Isso os manteria fora de um orfanato?

Assenti.

— Ele fez umas perguntas, tipo sobre seu histórico criminal e tal. Mas acho que deveria conversar com ele.

— Não tenho histórico criminal.

— Que bom. Então, é bom falar com ele.

— Acha que ele pode falar comigo na segunda-feira cedo?

— Ele vai conversar com você hoje, se quiser.

— Ai, meu Deus. — Ela pôs a mão no coração. — Seria ótimo. Muito obrigada. Não sei o que eu faria sem você.

Nem consegui aproveitar ser herói dela; estava decepcionado demais pela conversa que tinha ouvido. *Ele quer que sua* querida vá para a Itália.

Mas consegui sorrir.

— Vou enviar uma mensagem para Marcus e avisá-lo de que você quer conversar.

Marcus respondeu minha mensagem quase que imediatamente. Conversamos por alguns minutos, combinando que ele e Devyn fariam uma reunião pelo Zoom em uma hora. Dei o e-mail de Devyn a ele para que pudesse enviar um link para a reunião. Depois disso, guardei meu celular no bolso.

— Quer jantar antes da reunião? — Devyn perguntou. — Fiz uma salada Waldorf... o único tipo de salada que consigo fazer Heath comer. Ele gosta de nozes e maçãs, então as verduras parecem descer sem perceber.

Mas a pizzaria ligou há um tempinho e perguntou se ele poderia ir, e Hannah está treinando com uma amiga para o *PS Idol*, então agora tenho uma salada gigante só para mim.

Normalmente, eu agarraria a oportunidade de ficar sozinho com Devyn, mas só queria sair dali logo. Então menti.

— Obrigado. Mas ainda tenho que trabalhar.

— Ah. Ok. Quer que eu te faça um potinho?

— Não, valeu. Estou tranquilo.

Fui até a porta sentindo que meus pés estavam pesados como blocos de concreto. Nem pensei em me virar para falar tchau.

— Boa sorte. Espero que corra tudo bem com Marcus.

A caminho da porta, Devyn colocou a mão no meu braço, me obrigando a olhar para baixo.

— Obrigada, Owen. Você é um amigo muito incrível.

Amigo. Uma palavrinha, ainda assim, parecia a martelada final no caixão. Forcei um sorriso.

— Qualquer coisa por meus *amigos*.

Eu ainda estava tentando me acalmar às oito da noite. Quarenta e cinco minutos de musculação não tinham adiantado, então pensei em dar uma corrida antes de entrar no chuveiro. Um remix dos Beastie Boys explodia nos meus fones de ouvido conforme colocava a camiseta suada no cós do short e mexia a cabeça no ritmo da batida.

Mas, quando abri minha porta da frente, levei um susto.

— Merda. — Arranquei o fone de um ouvido. — Não esperava ver alguém parado aqui.

Devyn sorriu.

— Desculpe. Bati duas vezes. Você não atendeu, então eu estava quase indo embora.

Ergui o fone de ouvido.

— Estava me exercitando. A música estava alta.

No entanto, os olhos de Devyn não se mexeram na direção da minha mão. Eles pararam no meu peito nu e desceram lentamente. Quando chegaram ao meu abdome — que tinha seis gomos brilhando graças a uma centena de abdominais torturantes —, sua língua rosinha apareceu e percorreu seu lábio inferior. A coisa toda durou meros segundos, mas ficou bem claro que ela gostou do que viu.

Devyn balançou a cabeça e ergueu uma garrafa de vinho em uma mão.

— Só desci para agradecer por marcar com Marcus. Ele é incrível. Vai preparar uma declaração e uma petição para a guarda e dar entrada assim que o tribunal abrir na segunda de manhã.

— Isso é ótimo.

Ela ergueu um saco marrom de papel na outra mão.

— Comprei jantar para acompanhar o vinho.

— Não precisava fazer isso.

— Não, *você* não precisava fazer nada das coisas que fez por mim. Sério, Owen, você me ajudou tanto.

Assenti na direção do interior do meu apartamento e recuei para ela poder entrar.

— Entre. Divida comigo.

Ela hesitou e, de novo, seus olhos baixaram para o meu peito.

— Humm... Você não estava de saída? Não quero interromper.

Por mais que eu gostasse que ela me secasse, não queria afastá-la. Então tirei minha camiseta do cós e a vesti.

— Já fiz exercício, e odeio correr, então você está me fazendo um favor.

Ela sorriu e assentiu. Dentro de casa, abri a garrafa de vinho e servi duas taças. Passando uma para ela, gesticulei na direção da sala.

— Por que não sentamos ali? É mais confortável do que a cozinha.

— A lasanha que eu trouxe para você está quente. É daquele restaurante italiano de que você gosta.

Dei um tapinha na barriga.

— Acabei de fazer exercício. Não consigo comer logo depois. Mas vou comer depois de um tempinho.

— Ah, certo.

Nos acomodamos no sofá, e Devyn bebeu seu vinho.

— Conversar com Marcus hoje fez minha cabeça girar — ela disse. — Trouxe o vinho para você para te agradecer, mas talvez eu precisasse mais do que pensava.

Eu sorri.

— É, talvez eu também.

— Ah, é? Tem alguma coisa te incomodando? — Ela balançou a cabeça. — Estou tão envolvida na minha vida caótica. Nem te perguntei o que está havendo com você ultimamente. Está tudo bem?

— Está tudo certo. Fale comigo sobre por que sua cabeça está girando.

Devyn suspirou.

— Bem, Marcus me fez umas perguntas que acho que estive evitando me fazer.

— Tipo o quê?

— Bom, para começar, perguntou o que eu faria se Vera *nunca* voltasse. Claro que eu ficaria com Heath e Hannah se isso acontecesse. Mas fiquei pensando... por que eu *permitiria* que voltassem para Vera, mesmo que ela apareça? Quanto mais fico sabendo sobre as palhaçadas recentes da minha mãe, mais percebo que, mesmo quando está em casa, ela não é realmente uma mãe. Os dois precisam de estabilidade... principalmente Heath. Estou com um pouco de medo de que, sem isso, ele possa continuar seguindo o caminho errado. No momento, está tomando decisões erradas de *garoto*... roubando um gato da vizinha e um manequim. Mas quanto demora até essas decisões evoluírem para decisões erradas de *adulto*... como roubar uma loja? Parece que essa pode ser a direção que ele vai tomar se não tiver uma intervenção.

— Isso significa que você está pensando em tentar mais do que uma guarda temporária?

Ela engoliu todo o vinho.

— Talvez...

— Uau. Isso é bastante coisa para assumir... dois adolescentes.

A expressão de Devyn se entristeceu, e isso me fez perceber como minha reação tinha soado negativa.

— Desculpe, não soou muito positivo. Acho que seria incrível se fizesse isso. É uma coisa bastante nobre de se fazer, e tenho certeza de que mudaria o rumo das vidas de Heath e Hannah de uma maneira positiva. Só quis dizer que, obviamente, mudaria bastante sua vida também. — Pausei. — E quanto a filhos seus um dia?

Devyn deu de ombros.

— Não tenho certeza. Minha mãe não demonstrava para mim exatamente as alegrias da maternidade. Acho que mencionei que isso não é uma coisa que sentia a necessidade de fazer. Entretanto, se aparecer a pessoa certa... não sei... talvez?

Assenti.

— E você? — Ela traçou o dedo pela beirada de sua taça. — Já falou que não tinha certeza quanto a casamento e filhos...

Balancei a cabeça.

— Nunca me vi pai. Não sei por quê. Meu pai foi um ótimo exemplo, então não é isso. Mas acho que, como você, talvez se aparecesse a pessoa certa, e ela realmente quisesse filhos...

Devyn suspirou.

— Preciso pensar muito mais nisso antes de tomar uma decisão sobre algo permanente. Felizmente, no momento, só preciso lidar com conseguir a guarda temporária. Então... passos de formiguinha.

Sua taça estava quase vazia, então enchi novamente. Imaginei que seria útil para ela.

— Enfim, vamos falar sobre outra coisa. Acho que minha cabeça vai explodir se eu pensar mais em petições e audiências hoje. — Ela bebeu um gole do vinho. — Sobre o que quer conversar?

O Zoom que eu interrompera naquela tarde estivera me incomodando o dia todo, e ela tinha acabado de me dar a abertura perfeita para investigar. Olhei em seus olhos.

— Teria problema se falássemos sobre o Zoom em que você estava mais cedo nesta tarde?

Ela suspirou.

— Está falando de Robert.

Assenti.

— Não consigo evitar. Está me corroendo. Qual é o negócio com ele? Ele é o motivo de você não querer nada mais do que tivemos?

— Sim e não. Não, não estou em um relacionamento com ele, mas sim, talvez minha experiência com ele tenha influenciado o fato de eu não querer estar em nenhum relacionamento.

— Ele aprontou tanto assim com você?

— Para ser justa, ele não aprontou realmente comigo. Vi, desde o início, que ele não estava preparado para um relacionamento. Mas eu gostava dele. Ele estava em ascensão, e eu aceitava qualquer coisa que ele quisesse dar. — Ela revirou os olhos. — Cara, falar isso em voz alta parece patético.

Uns meses antes, eu teria pensado que aceitar menos do que você realmente queria de um relacionamento era patético, mas eu não tinha tanta certeza de que não faria a mesma coisa agora — aceitar o que poderia conseguir *dela*.

Balancei a cabeça.

— Não parece nada patético.

— Obrigada por falar isso. — Ela sorriu. — Mesmo que seja mentira.

— Vai para a Itália com ele? Não pude deixar de ouvi-lo mencionar uma passagem e falar em datas.

Devyn balançou a cabeça.

— Não vou a lugar nenhum. As crianças são minha prioridade no momento. Robert não consegue compreender que ninguém seja prioridade, exceto ele, não importa quantas vezes eu tenha falado que estou ocupada.

— Sem querer ofender, mas ele parece um babaca.

Ela sorriu.

— Ele definitivamente sabe ser.

Um silêncio bizarro se instalou. Eu teria gostado de insistir um pouco mais, mas a conversa parecia finalizada. Não seria útil dar murro em ponta de faca, de qualquer forma. Além do mais, ela tivera um dia péssimo e não precisava que meu choramingo a deixasse pior. Então mudei de assunto e passei a meia hora seguinte divertindo-a com histórias sobre todas as loucuras com que eu me deparava sendo corretor — compradores flagrados transando no banheiro quando era para estarem discutindo uma possível oferta, proprietários deixando um vibrador para fora na mesa de cabeceira e o filho de cinco anos de um casal olhando o apartamento brincar com ele como um foguete... Pelo menos fazê-la rir me fazia sentir bem por dentro.

Quando Devyn terminou a segunda taça, respirou fundo e se levantou.

— É melhor eu voltar para cima antes de as crianças pintarem o apartamento de roxo ou algo parecido.

— Diria que você está exagerando, mas vi o gato listrado.

Na porta, Devyn pausou.

— Obrigada de novo por tudo, Owen. Você é um amigo incrível mesmo. Se continuar assim, Mia pode ter um concorrente pelo título de BFF.

Pela primeira vez desde que nos conhecemos, senti que Devyn me colocar como amigo poderia ser a melhor coisa para nós dois. Ela tinha muita coisa acontecendo na vida dela, e as coisas com aquele palhaço do Robert estavam longe de ser resolvidas.

— Vai fazer pulseira igual de amizade para nós? — perguntei.

Devyn ficou na ponta dos pés e beijou minha bochecha.

— Vou fazê-las agora mesmo.

Eu sorri.

— Boa sorte no tribunal na segunda-feira, se não nos vermos antes disso. Me avise como acabou.

— Vou avisar. Boa noite, *bestie*.

CAPÍTULO 12

Devyn

Acordei com os nervos à flor da pele no domingo de manhã, bastante tensa pelo dia seguinte. Parecia o último dia normal antes de o inferno explodir. Quando me levantei, Heath já estava trabalhando na pizzaria, montando caixas antes de eles abrirem, e Hannah ainda estava dormindo.

Como ainda era cedo em L.A., esperei o máximo possível para ligar para Mia. Felizmente, ela acordava cedo, normalmente lá para as cinco da manhã. Eu a atualizei sobre tudo, inclusive o que havia acontecido com Owen desde a noite em que nos conhecemos quando cheguei na cidade.

— Não acredito que estava escondendo isso de mim! — Mia gritou.

— Eu sei. Desculpe. Tem sido tudo uma loucura. Esta conversa já passou do tempo.

— Sabe a frase amor à primeira vista? — ela perguntou. — Bom, me apaixonei por Owen à primeira *voz*. Desde o instante em que ele atendeu o celular no bar, eu soube que ele era boa pessoa.

Suspirei.

— Você precisa ver como ele é.

— É melhor você me enviar uma mensagem com uma foto assim que sairmos do telefone.

— Na verdade, não tenho uma única foto com ele, o que é meio triste. Mas, se você der Google em Owen Dawson, corretor de Manhattan, tenho certeza de que vai aparecer.

— Estou fazendo isso agora mesmo. — Claro que, dentro de alguns segundos, ela arfou. — Uau, lindo pra caramba. Ele é a perfeição, Dev. Olhe para esses olhos. Qual é o seu problema? Por que não vai se casar com esse cara e ter bebezinhos com ele? Está louca?

— Estou tentando poupá-lo — respondi. Realmente me sentia assim.

— É melhor isso não ter nada a ver com Robert — ela repreendeu.

Só de ouvir o nome de Robert minha pressão sanguínea já subia. Ele realmente tinha me deixado nervosa recentemente, a forma como não desistia de eu ir visitá-lo.

— Não tem nada a ver com Robert, embora ele seja uma outra história totalmente diferente para outro dia.

— Então qual é o problema?

— Primeiro, provavelmente vou embora em breve. Preciso ter cuidado de com quem me conecto por aqui.

— Quem falou que Owen não pode te seguir para L.A.?

Isso foi engraçado.

— Acredite em mim, Owen *nunca* vai embora de Nova York. Ele e os amigos com quem tem o prédio são muito unidos... grudados. São como uma grande família. Ou uma gangue.

— Você ficaria surpresa com o que alguém faria por amor.

Minhas bochechas queimaram.

— Ele não está apaixonado por mim.

— Ainda. De tudo que você falou, parece que ele seguiria nessa direção em certo momento, se você não sabotar as coisas primeiro.

Olhando pela janela para a rua enevoada, eu sorri.

— Bom, certamente, ele tem sido a melhor coisa de estar em Nova York.

Ela pigarreou.

— Falando em Nova York...

— O quê? — Meu coração acelerou. *Ela virá me visitar?*

— Eu meio que tenho novidades — Mia anunciou.

— Ok?

— Isso vai soar meio fora de hora, mas... Vou me mudar para aí!

Arfei.

— Vai se mudar para Nova York? Como isso aconteceu?

— A galeria está abrindo um novo local, e eles querem que eu gerencie. Não é louco? Só se tornou oficial ontem. Eu ia te ligar hoje se você não tivesse me ligado. Dá para acreditar?

Minha pulsação acelerou com empolgação.

— Isto é maravilhoso! Quando você vem?

— Em algum dia nos próximos dois meses, porém terei que ir antes disso para encontrar um lugar. Deus, espero que não nos desencontremos, se por algum motivo você já tiver partido. Seria horrível.

Fiquei boquiaberta.

— Puta merda. Esta é a última coisa que eu esperava que você dissesse.

— Eu sabia que ficaria chocada. Caramba, até *eu* estou chocada por estar indo embora de L.A. Nunca morei em nenhum outro lugar.

— Você vai amar a cidade, Mia. Só espero que eu ainda esteja aqui para conseguir aproveitar com você antes de ter que voltar. — Uma pontada de tristeza apertou meu peito.

— Bom, no momento, estou procurando apartamento de longe. Então, se, *cof-cof*, você conhecer alguns corretores bonitos que têm apartamentos disponíveis para alugar, me avise.

— Com certeza vou perguntar para Owen. Se não houver disponibilidade aqui, talvez ele conheça outros lugares. Tenho certeza de que ele tem conexões.

— Adicione isso à lista de favores que ele fez para você.

Me encolhi.

— Ótimo.

Ela deu risada.

— Seria muito estranho se nossas situações ficassem trocadas? Eu estarei aí, e você estará aqui. Que universo paralelo é este?

Eu não sabia se ficava feliz ou triste. Iria ver Mia em breve, mas estaria perdendo minha melhor amiga assim que voltasse para L.A. Isso foi como um soco no estômago. Sem família lá, seria difícil de engolir.

— Bem, por mais que vá ser uma droga não ter você por perto todos os dias, estou muito orgulhosa de você por essa promoção. E, com certeza, vou voltar aqui para visitar, principalmente se você estiver em Nova York. Conversar agora me fez perceber o quanto estou com saudade de você. Não tenho, tipo, nenhuma amiga aqui.

— Isso é porque seu melhor amigo é Owen.

— Verdade. — Suspirei.

Depois que Mia e eu desligamos, percebi minha irmã chateada no sofá. Eu não a tinha visto sair do quarto. Ela estava encolhida, encarando intensamente seu celular. E parecia triste.

Me aproximei.

— O que foi, Han?

Ela secou o nariz com a manga.

— Nada.

Ela estava chorando?

— Não faça assim. Você está chorando. É por causa da mamãe?

Esperava que não, porque não valia a pena ninguém chorar por essa mulher.

— *Queria* que fosse por causa da mamãe.

— Converse comigo.

Ela me entregou seu celular e me mostrou a tela. Era o perfil de uma rede social de uma garota da escola dela. A vadiazinha tinha solicitado que outras crianças listassem as pessoas mais feias da série dela. Algum babaca tinha colocado o nome de Hannah nos comentários.

Irada, devolvi a ela o celular e me esforcei para permanecer calma.

— Você não acredita nisso, né? — perguntei. — São pessoas que só sabem ser maldosas. Mais nada.

— Queria não acreditar. — Ela fungou.

Minha irmã era linda, por dentro e por fora, e eu não conseguia entender como alguém poderia ser tão cruel. Me trouxe de volta lembranças de umas garotas zombarem porque elas usavam roupas e sapatos caros quando eu tinha que usar o mesmo trapo repetidamente na época.

— Sei que é difícil para você entender, Hannah. Mas vou ser direta com você. As pessoas que fazem isso têm baixa autoestima. Fazem isso para elas mesmas se sentirem melhor. E, com frequência, na verdade, elas têm inveja das pessoas de quem estão zombando.

Seu lábio tremeu.

— Do que eles têm inveja quando se trata de mim?

— Você é inteligente, engraçada, talentosa nas artes. Do que não ter inveja? — Esfreguei as costas dela. — Sei que é difícil enxergar agora, mas crianças da sua idade são as piores quando se trata desse tipo de coisa. Aconteciam as mesmas coisas comigo.

— É?

Assenti.

— Mas a rede social não era tão ruim naquela época. Agora as pessoas a usam como arma. Sabe o que mais eu não tinha naquela época?

— O quê?

Envolvi meus braços nela.

— Uma irmã mais velha que podia conversar abertamente comigo sobre o que acontece de verdade com essas pobres crianças. E quero que entenda que, quando as pessoas fazem isso, elas estão sendo más, e você não deveria valorizar nada do que essas pessoas terríveis têm a dizer.

Ela franziu o cenho.

— Mas você não estará aqui para sempre, Devyn.

Eu a apertei com mais força.

— Isso não é mais verdade, Hannah. Vou garantir que vocês sejam cuidados, e vou fazer o meu melhor para estar por perto, ok? Não posso garantir que vá morar com vocês, mas sempre vou cuidar de vocês. E, se acontecer do meu jeito, não vamos nos separar. Certo?

Ela assentiu de forma hesitante, parecendo incerta quanto a se poderia confiar em minhas garantias. Essa conversa confirmava que o lugar mais importante em que eu poderia estar agora era com meus irmãos. *Vá se foder, Robert.*

— O que me diz de sairmos e passarmos o resto do dia passeando pela cidade? Vamos esquecer essas meninas idiotas e nos divertir.

Seu rosto se iluminou.

— Parece incrível!

Hannah e eu tivemos o melhor dia das meninas passeando. Eu a levei para almoçar em um restaurante japonês — o preferido dela — e depois fomos à Sephora para fazer uma maquiagem. Eu não queria alimentar a ideia de que beleza exterior era importante, mas isso pareceu tê-la deixado mais confiante. Também comprei para ela umas roupas novas de que estava precisando.

Conforme andávamos para casa, ela se virou para mim e sorriu.

— Obrigada, Devyn. Me sinto muito melhor.

— Por nada. Precisamos ter mais dias assim. Acredite em mim, eu também precisava. — Eu a cutuquei, brincando. — Nós, garotas Marks, precisamos ficar unidas.

Passamos pelo café no canto do prédio, e vi Lala e Billie tomando café juntas. Ambas estavam com seus bebês em seus respectivos carrinhos de bebê.

Quando me viram, eu sabia que tinha que ir falar oi.

— Vamos parar um pouco aqui, Han. — Abri a porta do café, e minha irmã me seguiu.

Billie sorriu.

— Oi, Hannah. Há quanto tempo não te vejo.

— Oi, Billie. — Minha irmã sorriu.

— Por que a maquiagem chique? Está bem legal — Billie disse.

— Devyn me levou à Sephora. — Hannah ergueu o queixo. — Fizeram minha maquiagem.

— É o lugar mais feliz da Terra, se quiser saber minha opinião. — Billie deu uma piscadinha.

— Você está linda — Lala entrou na conversa.

Hannah corou.

— Obrigada.

Olhei para os dois bebês, que estavam dormindo.

— Como eles dormem com todo esse barulho aqui dentro?

Lala arrumou o cobertor em cima de sua filha.

— Bom, no caso de Hope, é porque ela tem nos mantido acordados durante a noite toda. Então, ela simplesmente dorme em horários aleatórios ao longo do dia.

— Sinto muito — eu disse. — Deve ser difícil.

— É parte do processo. — Ela colocou seu cabelo loiro ondulado atrás da orelha. — Felizmente, Holden e eu nos revezamos para ficar acordados.

Olhei para minha irmã, cujo rosto tinha ficado vermelho à mera menção de seu ídolo, Holden.

— Mav dorme à noite e também às vezes durante o dia — Billie contou. — Nós, definitivamente, temos mais tranquilidade do que Lala e Holden. Mav também é um pouco mais velho do que Hope, então, provavelmente, tenha um pouco a ver com isso. — Billie se virou para minha irmã. —

Hannah te contou quanta diversão tivemos na outra noite? Estou torcendo para ela ser nossa futura babá. — Ela deu uma piscadinha.

Coloquei a mão no ombro de Hannah.

— Quer pegar algo gostoso para nós no balcão?

Ela assentiu.

— O que você quer?

— Pegue um latte e um cookie para mim, por favor. — Entreguei dinheiro a ela. — Compre o que você quiser também. — Me estiquei para pegar suas sacolas de compras e colocá-las em uma cadeira vazia. Então me sentei ao lado de Billie.

— Ela é uma boa garota. — Billie olhou para onde Hannah estava parada na fila. — Adoramos ficar com eles naquela noite.

— Obrigada de novo por ajudarem com isso.

— Claro. São bons garotos. E você é uma completa santa por desistir da sua vida para estar aqui com eles. — Ela deu um gole em seu café. — Me perdoe pelo que vou dizer, mas eu adoraria torcer o pescoço da sua mãe.

Revirei os olhos.

— Entre na fila.

Billie se esticou para meu braço.

— Sinto muito que vocês fizeram essa viagem para nada.

— Bem, certamente, eu poderia ter tido companhia pior. Owen fez parecer umas miniférias. — Minhas bochechas pinicaram de pensar nele.

Lala deu risada.

— Nunca vi Owen tão interessado em algo além de seu trabalho. Você lançou mesmo um feitiço nele.

— Somos só amigos — fui rápida em dizer.

Lala olhou para mim com uma expressão cética.

— Sério?

Engoli em seco.

— Quanto você sabe?

— Sabemos da única noite em que ficaram — Billie disse naturalmente.

Ótimo.

— Certo. — Suspirei. — Ele mencionou que contou aos meninos, então imaginei que talvez vocês soubessem. Estou feliz por ter perguntado. Não quero ficar aqui sentada e mentir para vocês. — Expirei. — Obviamente, nosso histórico torna as coisas complicadas entre nós, no entanto, não muda o *status* atual do nosso relacionamento. Somos realmente apenas amigos, apesar do que aconteceu na noite em que nos conhecemos.

— Acho que o jeito como vocês se conheceram é incrível. A coincidência de morarem no prédio depois de ele pensar que nunca mais te veria de novo. — Billie sorriu. — Quais as chances?

— É do que as comédias românticas são feitas — Lala complementou.

Billie balançou a cabeça.

— Pensei que estivessem a caminho de algo especial. Amamos Owen e queremos o melhor para ele.

Assenti.

— Exatamente. Mas acho que o melhor para ele não sou *eu*.

Lala inclinou a cabeça para o lado.

— Por que diz isso?

— Não teremos tempo suficiente antes de Hannah voltar para eu listar todos os motivos. — Olhei pela janela por um instante. — Se eu tivesse conhecido Owen em outro momento da minha vida, as coisas poderiam ter dado certo. Mas não seria justo arrastá-lo mais para minha confusão atual. E a vida dele é aqui. A minha é em L.A. Esse também é um fator importante.

Essas foram as últimas palavras que consegui emitir antes de Hannah retornar. Ficamos sentadas com elas por uma meia hora antes de os bebês acordarem. Então voltamos para o prédio e, antes de seguirmos caminhos separados, Billie, Lala e eu juramos sair para jantar em breve.

Billie me disse que eu poderia deixar meus irmãos com Colby enquanto estivéssemos fora, o que me trouxe bastante conforto, porque deixá-los por qualquer período de tempo durante a noite era sempre uma receita para o desastre. Laurice, que tinha cuidado deles na noite em que conheci Owen, estava na Flórida por um mês, então eu não tinha mais ninguém para ficar de olho neles no momento.

Naquela noite, depois que os dois estavam em seus quartos, comecei a refletir de novo sobre o dia seguinte. Eu tinha feito um trabalho muito bom em me distrair hoje, mas isso havia acabado agora que eu estava em casa e essencialmente sozinha.

Meu celular apitou.

Owen: Só queria que soubesse que estarei pensando em você amanhã.

Devyn: Como sabia que eu precisava de uma distração agora mesmo? Estou bem preocupada com isso.

Owen: Bom, estou aqui para te distrair.

Devyn: Tomei café com Billie e Lala hoje.

Owen: Holden me contou.

Devyn: Ele tem uma boca grande.

Owen: Eufemismo do ano. Rs

Devyn: Elas sabem toda a história sobre nós. Imaginei que soubessem mesmo, e aí elas confirmaram.

Owen: Isso te incomoda?

Devyn: Não. Elas são legais.

Owen: Elas tentaram xeretar?

Devyn: Um pouco, mas com a melhor das intenções.

Owen: Você falou a verdade para elas?

Devyn: Sim.

Owen: Caramba, você admitiu que tem medo de chegar perto de mim por medo de que nossa química inflamável seja demais para você aguentar? Fiquei surpreso por você ser tão sutil. 😉

Eu sorri.

Devyn: Obrigada. Precisava dessa risada.

Owen: Ai! Rs

Owen: Sério, sinto muito por esta noite ser difícil.

Devyn: É, mas vou conseguir passar por isso.

Owen: Tenho a coisa exata para te fazer sentir melhor, se me permitir.

Devyn: Ah, é?

Aonde ele quer chegar com isso?

Owen: Aposto que tem uma loja de torta aberta em algum lugar.

Ah.

Devyn: Acredite ou não, acho que estou de boa de torta depois da última de Boston que destruímos.

Owen: Quando você me deu um perdido, nunca pensei que iria ouvir você gemer de novo. Então surgiu a torta de limão. Triste ver que acabou, se estiver cansada dela.

Devyn: Não se preocupe. Vou querer de novo no fim de semana que vem.

Owen: Eu ou a torta? 😉

Eu sabia que ele estava brincando, mas isso me deixava triste.

Devyn: Desculpe por ter feito isso.

Owen: Está se referindo a quê?

Devyn: Eita. Não é bom você precisar de esclarecimento. Isso deve querer dizer que estraguei tudo mais de uma vez com você. Estava me referindo a fugir de você naquela primeira noite no hotel.

Owen: Qualquer um no seu lugar teria feito a mesma coisa.

Devyn: Como assim?

Owen: Você tinha acabado de ter o melhor sexo da sua vida e precisou sair correndo imediatamente para contar ao mundo. Tentou voltar para me encontrar, mas eu tinha, literalmente, fodido seu cérebro, e você não se lembrava mais de em que hotel tinha me deixado. Acontece com os melhores de nós.

Devyn: Rs, se ao menos essa fábula fosse verdadeira.

Owen: Essa é a minha história e vou manter essa versão.

Devyn: Obrigada por me fazer feliz esta noite. Agora vou para a cama com um sorriso no rosto.

Owen: É para isso que servem os "amigos".

Devyn: Amigos... ênfase nas aspas.

Owen: Exatamente. Estou apostando nelas.

CAPÍTULO 13

Owen

Verifiquei meu celular pela décima vez. Ainda não tinha ligação de Devyn. Franzi o cenho e olhei de novo para a troca de mensagens com meu amigo Marcus. Fazia mais de duas horas desde que ele respondera que haviam terminado no tribunal. Reli a primeira mensagem que havia enviado a ele ao meio-dia.

Owen: Oi. Só para saber como está. Não tive notícia de Devyn ainda. A audiência acabou?

Marcus: Entramos e saímos em uma hora. Mexi uns pauzinhos e consegui uma audiência para ela na hora.

Owen: Correu tudo bem?

Marcus: Vou deixar que ela te atualize... confidencialidade entre advogado e cliente e tal. Mas posso dizer que ela saiu como a maioria das mulheres que usam meus serviços... uma cliente muito satisfeita. 😉

Tive vontade de socá-lo depois desse último comentário — talvez ainda mais do que tive da primeira vez. Respirei fundo e tentei ignorar que fazia três horas que eles tinham finalizado na corte, e Devyn ainda não tinha me enviado mensagem para me falar como foi. Talvez eu estivesse sendo ridículo, porém esperava que ela me enviasse mensagem assim que saísse.

Claro que meu ser ciumento não conseguiu evitar pensar se ela tinha ligado para *Robert* da escada do tribunal.

Que seja.

Entre faltar ao trabalho para ir a Boston na sexta-feira, estar distraído quando fui ao escritório na tarde de sábado e agora encarando meu celular a manhã toda — eu precisava mesmo voltar à realidade. Precisava retornar ligações para clientes, verificar coisas com a equipe e os prédios que não encontrariam compradores sozinhos. Então me obriguei a voltar ao trabalho e não respirar até a recepcionista, Missy, colocar a cabeça para dentro da minha sala mais ou menos uma hora depois.

— Você tem visita. — Ela sorriu. — Uma moça muito bonita.

Meu coração saltou.

Devyn.

Ela veio me contar a novidade pessoalmente.

Talvez ela queira sair para comemorar.

Não consegui sair de trás da mesa rápido o suficiente. Mas meu coração acelerado parou de repente quando saí da sala e vi uma mulher linda, que *não* era Devyn.

O rosto de Tarryn se iluminou com um sorriso.

— Oi.

Parecia que o ar tinha sido tirado de mim. Tive que disfarçar minha decepção, fingindo ficar empolgado em vê-la.

— Oi. O que está fazendo em Nova York?

— Estou na cidade por um dia.

A recepcionista, assim como dois dos meus novos agentes, observava nós dois como uma partida de pingue-pongue. Considerando que Tarryn e eu tínhamos feito negócio algumas vezes, e as coisas não tinham sido exatamente profissionais, pensei que era melhor conversar em particular.

Me aproximei e dei um abraço amigável nela.

— É bom ver você. — Assenti para trás. — Venha para a minha sala.

Os saltos altos de Tarryn clicaram ao longo do piso de madeira conforme ela andava. Pensei que poderia ter flagrado um sorriso engraçadinho no rosto de uma das agentes, então pigarreei e apontei para o notebook dela.

— Conseguiu arrumar tudo para a exibição da Prince Street este fim de semana?

— Ãh, não. Estou trabalhando nisso.

— Vamos finalizar isso hoje, por favor.

Ela assentiu e desviou os olhos para a tela.

Dentro do meu escritório, fechei a porta.

— Desculpe aparecer assim — Tarryn disse. — Mas eu estava na região, então pensei em aproveitar a oportunidade e ver se você estava aqui. — Ela me olhou de cima a baixo. — Você está maravilhoso, como sempre.

Nem tive que olhá-la para saber que ela estava incrível. Tarryn era linda — uma antiga Miss Kentucky que tinha se mudado para L.A. para ser modelo há uma década e acabou se tornando uma das corretoras mais bem-sucedidas da Costa Oeste. Ela havia aberto sua própria imobiliária dois anos antes, e eu soubera de boatos de que ela estava arrasando no mercado de vendas-de-casa-de-oito-dígitos em Malibu. Havíamos nos conhecido quando nós dois estávamos começando. Ela estivera trabalhando na venda de uma casa na Califórnia para um cliente que estava comprando uma propriedade de mim em Nova York, e fizemos negócios um com o outro desde então. Alguns anos antes, havíamos fechado um contrato gigante, e eu acabara lambendo champagne comemorativo de seu corpo no fim da noite. Desde então, transávamos uma ou duas vezes por ano, quando um de nós estava na cidade.

Gesticulei para o sofá no canto da minha sala.

— E você parece que come aqueles corretores nascidos e criados em L.A. de café da manhã.

Ela sorriu.

— Acabei de roubar duas listagens de uma corretora daquele reality show de imobiliárias. Fiquei sabendo que ela me xinga em um episódio futuro.

Dei risada.

— Então o que a traz à cidade? Espero que não esteja montando um escritório aqui. Acho que não quero você como concorrente.

— Acho que seria divertido enfrentar você. — Os olhos de Tarryn brilharam. — Mas não, não estou vindo para o mercado de Nova York. Tenho bastante trabalho na Califórnia. Só estou aqui por um dia. Minha amiga vai se casar, e vou à festa de casamento. Tivemos provas de roupas nesta manhã no Upper East Side. O noivo dela tem um avião particular, e ele tem negócios aqui e em L.A. Ela não o vê há uma semana, então foi ao escritório dele vestindo apenas um casaco para fazer surpresa para ele. Pensei em me ocupar fazendo um pouco de compras antes de voltarmos no fim da noite.

— Legal. Nunca voei de avião particular.

— Está disponível para um drinque? Estava torcendo para, talvez, podermos ir àquele barzinho a que fomos da última vez que vim para cá.

Meus olhos imediatamente foram para meu celular. *Ainda sem ligação.*

Minha reação instintiva era dizer não para drinques com Tarryn, dar uma desculpa. Parecia errado passar um tempo com uma mulher com quem eu tinha dormido, mas, na verdade, por que eu não deveria? Devyn deixara claro que não éramos mais do que amigos. Caramba, ela nem tinha me ligado depois da audiência naquela manhã. Então por que não me distrair? Talvez um tempo com Tarryn fosse exatamente do que eu precisava.

Verifiquei meu celular mais uma vez — talvez, se chegasse uma mensagem, seria um sinal de que eu deveria recusar. Mas fiquei decepcionado de novo. Então assenti.

— Sabe de uma coisa? Claro. Só me dê cinco minutos para arrumar tudo aqui.

— Você se lembra daquele imóvel construído antes da Primeira Guerra caro que vendemos juntos no Morningside Heights? — Tarryn ergueu um palito de dentes com três azeitonas e usou os dentes para retirar a primeira. — A mulher que era dona dele, sra. Anderson, foi para um asilo.

— Claro. Como poderia não lembrar? Quando fizemos o passeio pré-fechamento, o lugar inteiro estava fechado. Pelo menos foi o que pensamos, até eu abrir o armário do corredor e um recorte em tamanho real de Nick Jonas me assustar pra caramba.

Tarryn deu risada e apontou para mim com o palito de dentes.

— Esse mesmo.

— Algum dia você descobriu por que aquela coisa estava lá? A senhora era fã de JoBro ou algo assim?

— Que bom que perguntou. É uma história engraçada... Mantenho contato com os compradores. Sabe, falo de vez em quando para ver como estão na nova casa a fim de manter o relacionamento e tal. O novo dono me contou que encontrou uma caixa de sapato no sótão, cheia de cartas de amor não enviadas para Nick da senhora.

Dei risada.

— Estava mesmo contando a Devyn histórias outro dia sobre as maluquices que vemos. Preciso contar essa a ela.

Tarryn bebeu seu martini e inclinou a cabeça para o lado.

— Devyn? Há uma mulher na sua vida atualmente, sr. Dawson?

Meus olhos baixaram para meu celular. *Ainda sem ligação*. Bebendo o resto da minha cerveja, balancei a cabeça.

— Não. Devyn é só uma amiga.

Os olhos de Tarryn brilharam.

— Bom saber.

Durante a uma hora e meia seguinte, Tarryn e eu bebemos muitos drinques. Ela sempre foi amigável, mas o álcool a tornava melosa e grudenta. Ela ria e segurava no meu braço, ou pressionava a mão no meu peito enquanto contava uma história. Em certo ponto, quando houve um intervalo na conversa, ela passou a unha no topo da minha mão.

— Estava com saudade de conversar com você, Owen. É fácil entre nós, não é?

Parecia bom ter alguém flertando comigo, para sentir que *alguém* queria me tocar.

Eu sorri.

— É, sim, Tarryn.

Ela olhou para mim de debaixo de seus cílios grossos.

— Quer ir a outro lugar para um drinque? Talvez sua casa?

Merda. O momento da verdade. Tarryn era extremamente sexy — nem tinha dúvida disso. E eu sabia que teríamos uma ótima noite; tínhamos histórico que não deixava dúvida sobre isso. Também não haveria nenhuma expectativa depois — seria exatamente o que ela disse, *fácil*. Uma diversão. E parte de mim queria ir. Fazia um tempo. O desejo físico estava ali. Mesmo assim... eu estava com tanta confusão emocional. *Tanta, tanta.* Enquanto, internamente, debatia o que deveria fazer, meu celular começou a vibrar no bar. O nome de Devyn brilhou na tela. *Finalmente.*

Você não deveria atender.

São quase quatro da tarde. Ela está fora do tribunal desde as dez da manhã.

Claramente, você não é prioridade para ela.

Talvez precise parar de torná-la sua *prioridade.*

Mas eu realmente *queria* conversar com ela.

Tarryn olhou para o meu celular vibrando, um sorriso curioso em seu rosto.

— Precisa atender?

Apertei os lábios. *Porra.* Não poderia ignorar.

— Preciso, sim. Desculpe. Pode me dar licença por um segundo? É uma ligação de negócios.

— Claro.

Afastando-me do bar, atendi.

— Alô?

— Oi. Estou muito feliz de finalmente falar com você.

Minhas sobrancelhas se uniram.

— O que quer dizer com *finalmente*? Meu registro de chamadas não mostra nenhuma ligação perdida.

— Ah, eu liguei muito. E mandei mensagem. Heath, aparentemente, pensou que seria engraçado se trocasse seu nome para o de Mia e o de Mia para o seu nos meus contatos. Então estive enviando mensagem para Mia, pensando que fosse para você. Achei estranho quando perguntei o que estava fazendo, e você falou que estava saindo para comprar absorvente, mas imaginei que só estivesse sendo engraçado.

— Então me enviou mensagem hoje?

— Claro. Nem tinha saído do tribunal quando te enviei mensagem com a novidade.

— O que aconteceu no tribunal?

— Seu amigo foi enviado por Deus. Não sei como te agradecer por falar com ele. Conseguimos logo um juiz, e ele me concedeu guarda emergencial temporária. Preciso passar em milhões de provas, como uma investigação da vida, inspeção da casa, entrevistas com assistentes sociais etc. Mas as crianças podem ficar comigo legalmente agora. Estou tão aliviada, Owen.

Parecia que um peso tinha sido tirado dos meus ombros, o que era zoado porque esse não era um fardo meu para carregar.

— Isso é ótimo. Parabéns!

— De qualquer forma, sinto muito por não entrar em contato mais cedo. Só quando perguntei se queria comemorar comigo mais tarde foi que finalmente descobri o que estava havendo. Mia respondeu que adoraria entrar em um avião, mas ela tinha a exibição de um artista novo esta noite. Mia gerencia uma galeria de arte.

Eu havia ido para o corredor que levava aos banheiros a fim de falar ao telefone. Dois caras bêbados e escandalosos saíram do banheiro masculino rindo. Devyn ouviu a movimentação.

— Ainda está no trabalho?

— Não. Eu, ãh, parei em um bar para tomar cerveja com uma pessoa amiga.

— Divertido! Qual? Talvez eu possa ir te encontrar para um drinque comemorativo.

Hesitei, sem saber como responder.

— Humm...

— *Ah.* Ah, nossa — Devyn disse. Aparentemente, ela me conhecia melhor do que eu imaginava. — Não é com um amigo homem que você está, é?

— Não é, não. Tarryn é uma velha amiga. Ela passou no escritório mais cedo.

Devyn ficou quieta por alguns segundos. Quando falou de novo, toda a felicidade em sua voz tinha sumido.

— Desculpe interromper. Divirta-se.

— Talvez possamos tomar um drinque um pouco mais tarde?

— Está tudo bem. Na verdade, tenho bastante coisa para fazer, de qualquer forma. Preciso ir.

Um minuto antes, ela tinha tempo para comemorar comigo. Agora mal poderia esperar para sair do telefone.

— Devyn...

— Vou conversar com você depois, Owen. Só queria te contar a novidade. Obrigada de novo por tudo.

— Devyn, espere...

— Tchau, Owen.

Ela desligou antes de eu conseguir falar mais coisa.

Fiquei parado no corredor escuro, sem saber o que fazer em seguida, por quase cinco minutos. Será que eu levava Tarryn para casa comigo? Para dar a mim mesmo o empurrão que provavelmente eu precisava para virar a página de Devyn? Ou eu ia para casa atrás de uma mulher que não tinha interesse em estar comigo? Eu sabia o que parecia certo no meu coração, mas onde tinha me levado ouvir meu coração? A lugar *nenhum*. Então talvez fosse hora de eu começar a ouvir *outros* órgãos.

Antes de eu poder terminar de raciocinar, Tarryn veio pelo corredor do banheiro.

Ergui meu celular.

— Desculpe por isso. Acabei de desligar.

— Sem problema. — Ela apontou para trás de mim. — Preciso usar o banheiro.

— Te encontro lá no bar.

Quando voltei ao meu assento, o barman se aproximou. Ele gesticulou para minha cerveja quase vazia e a taça seca de martini ao lado.

— Querem outra rodada?

Assenti.

— Sim, claro. Por que não?

Tarryn voltou alguns minutos depois. Em vez de se sentar, ela parou entre minhas pernas e segurou as lapelas do meu paletó.

— Nós vamos sair daqui?

— Acabei de pedir outra rodada para nós.

Ela empurrou seus peitos grandes em mim e sussurrou em meu ouvido.

— Eu preferiria ter *você* a esse drinque.

Fechei os olhos por um instante. Eu queria...

Eu queria muito.

Mas...

Simplesmente, não podia.

Colocando uma mão em cada um dos ombros dela, olhei Tarryn nos olhos.

— Sou sortudo pra caramba de sequer tomar um drinque com você, quanto mais para ir para casa comigo. Mas não posso, Tarryn.

Seu sorriso murchou.

— Tem alguém na sua vida?

Assenti. Não havia motivo para explicar todos os detalhes complicados. De forma simplista, isso era verdade. Devyn era alguém na minha vida. Mesmo que o *alguém* na vida de Devyn não fosse *eu*.

Ela sorriu com pesar.

— Ela é sortuda.

Beijei a bochecha de Tarryn.

— Obrigado pela compreensão. Você é a melhor, Tarryn.

Ela mexeu os dedos, gesticulando para eu ir embora.

— Vá. Vou até pagar a conta. Mas, se não der certo, me ligue. Você vale o voo de volta de seis horas por uma tarde.

Eu sorri.

— Cuide-se, Tarryn.

Vinte minutos depois, eu estava sentado em meu apartamento, desta vez pensando se deveria subir para o apartamento de Devyn ou não. Uma coisa era deixar Tarryn quando meu coração não iria estar lá — ela merecia mais do que isso. Mas eu tinha que ir correndo para Devyn só porque ela ligou?

Refleti sobre esse pensamento por mais alguns minutos, até a resposta finalmente chegar.

Sim. Tenho, sim.

Foda-se. Peguei uma garrafa de vinho e subi as escadas dois degraus por vez sem ligar antes.

Quando Devyn abriu a porta, ergui a garrafa.

— Vim aqui para comemorar.

Esperava que ela ficasse feliz em me ver. Infelizmente, ela parecia tudo menos isso.

Cruzou os braços à frente do peito.

— O que houve com seu *encontro*?

Isso era… *ciúme*? Pensei que pudesse ser. Meu sorriso se ampliou.

— Fui embora. Não estava a fim.

— Por que não?

Olhei nos olhos dela.

— Acho que você sabe por quê, Devyn.

Ela desviou o olhar.

— Bom, não deveria ter feito isso.

Dei de ombros.

— Enfim, estou aqui. Então vai me convidar para entrar ou não?

— Certo.

Ela, definitivamente, estava sendo difícil, mas eu não me importava. Na verdade, vi que estava me divertindo.

Dentro de seu apartamento, olhei em volta.

— Cadê suas novas tutelas legais?

— Heath está no trabalho até as sete, e Hannah está na casa de uma amiga.

— Eles sabem que você conseguiu a guarda?

Devyn balançou a cabeça.

— Ainda não. Nem contei a eles que iria ao tribunal. Não queria que ficassem decepcionados se o juiz negasse por algum motivo. Mas pensei que pudesse levá-los para tomar sorvete depois do jantar e surpreendê-los com a novidade. Vão ficar aliviados.

Sorri e ergui o vinho.

— Isso é ótimo. Quer comemorar um pouco antes de eles chegarem em casa?

— Claro.

Devyn estava agindo meio distante, mas não tão gelada quanto quando abrira a porta. Fingi que não tinha nada de errado conforme abri a garrafa e servi uma taça de merlot para cada. Passando uma para ela, ergui minha taça para brindar.

— Parabéns por ganhar a guarda da dupla terrível.

Ela sorriu.

— Obrigada.

Nós dois demos um gole.

— Então a mulher da assistência social apareceu hoje?

— Sim. Ela não é muito simpática. Mas, quando mostrei a guarda assinada do juiz, ela não teve escolha além de conversar comigo em vez de com Vera. Ela me deu meia hora de sermão sobre a importância de levar as crianças à escola e sugeriu que eu os levasse lá para fazer terapia. Estou torcendo para ela não ser a assistente social permanente designada para nós. Marcus falou que eles designam alguém para fazer as visitas e tal.

— Mesmo que seja, ela não pode mais tirar as crianças de você, certo?

Devyn balançou a cabeça.

— De acordo com Marcus, ela precisaria ter um motivo para a remoção e o juiz precisaria concordar.

— Então aqueles pivetes não podem faltar à escola nem se meter em mais problema.

— É. Tenho que fazer um trabalho melhor de mantê-los na linha.

Conversamos sobre a audiência por um tempo e todas as coisas que ela tinha que fazer a fim de manter a guarda temporária. Depois, resolvi voltar à atitude que ela tivera quando cheguei.

— Posso te perguntar uma coisa?

— O quê?

— Você ficou com ciúme por eu ter saído com outra mulher?

Devyn desviou o olhar.

— Não.

Meu lábio se curvou.

— Não, né?

— Não fiquei com ciúme.

Era difícil manter a expressão séria, porque, claramente, ela estava mentindo. Mas... se ela não ficou com ciúme, alguns detalhes não a incomodariam, certo?

Bebi meu vinho e observei a expressão de Devyn.

— Tarryn perguntou se eu queria levá-la para a minha casa.

Seus olhos se estreitaram.

— Legal.

— Já transamos antes. Então não acho que ela quisesse se sentar no sofá e ver TV.

O rosto de Devyn corou.

Não consegui me conter. Queria vê-la ficar brava — admitir que estava com ciúme.

— É, Tarryn é uma selvagem de verdade na cama. Da última vez que ela visitou, quebramos um abajur. Caiu da mesa de cabeceira ao lado da cama, que balançava demais.

Observei o músculo se contrair em sua bochecha, a mesma bochecha que estava ficando com um tom adorável de vermelho. Mesmo assim, ela ainda não olhava para mim.

— Devyn?

Seus lábios se franziram conforme ela encarou à frente.

— Devyn? — eu disse mais alto.

— O que foi?

— Olhe para mim.

Sua cabeça se virou para me encarar, e ela me encarou com adagas nos olhos.

Eu sorri.

— Não te incomodaria se eu... transasse com Tarryn?

Pronto.

Ela desmoronou.

Mas não gritou comigo como eu esperava.

Nem um pouco.

Em vez disso, ela esmagou os lábios nos meus.

Isso me pegou tão desprevenido que demorei alguns segundos para acompanhar. Quando o fiz, Devyn estava se erguendo, me escalando como uma porra de uma árvore.

Porra, isso.

Isso.

Essa era a química que tivemos desde o comecinho.

Segurei sua bunda com uma mão, erguendo-a mais alto, e guiei suas pernas em volta da minha cintura, então fiquei perdido no momento em que nada existia no mundo, exceto nosso beijo.

E foi provavelmente por isso que não ouvi a porta se abrir.

Ou se fechar.

— Caramba, irmã. Vai para os finalmentes com o Ranger de Borracha?

Puta.

Que.

Pariu.

Heath.

CAPÍTULO 14

Devyn

Na manhã seguinte, estava sentada à mesa sozinha, revivendo a vergonha — e o quanto foi incrível — da noite anterior.

Aquele tinha sido o melhor beijo da minha vida, mas não foi muito divertido explicar o que estava acontecendo com Owen para meu irmão. Bem quando Heath e Hannah estavam oficialmente sob meus cuidados e era para eu estar dando um exemplo para eles.

Precisava lidar melhor com as coisas, mas pelo menos tinha sido Heath, não Hannah, que tinha visto. Heath era um pouco mais velho, e eu tinha praticamente certeza de que ele já tinha um bom entendimento de sexo. Apesar de que, provavelmente, era hora de eu ter conversas com ambos. Não dava para confiar que Vera tinha feito seu dever.

Owen tinha ido para casa pouco tempo depois de Heath chegar no dia anterior, e meu irmão passara a maior parte da conversa que tivemos depois disso me zoando, como eu esperava que ele fizesse. Eu havia explicado que Owen e eu éramos amigos há um tempo, mas que as coisas haviam passado do limite um pouco recentemente. Claro que isso não era totalmente verdade, mas não poderia explicar como Owen e eu nos conhecemos. Isso poderia ser uma história para quando todos nós fôssemos mais velhos.

No fim, Heath tinha parecido ficar tranquilo com as coisas — provavelmente porque gostava de Owen, e Owen havia ganhado sua confiança. E ele não causou com isso quando Hannah chegou em casa. Que eu soubesse, ele não havia mencionado nada para ela. Contudo, eu precisaria ser mais cuidadosa no futuro.

Por enquanto, as crianças estavam — assim espero — seguras na escola, e pude me controlar de novo. Tinha planejado trabalhar um pouco, mas tudo que minha cabeça queria fazer era reviver o beijo. Foi muito bom ter os lábios de Owen nos meus e prová-lo de novo. Não conseguia acreditar que havia decidido voluntariamente me afastar disso para sempre, nunca mais vê-lo. Não poderia imaginar isso agora.

Minha reação impulsiva quando ele tinha perguntado se fiquei com ciúme *claramente* mostrou a ele o que eu achava. Quando eu tinha percebido que ele havia saído com uma mulher, não conseguira pensar direito. Estivera me enganando quando se tratava de Owen Dawson — em negação e tentando me proteger de me magoar. Isso tinha sido tolerável até a ameaça de perder minha chance com ele se tornar bem real.

Meu celular apitou, tirando-me dos devaneios.

Owen: Não consigo parar de pensar naquele beijo.

Um frio preencheu minha barriga. Fechei os olhos por um instante.

Devyn: Como sabia que eu estava pensando em você?

Owen: Sinto muito por Heath ter nos flagrado, mas NÃO sinto muito PELO QUE ele viu.

Devyn: Ele quer te bater.

Owen: Sério?

Devyn: Não. Ele está de boa agora.

Owen: Acho que eu deveria agradecer a minha sorte por ele não ser adulto ainda.

Devyn: É mais provável ele te filmar e colocar na internet do que causar dor física.

Owen: Isso é verdade.

Devyn: Haha

Owen: Preciso te deixar com ciúme mais vezes.

Devyn: Ah, então acha que esse é o segredo, hein?

Owen: Acho. E tenho que te contar outro segredo.

Devyn: Qual?

Owen: Tenho um puta de um ciúme do ator cujo nome não deve ser mencionado.

Devyn: Tem?

Owen: Claro. Sinto que ele ainda tem um pedaço do seu coração, ou talvez esteja mais para ele tomando um lugar na sua cabeça. Mas gostaria de apagá-lo de ambos os lugares.

Devyn: Você tem um plano para isso?

Owen: Tenho uma Borracha Mágica.

Devyn: Rs Tem mesmo?

Owen: Sim. 😀 Se eu estivesse aí, poderia te mostrar.

Devyn: Acho que estou segura porque você está no trabalho.

Owen: Tem certeza disso?

Meu coração acelerou.

Devyn: Como assim?

Owen: Tem certeza de que estou no trabalho?

Devyn: Não está?

Owen: Deixe-me te perguntar... Se eu estivesse aí agora, o que você faria?

A segurança de me esconder atrás do celular me deixou ousada.

Devyn: Eu tentaria continuar de onde paramos.

Owen: Então é melhor abrir a porta e me deixar entrar.

Corri para a porta e encontrei Owen de braços cruzados e um sorriso presunçoso lindo no rosto. Eu nem ia perguntar há quanto tempo ele estava ali... Não importava. Ele estava tão lindo em sua camisa lisa e calça social e aquele relógio grande e sexy em seu pulso. Era meio da manhã, então eu não sabia se ele tinha ido trabalhar ou se tinha voltado para casa.

— Oi — ele disse, entrando.

— Oi — soltei, mal conseguindo falar antes de pular nos braços dele. Nossos lábios colidiram conforme suspirei, respirando-o como oxigênio.

Owen falou em meus lábios quando a porta bateu atrás dele.

— Jure que não vai me afastar de novo, porque acho que não aguento, Devyn.

— Tenho praticamente certeza de que eu que vou implorar desta vez.

Com um fogo nos olhos, ele me ergueu e minhas pernas se envolveram nele.

— Fiquei desejando você desde que fugiu do quarto de hotel naquela noite. É como se minha cabeça… a porra do meu corpo… se nenhuma parte de mim tivesse sido a mesma desde então.

— Deveríamos fazer algo quanto a isso. — Sorri para ele.

Nos beijamos de forma faminta, nossas línguas colidindo enquanto trombávamos em um monte de coisas a caminho do meu quarto, derrubando alguns objetos.

Ele me deitou na cama e ficou acima de mim ao tirar a camisa. A visão de seu abdômen lindo e esculpido e da ereção esticando sua calça escura me deixou com água na boca. Seu peito subia e descia conforme ele me encarava.

— Só quero olhar para você primeiro. Tudo aconteceu tão rápido na nossa primeira noite. Não tive a oportunidade de absorver isso. Pode aguardar um minuto?

Assenti enquanto removia, devagar, minha blusinha e a jogava para o lado, depois meu sutiã e, em certo momento, minha calça.

Os olhos de Owen permaneceram fixos em meu corpo nu enquanto arrepios pinicavam minha pele. Havia poucas coisas mais excitantes do que ser desejada assim.

— Você é deslumbrante, Devyn. Não tem comparação com ninguém. Ninguém mesmo.

Faminta por seu toque, meu coração acelerou.

Ele deslizou a língua ao longo do lábio e a fome em seus olhos se intensificou.

— Abra as pernas.

Meu clitóris latejava enquanto abri minhas coxas. Nunca tinha me entregado desse jeito. Esse era o primeiro homem com quem eu me sentia confortável o suficiente para ser tão vulnerável.

— Da última vez que estivemos juntos foi frenético. Quero aproveitar meu tempo com você, Devyn. Ok?

Assenti e suspirei:

— Sim.

Owen pairou acima de mim, e minhas pernas tremeram quando ele baixou o corpo e beijou meu pescoço gentilmente, traçando uma linha para baixo com a língua. Ele parou de repente na minha virilha e só respirou.

— Tem algum problema? — perguntei.

— Estou tentando descobrir se te saboreio ou se te como viva.

Seus olhos encontraram os meus quando ele sorriu.

Enfiei os dedos no cabelo dele.

— Faça o que achar melhor — sussurrei.

Ele abriu um sorriso malicioso ao abrir mais minhas pernas e baixar a boca em mim. Minha respiração acelerou quando senti a umidade de sua língua circulando meu clitóris de forma voraz, seus gemidos de prazer vibrando contra minha pele sensível.

— Poderia comer você o dia todo — ele disse, rouco. — Seu gosto é melhor do que qualquer coisa.

Usando seu cabelo sedoso, fui direcionando seus movimentos, bem perto de gozar no rosto dele. Fiquei tensa para impedir que isso acontecesse.

Ele olhou para mim em alerta.

— Você está bem? Eu te machuquei?

— Não. Eu só... quase gozei. Foi bom demais.

— Está tentando dizer que está pronta para mim?

— Estou, Owen — implorei. — Por favor.

— Já que está sendo tão educada... — Ele deu uma piscadinha ao tirar uma camisinha do bolso da calça e colocá-la, revelando seu pau ereto, brilhando com pré-gozo. Da última vez, eu havia negligenciado realmente apreciar o quanto ele era lindo e grande. Observei quando deslizou a camisinha em seu pau e apertou a ponta.

Eu adorava sentir o peso do seu corpo quando ele se abaixava sobre mim, sua respiração quente contra minha pele. Ele segurou minha bochecha e olhou em meus olhos.

— Pode se perder em mim hoje, Devyn. Não pense muito, ok?

— Ok. — Eu sorri.

Essa foi a última palavra que consegui emitir antes de nossos lábios se unirem. Quando sua língua procurou a minha, eu abri mais. Owen envolveu a mão na base do meu pescoço conforme me olhava nos olhos, deslizando seu pau brilhante em meu clitóris. Para cima e para baixo. Para cima e para baixo. Meus mamilos enrijeceram enquanto eu ficava mais molhada a cada segundo. Então, ele enfiou os dedos em mim.

— Você está muito molhada, Devyn. Tremendo para mim. Estou precisando de toda a minha força para não te foder com muita força agora mesmo, embora *eu* queira ir devagar.

— Não precisa ir devagar. — Arfei.

— Devyn...

— Sim?

— Quero que seja minha desta vez. Quero te foder e saber que você é minha. Mesmo que não possa ser permanente. Preciso que seja totalmente minha neste momento, ok?

— Ok... — Mantive os olhos nos dele para ele saber que eu não estava só dizendo isso pelo bem do meu desejo. — Sou sua.

Senti o calor do seu pau grosso entrando em mim em uma investida intensa. Se um movimento pudesse falar, com certeza esse diria *Minha*.

Abrindo mais as pernas para receber tudo que ele tinha para dar, ouvi os sons deslizantes de nossa excitação. Esse homem tinha sido dono do meu coração por um tempo, mas hoje, nesse instante, ele era dono do meu corpo de um jeito que não tinha sido da primeira vez. A confiança que havia sido construída entre nós no último mês me permitiu me render totalmente sem nenhum bloqueio mental, culpa ou hesitação.

Minhas unhas cravaram nas costas dele quando continuou entrando e saindo de mim, com mais força e mais intensidade a cada investida até ele entrar totalmente.

Baixei as mãos, apertando a bunda dele para me segurar antes de as deslizarem para cima de novo a fim de explorar os contornos de suas costas.

Quando comecei a mexer meus quadris para combinar com o ritmo dele, os olhos de Owen travaram nos meus.

— É isso, Devyn. Dê para mim. Dê tudo para mim. — Ele foi mais devagar por um instante, revirando os olhos. — Quase me perdi. Não sabe que ter você é minha criptonita? — Ele entrou de novo com mais intensidade, me empalando.

A cama tremeu quando me rendi ao êxtase, minha visão enevoada e minha mente em outra dimensão. Então os músculos entre minhas pernas não conseguiram mais aguentar, e comecei a me perder.

Então, em sintonia com meu corpo, Owen soube.

— Olhe para mim, querida. Olhe nos meus olhos enquanto goza em volta do meu pau. — Ele soltou um som ininteligível conforme entrava em mim uma última vez antes de poder sentir o calor do seu gozo através da camisinha. Me soltei por completo, liberando o resto do meu clímax, meu corpo tão relaxado que estava leve. Esse orgasmo foi mais poderoso do que qualquer coisa que já tinha sentido, um testamento ao homem responsável por isso.

Owen ficou dentro de mim por um tempo, sussurrando palavras doces que mal eram audíveis. Ele, enfim, tirou e rapidamente saiu para descartar a camisinha. Quando voltou, fez uma coisa da qual tive medo demais para permitir da última vez: ele me abraçou, segurando meu corpo inteiro em seu calor. Ficamos ali deitados com as pernas entrelaçadas, minhas pernas presas nas dele.

Ele falou em minhas costas.

— Consigo ouvir as engrenagens girando em sua cabeça. Converse comigo.

— Não há nada de errado, Owen. Nada. De verdade. Foi maravilhoso. Nem quero pensar. Só quero continuar aproveitando.

Ele beijou minhas costas.

— Você precisa ir trabalhar?

— Não, já cancelei meus compromissos pelo resto do dia.

Me virei para encará-lo.

— Você sabia que isso ia acontecer quando veio ao meu apartamento?

— É, de certa forma, eu sabia. — Ele sorriu. — É presunção da minha parte? — Ele segurou minha lateral. — Na verdade, independente do que acontecesse, eu sabia que queria passar o dia com você. Aprendi a não ter esperanças, mas tive uma agradável surpresa com a forma como fui recebido.

Sorrimos um para o outro. Estava meio perplexo com este momento.

— No que está pensando agora? — perguntei.

Ele apoiou a testa na minha.

— Quero dizer uma coisa a você, mas não quero que surte.

— Me diga...

— Sinto que você é tudo que está faltando na minha vida, Devyn. — Dava para sentir suas palavras na lateral do meu rosto. — Já te falei que, com frequência, me sinto o esquisito perto dos meus amigos, incapaz de descobrir por que não consigo alcançar o tipo de felicidade deles. E sei agora que é porque nunca encontrei a pessoa certa. Não entendia o que havia de errado até descobrir exatamente a conexão de que estivera sentindo falta... com você.

Meus olhos começaram a lacrimejar.

— Por que gosta tanto de mim, Owen?

A preocupação tomou seu rosto.

— Tem mesmo que perguntar isso?

— Não sei... Só sinto que você poderia ter qualquer mulher do mundo, porque é tão bonito e tão gentil.

Ele beijou meu nariz.

— Estou tentando conseguir a mulher do mundo que eu quero.

— Mas minha situação é tão bagunçada. É um caos.

— Talvez seja de um pouco de caos que eu precise. — Ele sorriu. — Devyn, antes de nos conhecermos, me sentia morto por dentro. Às vezes, não dá para explicar por que alguém é certo para você. Simplesmente combina. Quando estamos juntos, me sinto vivo... caótico de certa forma. Não sinto que esteja faltando algo ou que precise estar em outro lugar. Você é a mulher mais real que já conheci. Se abriu para mim quanto aos seus defeitos, mas eu acho que você é perfeita. Mesmo que sua *vida* não seja perfeita, *você é* perfeita. Perfeita para mim, pelo menos. E, mesmo que me disser que te assustei completamente agora e que foi o suficiente depois de hoje... eu *ainda* não me arrependeria do tempo que passamos juntos. Você não me deve nada, entendeu? Tudo que sempre temos é o hoje e o agora. Estou aproveitando este dia mais do que qualquer outro na minha vida inteira, e é isso que importa. Não pense no amanhã nem por um segundo. Só esteja comigo agora.

Acariciei sua barba por fazer.

— Você está dificultando imaginar voltar para a Califórnia, sabe.

— Que bom. Missão cumprida. — Ele me beijou. — Mas, com toda seriedade, não pense nisso agora.

Assenti e segui seu conselho.

Owen e eu transamos mais duas vezes nesse dia e, quando o relógio deu três horas, sabíamos que precisávamos fazer desse um lugar que não parecia ter sido um covil de sexo antes de as crianças voltarem para casa.

— Heath e Hannah voltarão logo — anunciei.

— Se disséssemos a eles que estávamos só conversando casualmente no meio do dia, acha que acreditariam?

— Bem, infelizmente, Heath é esperto, mas acho que não será um problema se eles virem você aqui.

— Então não se importa se eu ficar? — ele perguntou.

— Não. Na verdade, adoraria se você ficasse.

— Porque ainda não estou pronto para este dia acabar.

— Eu também não — eu disse.

Tomamos banho juntos, nos vestimos e arrumamos a cama.

Quando meus irmãos chegaram por volta das 3h45, dava para pensar que Owen e eu tínhamos rezado ali dentro o dia todo. Owen estava sentado casualmente no sofá lendo uma revista enquanto eu estava do outro lado do apartamento na cozinha, preparando lanches da tarde.

De qualquer forma, isso não impediu que meu irmão enchesse nosso saco.

— Ah, vejam! É o Romeu Ranger de Borracha.

Owen jogou sua revista para o lado.

— Dê um tempo para sua irmã, Heath. Ela trabalha duro por vocês. Não precisa que zombe dela.

— Você tem sorte de eu não te odiar — Heath disse a ele. — Posso ser o irmão mais novo dela, mas não significa que não te bateria.

— Heath! — eu o repreendi.

Owen sorriu.

— Não, tudo bem. Respeito isso. E vou aceitar seu alerta, senhor.

— Vocês estão namorando ou algo assim? — Hannah perguntou.

Merda.

Owen olhou para mim, buscando ajuda.

— Somos muito bons amigos... — Me virei para ele e sorri. — Entre aspas.

Owen deu uma piscadinha para mim.

Acabamos pedindo sanduíches para jantar e comendo à mesa com as crianças. Olhava para Owen repetidamente e me perguntava por que eu estava me contendo. Esse cara era o homem dos meus sonhos. Desejava, mais do que qualquer coisa, que ele pudesse passar a noite, mas era cedo demais para isso, principalmente porque meus irmãos agora estavam em cima de nós. Não haveria jeito fácil de fazê-lo entrar de fininho sem os olhos xeretas deles nos flagrarem. Eles estariam nos observando como águias. Eu precisava ser um bom exemplo, em especial para Hannah. Precisava mostrar a ela que não se apressa nada com um homem, mesmo que ele seja um Adonis com um coração de ouro.

Owen foi embora depois do jantar, e as crianças foram para seus quartos. Considerando que eu não tinha trabalhado nada hoje, resolvi abrir meu notebook perto da janela e, no mínimo, ver meus e-mails. Olhei para o calendário na minha mesa a fim de me organizar, e meu coração quase parou quando vi um símbolo em vermelho em uma data há mais de duas semanas. Deveria ter sido o primeiro dia da minha menstruação. No entanto, eu estivera tão preocupada com tudo acontecendo com a assistente social que não lembrara que a data tinha vindo e ido sem sinal de menstruação.

Mas o alívio substituiu o pânico quando me lembrei de que tinha usado proteção com Owen desde aquela primeira vez em que ficamos juntos, e fazia um tempo desde Robert. O período que não veio deve ter sido devido ao estresse.

Uma mensagem de Owen interrompeu meus pensamentos.

Owen: Depois que saí da sua casa, desci até o estúdio de Billie e a peguei logo antes de ela fechar. Resolvi fazer minha primeira tattoo... algo que me fizesse lembrar de hoje. Gostou?

Era uma foto de seu pulso.

Meu queixo caiu.

Um par de aspas minúsculas.

CAPÍTULO 15

Devyn

Três dias depois, ainda não tinha me descido. Eu estava começando a surtar, então fui à farmácia e comprei um teste de gravidez caseiro. Mas não consegui fazê-lo. Enquanto encarava a caixa a um metro de distância no balcão da cozinha, peguei o celular e liguei para Mia.

— Oi! — ela atendeu. — Estava pensando em você agora.

— Porque está com muita saudade de mim?

— Na verdade, um estagiário acabou de entrar na minha sala e falou "Você nunca vai acreditar quem tem um pau enorme". Oliver e eu trocamos de sala na semana passada. Ele sempre está com calor, e o ar-condicionado de sua sala é uma droga. Eu sempre estou com frio, e o ar-condicionado da minha é congelante. Enfim, o pobre estagiário não sabia que tínhamos trocado, e começou a falar antes de olhar para cima e me ver sentada à minha nova mesa. Parecia que o menino ia cagar na calça.

— O que você falou?

— Exigi que me contasse quem tem um pau grande, claro. É um novo artista arrogante que estamos exibindo na galeria. Aparentemente, o estagiário não pôde deixar de olhar no banheiro masculino. O cara tem um metro e meio com uma barriga de cerveja e uma peruca horrível. Pelo menos agora sei de onde vem a arrogância.

Dei risada.

— Estou quase com medo de perguntar, mas por que essa história lembrou você de mim?

— Ah. Lembra de quando nos conhecemos e você ainda estava morando com sua mãe naquele prédio de três andares? Ela não pagou o aluguel, então eles a expulsaram. Mas ela conseguiu encontrar um otário que a deixou se mudar para o prédio vizinho. Também era um prédio de três andares.

Resmunguei.

— Deixe-me adivinhar, você está se lembrando do incidente do cereal?

Mia riu de roncar.

— Você tirou a calça jeans e se sentou de calcinha no sofá de outra pessoa, comendo uma tigela gigante de cereal. O sofá nem era da mesma cor do que o da sua mãe.

Suspirei.

— Aquele pobre senhor de oitenta anos com certeza trocou a fechadura depois que chegou em casa e me encontrou. Mas, na minha defesa, nos mudávamos *muito*, então era difícil acompanhar onde morávamos, e eu ainda não havia tirado a chave do meu chaveiro.

— Enfim... o que está fazendo hoje? — ela perguntou.

Eu tinha ligado para ela para apoio, ainda assim, de repente, não tinha tanta certeza de que estava pronta para compartilhar o que estava havendo. Estava surtada demais para proferir as palavras.

— Nada de mais. Deveria estar trabalhando. Mas não estou a fim.

— Quem é você e o que fez com minha melhor amiga, Devyn? Você *nunca* não está a fim de trabalhar. É a única pessoa que conheço que ama o trabalho.

Eu estava tão ocupada encarando o teste de gravidez idiota no balcão que só ouvi metade do que Mia falou. Meu foco estivera inexistente nos últimos dias. Eu precisava saber, de um jeito ou de outro. Então me obriguei a desabafar o motivo da minha ligação no meio do dia e da falta de motivação no trabalho.

— Minha menstruação está atrasada.

— Ah, merda — Mia disse. — Atrasada quanto?

Resmunguei.

— Três semanas.

— Normalmente, você não é irregular, certo?

— Nãoooo... — Suspirei. — Sou praticamente um relógio.

— Mas você tem DIU, igual a mim, né?

— Tenho. Porém está com quase sete anos... é o fim da efetividade. Eu tinha agendado para ir tirá-lo e colocar um novo, mas então precisei cancelar a consulta ao ginecologista para vir para Nova York.

— Quase sete anos? É efetivo por sete completos, certo?

— Dizem que os novos ficam bons por oito, mas o meu só tinha sete, e li que, no fim, pode ser menos efetivo. Não fiz nada além de pesquisar sobre isso por três dias. Mas Owen e eu usamos camisinha.

— Muitas pessoas ficam sem menstruar com DIU. Talvez você só tenha pulado um mês. Ou talvez esteja estressada. Isso pode bagunçar o ciclo.

Tinha pensado nessas duas coisas, claro. Mas realmente tinha essa sensação inquieta.

— Talvez...

— Vá comprar um teste. Vamos arrancar o curativo. Não há jeito fácil de fazer isso.

Franzi o cenho.

— Já comprei um.

— Mas ainda não fez?

— Não. Estava tentando criar coragem. Foi por isso que te liguei. Preciso que segure minha mão durante o teste.

— Vai, garota. Vamos fazer xixi no pauzinho. Quer trocar para o Zoom para que eu possa ver você fazendo isso?

— Acho que não é necessário. Mas obrigada. — Mordi minha unha. — E se der positivo, Mia?

— Aí vamos conversar sobre as opções que você tem. Até lá, não há motivo para se desesperar. Fiquei doente daquela vez que pensei que estivesse grávida na faculdade. Aí não estava, mas tinha me estressado tanto que minha imunidade baixou e fiquei gripada. Então tive que cancelar meu encontro com Troy Everett, e ele acabou saindo com Ainsley Quinn naquela noite, em vez de comigo. Alguns anos depois, Troy criou um app idiota de dieta que vendeu por zilhões de dólares, e agora Ainsley tem gêmeas com minibolsas Birkin, e sabe o que eu tenho?

— O quê?

— Dois vibradores. Nenhuma porcaria de Birkin. Então faça o maldito teste. *Seja Ainsley Quinn*, não Mia Archer.

Dei risada, agora feliz por ter ligado. A insanidade de Mia era exatamente do que eu precisava para passar por isso.

— Ok. Vou soltar o celular para poder fazer xixi no pauzinho. Volto em um minuto.

— E vou pegar uma garrafa do vinho que servimos na exibição ontem à noite e abrir. Só no caso de precisar.

— Não são oito e meia da manhã aí?

— Sou *esse tipo bom* de amiga. Agora vá fazer xixi.

Entrei no banheiro e abri a caixa. O teste em si estava envolvido em papel, então, depois de rasgar, respirei fundo, me sentei e coloquei o pauzinho entre as pernas.

Ping. Ping. Ping.

Meu coração martelou conforme coloquei o teste no balcão e olhei para o visor de resultado. A cor já estava começando a aparecer. Comecei o cronômetro no meu celular e apertei o botão para o viva-voz enquanto lavava as mãos.

— Está aí? — perguntei.

— Estou. Sabe, vinho de café da manhã não é tão estranho assim. As pessoas comem uvas pela manhã, não comem?

Sequei as mãos e virei a caixa de teste de gravidez agora vazia. Arregalei os olhos. *Resultados em menos de três minutos.*

— Puta merda. Esta coisa só demora três minutos.

— Quanto tempo você queria que demorasse?

— Não sei. Um ano ou dois poderia ser legal. — Olhei de lado para o pauzinho, mas não conseguia realmente olhar. Na verdade, precisava dar o fora daquele banheiro. — Pode me dizer quando tiver passado três minutos? Não consigo ficar sentada esperando.

— Pode deixar.

— Obrigada. — Voltei para a cozinha e apoiei um lado do quadril no balcão. — Me conte sobre o último encontro que você teve. Preciso de uma distração.

— Ah... foi bizarro. O nome dele era Alan. A primeira bandeira vermelha foi que ele me perguntou se eu sabia dirigir. Não me importo de encontrar as pessoas em um restaurante, mas esse cara quis que eu o buscasse. Falou que o carro dele estava na oficina. Então o busquei. Assim que ele entrou no banco do passageiro, me disse que precisava fazer duas paradas rápidas. Concordei, embora tenha achado meio estranho. A primeira foi em uma *casa de repouso*. Ele me fez entrar para visitar sua avó. A pobre mulher estava dormindo quando chegamos, mas ele a acordou para me apresentar. Ficamos uns quinze minutos. Então, ele perguntou se poderíamos fazer a segunda parada depois de irmos jantar. Falei que tudo bem. Ele havia escolhido o restaurante... um buraco barato. O jantar foi chato... *ele* era chato, então eu mal podia esperar para a noite acabar. Tinha me esquecido totalmente da segunda parada até ele me lembrar quando voltamos para o carro. Ele disse que era a apenas algumas quadras dali e me deu as direções... *para a porra do supermercado.* Eu não ia andar pelos corredores de salto, além do mais, estava irritada, então falei que esperaria no carro. *Meia hora depois*, o cara saiu com *cinco sacolas de compras*. Meu encontro gastou menos no jantar do restaurante barato do que em um Uber que teria custado bastante para ele fazer suas tarefas. Pensando bem, acho que o esquisitão nem tinha um carro na oficina!

Dei risada.

— Só você, Mia.

— Bom, nem todas podemos ser como você com um lindo corretor rico correndo atrás de nós.

— Owen não está mais correndo atrás de mim.

— Sério? Como assim?

— Porque não precisa ir atrás quando uma mulher praticamente pula em você.

— *O quê?* Vocês dois estão juntos? Por que não me contou?

— Só faz alguns dias e, sinceramente, estamos levando um dia de cada vez.

Bipe. Bipe. Bipe.

— Ai, meu Deus. — Cobri o coração com a mão. — Esse é o alarme? Já faz três minutos?

— Ihuuu. Leve sua bundinha até o banheiro. Já estou me servindo da segunda taça de vinho.

Inspirei fundo e expirei antes de voltar pelo corredor para o banheiro. Entrando, fechei os olhos por dez segundos e fiz uma pequena oração antes de olhar para baixo. Aí...

Puta merda.

O banheiro começou a girar. Tive que segurar na barra da toalha porque me sentia muito tonta.

— Mia... — Minha voz tremeu. — Por favor, me diga que duas linhas pink significam negativo.

— *Duas*, não uma?

Nem havia uma forte e uma fraca. Ambas estavam pink brilhantes.

— Tem duas linhas fortes, Mia.

— Ah, merda. Bom, acho que levar um dia de cada vez com Owen acabou de ser acelerado. Você está prestes a planejar nove meses à frente.

Meu celular apitou com uma nova mensagem de Owen. Ele estava começando a ficar impaciente.

Fazia seis dias que eu não o via, três desde que descobrira que estava grávida. Mas não conseguia ter coragem de encará-lo, porque sabia que não seria capaz de esconder o quanto estava surtando. Eu precisava ir ao médico primeiro. Sabe, para confirmar que os *quatro* testes que eu tinha feito até agora estavam errados. Era possível, certo?

Owen: Oi, linda. Como está se sentindo hoje?

Me sentia péssima por mentir para ele. O fofinho tinha deixado canja de frango na minha porta no dia anterior quando falei que não estava me sentindo bem. No entanto, minha desculpa *ocupada com trabalho* já estava gasta. É difícil dizer que não dá para tirar meia hora do seu dia quando se é o chefe, principalmente se Owen e eu moramos no mesmo prédio e ele poderia aparecer à minha porta em dois minutos.

Devyn: Não muito bem. Vou ao médico hoje.

Pelo menos, isso não era mentira. Eu realmente não estava me sentindo muito bem, e iria ao médico. Ele só era do tipo ginecologista, não do que examinava dor de garganta.

Owen: Que horas? Eu te levo.

Devyn: Ah, não. Não quero que você fique doente. Fica a apenas duas paradas do trem C.

Owen: Prefiro arriscar a você pegar o metrô quando não está se sentindo bem.

Ele tinha que ser tão fofo? Eu já me sentia horrível.

Devyn: Vou ficar bem. Talvez eu pegue um Uber.

Owen: Não me importo mesmo em te levar. Uso máscara, se isso for te fazer sentir melhor.

Devyn: Obrigada. Agradeço a oferta. De verdade. Mas estou de boa.

Owen: Certo. Mas me ligue depois para me falar o que ele disse. Ok?

Eu tinha praticamente certeza de que contaria mais mentiras depois. Ainda assim, respondi.

Devyn: Claro. ☺

Uma hora depois, eu estava sentada com uma camisola descartável, suando conforme esperava a médica chegar à sala de exame. Minha perna balançava para cima e para baixo, e eu pulava a cada barulho que ouvia do corredor. Estava especialmente nervosa porque tivera que escolher um médico na internet e não ia me consultar com minha ginecologista de sempre, em quem confiava.

Após mais alguns minutos, a porta se abriu e uma mulher que parecia mais jovem do que sua foto no site entrou com uma enfermeira a seguindo. Ela sorriu carinhosamente e estendeu a mão.

— Olá. Sou a dra. Talbot. É um prazer te conhecer.

— Oi. Eu sou... — Estendi a mão, mas, no último segundo, a puxei de volta e a sequei na minha camisola. Envergonhada, meu rosto esquentou conforme a estendi uma segunda vez. — Desculpe. Estou nervosa. Meu nome é Devyn Marks.

— Oi, Devyn. Há alguma coisa em particular que esteja te deixando nervosa hoje? — Ela olhou para meu prontuário. — Vi que você não escreveu o motivo da consulta no formulário de informações. Veio para um checkup?

Não havia conseguido escrever as palavras. Dizê-las em voz alta era ainda mais difícil.

— Eu, humm... minha menstruação não veio.

— Certo. É sexualmente ativa e há uma possibilidade de você ficar grávida?

Assenti.

— Usa algum método de contracepção?

— Tenho DIU.

— E há quanto tempo você o tem?

Franzi o cenho.

— Faz uns sete anos. Está na hora de trocar. Eu tinha marcado uma consulta com minha médica na Califórnia para trocá-lo, mas antes disso inesperadamente tive que vir para Nova York. Sei que a validade é de sete anos, mas sempre uso camisinha também.

Ela rascunhou umas anotações.

— E quando foi sua última menstruação?

— Primeiro de abril. Então estou algumas semanas atrasada. Não desce muito desde que coloquei o DIU. Só um pouco, mas desce todo mês como um reloginho.

— Outros sintomas de gravidez? Náusea, sensibilidade nos seios, fadiga?

Balancei a cabeça.

— Não. Mas fiz um teste de gravidez de farmácia.

— Ah, sim. E deu positivo?

Franzi o cenho.

— Quatro vezes. E, na verdade, agora que estou pensando nisso, fiquei enjoada uma vez há algumas semanas. Mas pensei que tivesse sido algo que comi.

A médica sorriu e fechou o prontuário.

— Por que não fazemos um exame rápido para ver o que está havendo? Início de gravidez nem sempre dá para detectar com exame do colo. Então, depois, vamos fazer um ultrassom e um exame de sangue para ter certeza.

— Certo.

A enfermeira ergueu os temidos estribos enquanto a médica lavava as mãos e calçava luvas. Já é difícil relaxar durante qualquer exame interno, mas é particularmente pior quando se está uma pilha de nervos pensando se está grávida. A dra. Talbot fez o que precisava e, então, arrastou a máquina portátil de ultrassom sem falar nada por bastante tempo.

— Posso confirmar que você está mesmo grávida, Devyn.

Ai, Deus.

— Estou conseguindo ver as cordinhas grudadas em seu DIU, então recomendo a remoção dele. Mantê-lo tem riscos aumentados para a gravidez. Posso fazer isso agora, se quiser.

Minha cabeça estava girando, mas não havia motivo para mantê-lo ali dentro. Então assenti.

— Claro. Obrigada.

Removê-lo era rápido e nada tão doloroso quanto inseri-lo. Depois, a médica voltou a examinar minha barriga.

— Gostaria que eu te mostrasse a gravidez na tela e talvez tentasse ouvir as batidas do coração? Ou prefere que eu não faça isso?

Engoli em seco. O momento parecia surreal, como se eu estivesse assistindo a isso acontecer com outra pessoa. Então pensei que talvez ficasse mais real se eu visse, talvez até ouvisse. Respirando fundo, assenti.

— Acho que sim.

Nos próximos cinco minutos, a dra. Talbot apontou para várias coisas na tela — minha anatomia, o saco gestacional, um pontinho minúsculo que ela dizia ser o coração, mas só parecia uma forma preta oval com uns floquinhos na tela. Ainda não parecia real.

Não até ela se esticar para um botão na máquina e uns sons crepitantes soarem através do alto-falante. A dra. Talbot mexeu o transdutor um pouco mais, empurrando mais fundo, e um *swoosh swoosh* ecoou pela sala.

Swoosh swoosh swoosh swoosh. O som era rápido, porém consistente.

Meus olhos se arregalaram.

— É a batida do coração?

Ela sorriu.

— É. E é forte para este início de gravidez. Mas você falou que sua última menstruação foi primeiro de abril, certo?

— Sim.

— Isso dá quase sete semanas e meia de gestação. A idade gestacional é duas semanas a mais de quando ocorreu a concepção. Então, de acordo com sua última menstruação, você teria concebido, aproximadamente, há cinco semanas e meia.

Hoje era vinte e três de maio, e eu havia dormido com Owen em quinze de abril — eu me lembrava porque tinha feito meu imposto de renda no último dia este ano, e fizera isso logo antes de chegar na cidade. O tempo estava preciso.

— Entretanto — a dra. Talbot continuou —, o tamanho do embrião e a aparência parecem ter um pouco mais de tempo do que isso.

— Mais tempo? Como assim? Tenho certeza de que minha menstruação desceu no dia primeiro de abril. Confirmei no meu calendário.

— Bom, não é incomum sangrar durante a gravidez, principalmente no início. Você falou que seu ciclo menstrual não era tão forte, o que é comum para mulheres com um DIU hormonal. Talvez o que você pensou ser sua menstruação no último mês tenha sido um pouco de sangramento.

— Não entendo.

— Posso estar enganada. Mas diria que, pela aparência e pelo tamanho, você está mais para nove, talvez dez semanas de gravidez.

Parei de respirar.

— Nove ou dez semanas? Então a concepção teria sido... há sete ou oito semanas?

Robert estivera fora nas duas semanas antes de eu viajar para Nova York. O que significaria que tínhamos dormido juntos...

Ai.

Meu.

Deus.

— Tem certeza? — Senti que minha garganta estava se fechando. — Nove ou dez e não sete e meia?

A dra. Talbot balançou a cabeça.

— Estimar uma gravidez não é uma ciência exata. Embriões podem ser um pouco maiores ou menores do que o normal, e nem toda mulher ovula exatamente duas semanas depois da menstruação. Algumas ovulam cedo, como seis dias depois do ciclo delas, outras tarde, até o vigésimo segundo dia. Por enquanto, com base em sua menstruação e nas imagens, talvez sua data seja no meio disso. Sua menstruação diz sete semanas e meia. O tamanho indica duas semanas a mais... umas nove e meia. — Ela pegou meu prontuário e escreveu alguma coisa. — Então vamos dizer oito semanas e meia, ok?

— Não! Não pode ser oito semanas e meia. Não estive com ninguém há seis semanas e meia.

— Como falei, não é uma ciência exata. Uma semana em qualquer direção deve ser bem precisa.

Mas uma semana em qualquer direção mudava tudo. Há sete semanas e meia, eu tinha dormido com Robert. Há cinco semanas e meia, eu tinha ficado com Owen.

Ai, caralho. Nem consigo ter certeza de quem é o pai do meu bebê.

CAPÍTULO 16

Owen

Fazia horas que Devyn tinha ido ao médico, e não havia me contado como tinha sido. Dado o jeito como ela estivera agindo a semana toda, isso não foi exatamente uma surpresa. Mas eu ainda estava preocupado que algo de ruim tivesse acontecido, então, enfim, me rendi e enviei mensagem.

Owen: Ei. Está tudo bem? Como foi no médico?

Demorou uns cinco minutos para ela responder.

Devyn: Estou bem, sim. Não era nada do que eu pensava.

O que isso significava?

Owen: O médico não conseguiu descobrir o que tem de errado?

Devyn: Ela falou que estou saudável, sim.

Owen: Claramente isso não explica por que está se sentindo mal. Está melhor?

Devyn: Um pouco. Só cansada.

Owen: Certo. Vai me avisar se precisar de qualquer coisa?

Devyn: Vou. Obrigada.

Owen: Tá bom. Descanse um pouco.

— O que está havendo, cara? Você não respondeu nenhuma das minhas mensagens.

Olhei para cima. Estivera encarando meu celular e nem tinha visto Brayden entrar no meu apartamento.

— Desculpe. Estive ocupado — eu disse, meus olhos se voltando para a tela.

— Mentira. Você está sempre ocupado. O que houve?

Colocando o celular de lado, soltei a respiração.

— Tem algo de errado com Devyn. Ela está me evitando. Do nada. Já faz quase uma semana. Ela falou que estava passando mal, mas não consigo deixar de pensar se há algo mais nisso.

— Acha que ela está fazendo joguinhos com você?

— Nada malicioso. — Me levantei e comecei a andar de um lado a outro. — Acho que ela pode ter surtado um pouco depois de dormirmos juntos de novo. Ela começou a recuar logo depois disso.

— Uou. De novo? — Ele pegou duas cervejas da minha geladeira e me entregou uma. — Volte um pouco. Quando isso aconteceu?

Abri minha Sam Adams.

— Na semana passada.

— Por que não me contou?

Dei um gole.

— Foi mal, não sabia que tinha que relatar a você. Você me conta toda vez que transa? — Olhei-o desafiadoramente. — Ultimamente? Eu *sei* que isso não é verdade. Porque você tem tido bastante segredo.

Brayden estreitou os olhos.

— Isto é meio que um déjà vu, não é? Você dorme com ela, e ela te dá um perdido. Aparentemente, você tem um pau mágico. Faz as mulheres desaparecerem.

Borracha mágica.

Eu tinha feito essa piada com Devyn uma vez — mas não nesse contexto. Infelizmente, Brayden tinha razão. Devyn havia, literalmente, desaparecido da primeira vez que transamos. Desta vez, foi mais um desaparecimento no sentido figurado.

Desviei o olhar.

— Tivemos um momento muito incrível, e então tudo foi para a merda. Estou convencido de que algo aconteceu... mas não sei o quê. Fico me perguntando se tem a ver com o ator com quem ela estava saindo antes de vir para cá.

— Ator? — Ele arregalou os olhos. — Que ator?

— Não quero falar, porque ele é famoso pra caramba e você vai saber quem é. Não estou a fim de lidar com suas gracinhas. Além do mais, ela não iria querer que eu contasse para você da vida dela.

— Bom, cadê a diversão? Vou arrancar isso de você. — Ele deu risada. — Enfim, se ela está fodendo com Tom Cruise, por que sequer se importar com ela?

— Não falei que ela ainda está transando com o cara. Mas ele está na vida dela há um tempo. Ele ainda mexe com a cabeça dela, e não consigo pensar em qualquer outro motivo que a faria mudar completamente depois de termos um dia ótimo juntos.

Coloquei a cabeça nas mãos e apoiei os cotovelos no balcão da cozinha.

— Você está caidinho mesmo por ela. Este não é você.

Sem poder refutar isso, me estiquei para minha cerveja.

— Acho que posso estar me apaixonando por ela.

Brayden ergueu seu celular e mandou mensagem de voz para alguém.

— Cara, não consigo lidar com isto sozinho. Desça aqui. Owen acha que está apaixonado.

— O que está fazendo? — bradei.

Ele olhou para a tela.

— Holden está descendo.

— É mesmo necessário?

Brayden guardou o celular no bolso.

— Isto é uma grande coisa.

Não se passaram nem três minutos e Holden entrou.

— O que foi agora? Owen está apaixonado por Devyn?

Revirei os olhos.

— Você não precisava vir só porque esse idiota não consegue guardar as coisas para si mesmo.

Brayden cruzou os braços.

— Da última vez que verifiquei, você *nunca* esteve apaixonado. Isto é importante pra caramba, se quer saber minha opinião.

Ergui a voz.

— Não *falei* que estava apaixonado. Falei que estava me *apaixonando*.

— Se apaixonando, é. — Brayden sorriu. — Precisamos criar uma estratégia e tirar Chris Hemsworth da jogada antes que ele estrague tudo.

Holden olhou compreensivelmente confuso.

— Chris Hemsworth?

— Não é Chris Hemsworth. — Olhei bravo para Brayden. — E ele é casado, de qualquer forma.

— Como sabe disso? — Brayden deu risada. — Pensei que estivesse ocupado demais para acompanhar notícias de entretenimento.

Alguns segundos depois, a porta se abriu e Colby entrou.

— Está me zoando? — resmunguei.

— O que está havendo? — Colby riu em silêncio. — Holden mandou mensagem dizendo que temos uma emergência de *amor*.

Balancei a cabeça.

— Não há emergência.

— Precisamos analisar se é legítimo e, se não, colocar um pouco de noção em você, Owen — Brayden disse. — E, se for legítimo, precisamos encher seu saco.

— Minha primeira pergunta é... como sabe que não é paixão? — Holden indagou.

— Não tenho uma resposta para você, exceto dizer que parece diferente. Sei que nunca estive apaixonado. E meus sentimentos por Devyn são mais fortes do que qualquer coisa que já senti. Mas é cedo demais para chamar de amor.

— Você pularia em frente a um trem para salvá-la? — Colby perguntou.

Parei por um segundo para refletir sobre isso.

Merda.

Pularia.

Assenti.

— Sim.

— Desculpe te informar, mas você está apaixonado — Colby disse naturalmente.

Brayden cutucou Colby.

— Ela está saindo com Leonardo DiCaprio.

Olhei desafiadoramente para ele.

— Pode parar com essa merda?

Brayden deu de ombros.

— Você falou que poderia ser que eu soubesse quem é o ator. Já que não vai me contar, o único jeito de eu descobrir é através de suas reações e o processo de eliminação.

Colby ergueu uma sobrancelha.

— Ator? Sobre o que é tudo isso?

— Não pergunte, por favor. Só alguém com quem ela estava saindo antes de vir para cá. Não vou falar mais nada sobre isso.

— Certo... — Colby cruzou os braços. — Bem, vai contar a ela como se sente?

— Ela sabe como me sinto, apesar de não achar que ela saiba o quanto meus sentimentos são fortes. De qualquer forma, agora não é a hora certa de expressar mais nada. Ela está me evitando há quase uma semana, e tenho que descobrir o que há de errado antes de fazer qualquer coisa que estrague tudo.

— Acha que fez alguma coisa que a chateou? — Holden perguntou.

— Foi o pau dele. Ele a faz desaparecer. — Brayden riu.

Holden se animou.

— Espere... Vocês transaram de novo?

Assenti com relutância.

Colby coçou o queixo.

— Sério, acha que teve alguma coisa a ver com isso?

— Estou me perguntando se ela teve algum arrependimento depois de absorver tudo. — Encarei minha garrafa de cerveja. — Essa última vez foi muito diferente da primeira. Tudo parecia mais... sério. Pode ter sido demais para ela no momento. — Expirei. — Por causa de seu passado, Devyn não deixa as pessoas entrarem com tanta facilidade. Acho que ela pode ter tido dúvidas quanto a levar as coisas mais longe comigo, dado tudo que está acontecendo com ela.

— Mas ela não falou nada específico para fazer você acreditar nisso? — Holden perguntou.

— Ela não falou merda nenhuma. É só minha teoria. Como agora mesmo, ela disse que não está se sentindo bem, mas tenho uma forte sensação de que é só uma desculpa. A última coisa que quero fazer é forçar qualquer coisa, então não vou lá. Só que é uma droga... porque gosto mesmo dela. Mas acho que ela não está pronta para nada comigo.

— Você precisa ser direto e dizer a ela como se sente — Colby disse.

— Não sei, cara. Ser direto ao ponto a faz recuar. Por mais difícil que seja, acho que preciso dar espaço agora. — Suspirei. — Você não a conhece. Ela é bem complexa.

Holden deu risada.

— Bem, *você* também, cara. Quero dizer, faz quantos anos que sequer mencionou uma mulher? Você é o babaca mais exigente que conheço, e para você dizer que pode estar se apaixonando por alguém... isso é superimportante.

— Só que não *falei* realmente isso. Brayden falou. Mas obrigado por seu discernimento. — Suspirei.

— Na minha experiência... — Holden pausou. — Bem, antes de Lala, claro... Geralmente é *depois* de dormir com uma mulher que ela se torna grudenta. Esta é a situação oposta.

— É isso que quero dizer. Devyn é diferente de qualquer outra mulher com quem já estive. Quanto mais ela foge, mais eu a quero. Uma dinâmica bem saudável.

— Alguma novidade sobre a mãe dela? — Colby perguntou.

— Não, Vera está praticamente sumida por completo.

— Essas crianças merecem mais. — Holden franziu o cenho. — Falando nisso... há algum motivo para a garota ter tirado foto de mim outro dia?

Dei risada.

— Pode ser que Hannah tenha uma quedinha por você... como metade do mundo. Meu palpite é de que ela vai imprimir em tamanho de pôster e colar na parede.

— Ah, sério? — Ele pareceu genuinamente surpreso. — Que fofo.

— É fofo agora, claro, mas não era quando crescíamos e toda garota de que gostávamos tinha uma queda por você — Brayden comentou.

Holden pigarreou.

— Sem querer interromper toda essa conversa de amor, mas vocês foram tirar suas medidas para os smokings? Não temos mais tanto tempo.

Merda. O casamento de Holden e Lala estava chegando e, com certeza, eu não estivera pensando em meus deveres de padrinho ultimamente.

— Vou fazer isso em breve, Noivozilla — Colby disse. — Lala me falou que você está assumindo o controle de tudo quando se trata de planejar o casamento. O que houve com você?

— Alguém precisa fazer isso. — Ele deu de ombros. — Minha esposa é a garota menos feminina que conheço. Ela me deu total controle de todos os detalhes, o que, como vocês sabem, pode ser bem perigoso em termos do que podemos ter de resultado.

— É, haverá strippers ou algo parecido. — Brayden deu risada.

— Ainda bem que você me lembrou de tirar as medidas — eu disse. — Porque, sinceramente, minha cabeça está nas nuvens ultimamente.

— Todos vocês são uns merdas — Holden zombou. — É por isso que Ryan teria sido meu padrinho se ele estivesse aqui. Era o único de nós pronto para qualquer coisa.

Sorri com pesar.

— Ryan, definitivamente, já teria tirado suas medidas agora.

— Ah, então está dizendo que eu realmente seria o *segundo* padrinho? — Colby brincou. — Esse é o único motivo pelo qual você me chamou para ser? Isto é novidade para mim. — Então ele se virou na minha direção. — Ah, aliás, apaixonado, qual é o significado da tatuagem de aspas que minha esposa fez no seu pulso no outro dia?

Droga. Eu estava torcendo para me safar de ter que falar sobre isso.

— É uma coisa pessoal entre mim e Devyn. Fiz isso para marcar.

— Ah, sim. Você não está apaixonado — Brayden provocou.

Colby deu risada.

— Para um cara que falava que nunca iria fazer tatuagem, isso é bem interessante.

— Quase não é uma tatuagem. — Arregacei a manga e a mostrei. — Parecem quatro verrugas.

Holden estendeu seu braço fechado.

— É assim que começa, cara. Olhe para mim agora.

Brayden se inclinou para ver minha tatuagem.

— Então, nos diga o que significa.

Suspirei.

— Por muito tempo, ela e eu nos referimos um ao outro como "só amigos", mas o "amigos" era entre aspas. As aspas representam todo *o resto* acontecendo conosco que vai além da amizade. Meio que nossa negação, eu acho.

Os três ficaram quietos até Holden, enfim, falar:

— É inteligente... mas brega.

— Obrigado pela sua opinião, idiota.

Colby uniu as mãos.

— Certo, já decidimos qual é o conselho oficial nesse dilema amoroso? Preciso voltar para meus filhos.

Apontei minha garrafa para ele.

— Não vamos decidir nada, e Brayden nunca deveria ter aberto sua boca enorme. Podem voltar a cuidar da vida de vocês. Essa é a decisão oficial.

— Meu único conselho antes de eu parar de pegar no seu pé... — Colby disse, olhando para mim. — Não finja demais que não se importa, porque, em algum momento, ela pode acreditar em você... principalmente se há outro cara na história. Entendo que ela parece se assustar com facilidade, mas você precisa falar para ela em que situação se encontra antes de ela sair da cidade e você perder a única garota que importa para você.

Meu estômago ficou agitado com a ideia de Devyn ir embora de Nova York, apesar de parecer inevitável.

— Só para deixar registrado... — Holden falou. — Você e Brayden têm direito a uma acompanhante para o casamento, então talvez deva pedir a Devyn para ser seu par. Vai ser divertido.

Eu não tinha pensado nisso, mas adoraria levar Devyn ao casamento de Holden e Lala, mesmo que fosse para ter uma noite divertida.

Cocei o queixo.

— É, é uma ideia.

— Se ela não estiver noiva de Paul Rudd até lá. — Brayden deu uma piscadinha.

Após os caras saírem, eu não estava mais perto de entender o que estava acontecendo entre mim e Devyn, porém me impedi de ligar para ela. Indiretamente, ela havia deixado claro que estava querendo um espaço.

Mal havia comido hoje, então resolvi pegar comida do restaurante chinês do fim da rua. Saí, mas congelei quando cheguei à janela do lugar e a vi lá dentro. Devyn estava parada no balcão lotado, esperando seu pedido. Ela secava os olhos como se estivesse chorando. Parei para observá-la por um instante, enquanto ela não sabia que eu estava lá. Mas, a cada segundo que passava, eu ficava mais confuso.

Tinha duas opções: me virar e dar espaço a ela, abandonando as costelas e o arroz frito que eu tinha encomendado — ou enfrentá-la, o que a obrigaria a admitir o que estava acontecendo.

Por fim, não consegui me afastar.

— Devyn — chamei quando entrei no restaurante.

Ela pulou, colocando a mão acima do coração, parecendo chocada em me ver.

— Owen...

— Desculpe se assustei você.

— O que está fazendo aqui?

— Provavelmente a mesma coisa que você. Pegando comida chinesa.

— É, hum... — Ela engoliu em seco. — As crianças foram convidadas para comer pizza na casa do amigo de Heath. Não estava a fim de fazer o jantar só para mim, então...

— Devyn, o que está havendo? — Balancei a cabeça. — Não sei o que aconteceu depois que fui embora da sua casa naquela noite, mas não pode me dizer que não está me evitando. Foi a tatuagem? Isso te assustou?

— Não, claro que não. Foi muito fofo. Eu amei.

— Está passando mal? Porque passar mal não te faz chorar como está chorando agora.

Mal dava para ouvir a voz dela.

— Não estou passando mal, Owen.

Meu sangue estava fervendo.

— Vai me dizer o que está havendo?

Ela me olhou nos olhos.

— Não posso. Pelo menos não agora. Mas, por favor, saiba que não foi *nada* que você fez, nada que você falou. Só estou passando por algo que preciso resolver sozinha. — Ela fungou. — Só isso.

Olhei para o balcão, onde havia um saco de papel com meu nome nele.

— Meu pedido está bem ali no balcão. Vou levá-lo para meu apartamento. Claramente, você não tinha intenção de esbarrar em mim esta noite e, já que deixou claro que quer ficar sozinha, não vou mais te atrapalhar. — Peguei o saco. — Pode me ligar quando estiver pronta para ser sincera. Mas não vou aceitar menos do que isso. — Assenti uma vez. — Tenha um bom jantar, e realmente espero que se sinta melhor, Devyn. Porque me dói te ver triste. — Por mais doloroso que fosse, me virei e não olhei para trás.

Sair de lá ia contra tudo que parecia natural. Mas não poderia insistir. Tinha que confiar que ela se abriria para mim quando estivesse pronta.

Começou uma garoa durante a caminhada para casa e, quando voltei ao meu apartamento, não tinha apetite. Troquei para roupas secas e abri as costelas e o arroz. Comi um pouco, depois só encarei a comida.

Agora a chuva estava ficando mais forte. Me perguntei se Devyn tinha chegado em casa em segurança. Continuava vendo-a chorar na minha cabeça. *Foda-se.* Não me importava se isso a deixava brava. Precisava garantir que ela estava bem.

Abri a porta para subir para seu apartamento, mas parei de repente ao vê-la parada no corredor. Devyn estava totalmente ensopada.

— Há quanto tempo está parada do lado de fora da minha porta?

— Alguns minutos.

Olhei para suas mãos vazias.

— Cadê sua comida?

— Meu saco estava tão molhado que a caixinha rasgou. Foi yakisoba para todo lugar... por toda a calçada. — Sua voz tremia.

Eu a abracei por um instante, meu coração acelerado. Então recuei para observá-la.

— Entre. Tenho bastante comida e, no momento, estou sem apetite.

Fui para o meu quarto e peguei uma camiseta do armário.

— Aqui está uma camiseta seca se quiser se trocar — eu disse. — É comprida o suficiente para cobrir suas coxas.

— Obrigada. — Ela forçou um sorriso antes de desaparecer no banheiro.

Quando saiu, carregava suas roupas molhadas e as colocou no chão perto da porta. Eu adorava vê-la na minha camiseta, mas dava para ver que tinha alguma coisa bem errada.

— Sei que chateei você — ela disse. — E sinto muito por não ser sincera.

— Bom, não vou mentir e dizer que estou tendo uma noite ótima... ou uma semana ótima, aliás... mas eu aguento, Devyn. Só queria que me contasse o que quer que esteja acontecendo, se tem a ver com Robert ou não. — Soltando uma respiração longa, olhei para o teto. — Alguma coisa aconteceu depois que dormimos juntos. Só não sei o quê. — Analisei o rosto dela... parecia magro. — Você comeu alguma coisa hoje?

Devyn balançou a cabeça.

— Venha compartilhar essa comida comigo. Não precisamos conversar sobre nada até depois de você comer. Tente relaxar um pouco, ok?

Ela soltou um suspiro de alívio.

Servi nos pratos as costelas e o arroz e abri uma garrafa de vinho.

Devyn ergueu a mão.

— Sem vinho para mim.

— Tem certeza?

Ela assentiu.

— Sim.

— Quer água?

— Seria ótimo.

Devyn, com certeza, *parecia* precisar de uma taça de vinho para relaxar. Eu sabia que eu precisava de uma agora mesmo. Me servi de vinho tinto e a observei comer, dando algumas garfadas na comida aqui e ali.

— Obrigada por isto — ela disse finalmente. — Você tinha razão. Precisava de comida e de calma. — Ela respirou fundo, ainda parecendo nervosa, mas não tanto quanto antes. Levantou-se do banquinho. — Podemos ir para o sofá?

— Claro — respondi, seguindo-a para a sala.

Conforme nos sentamos frente a frente no sofá, Devyn uniu as mãos. Apesar disso, elas ainda estavam tremendo.

— Owen, você cuida tão bem de mim. É um homem maravilhoso.

E estava certo em se perguntar o que houve de errado comigo na última semana. — Ela engoliu em seco. — Tem uma coisa *bem* errada. Mas não tem nada a ver com como me sinto quanto a você ou o quanto foi incrível aquela tarde que passamos juntos no meu apartamento.

A adrenalina me percorreu.

— Tem a ver com *ele*?

Ela balançou a cabeça e começou a chorar.

Que porra está acontecendo? Meu estômago estava embrulhado.

— Aconteceu algo com Vera... com as crianças?

Ela balançou a cabeça de novo.

Me aproximei dela no sofá e coloquei as mãos em seus ombros.

— Olhe para mim, Devyn. O que quer que seja, vai ficar tudo bem. Só preciso que me conte para que eu possa ajudar.

— Eu não estava passando mal — ela confessou. — Mas fui *mesmo* à consulta médica.

Engoli em seco, a ansiedade quase me matando.

— Certo...

Após um período de silêncio que pareceu infinito, ela me atingiu.

— Estou grávida, Owen. A médica confirmou.

Demorei alguns segundos para entender.

Ela está grávida?

Então a sala começou a girar.

— Você está grávida?

Ela assentiu.

Esfregando a palma das mãos nas coxas, comecei a suar, incapaz de encontrar palavras.

— Isto é... Eu nem...

— Eu sei. — Ela assentiu rapidamente. — Sei que é um choque.

— Tem certeza?

— Sim. Fiz muitos testes de farmácia e, como falei, a médica confirmou.

Peguei a mão dela.

— Você estava com medo de me contar porque pensou que isso iria me magoar?

— Eu não sabia como você se sentiria. E não sabia *como* te contar. É um choque tão grande.

Tentando dar sentido a isso, só continuei piscando.

— De quanto tempo está?

— A médica falou oito semanas e meia. Eles contam pelo dia da última menstruação. O que significa que a concepção é, aproximadamente, duas semanas antes.

Inclinei a cabeça.

— Então aconteceu naquela noite no hotel? Na nossa primeira noite?

Massageei minhas têmporas, vasculhando meu cérebro para me lembrar se tinha usado camisinha em *ambas as vezes* naquela noite. Tinha certeza disso. Mas não importava. Obviamente, aconteceu mesmo assim.

Me ajoelhei diante dela e deitei a cabeça na sua barriga.

— Sei que provavelmente sentiu que isso seria uma notícia difícil para mim, mas, sinceramente, Devyn... não é. — Olhei em seus olhos. — Não estou pronto para isto, e tenho certeza de que você também não, mas... se era para um incidente acontecer, estou muito *feliz* de ter acontecido com você. — Sussurrei: — Só você.

Encarei o teto, tomado por emoção conforme a magnitude disso começou a se instalar.

— Uau. — Não apenas ter um filho não era o que eu esperava agora, mas era algo que duvidara de que *um dia* aconteceria comigo.

— Owen... — Ela interrompeu meus pensamentos.

Olhei-a de volta, e ela estava chorando de novo. Uma urgência cresceu dentro de mim. Eu precisava provar que estava bem com isto, que tudo ficaria bem.

Ainda de joelhos e segurando as mãos dela, comecei a tagarelar.

— Me apaixonei tanto por você. Não estou dizendo isso por causa do que acabou de me contar. Quero você na minha vida. Quero este bebê. Não vai precisar passar por isso sozinha. Podemos fazer isso, Devyn. Vou fazer o que precisar para dar certo. Comprar o que você precisar e aprender o que há para aprender sobre ser um pai. Vou comprar todos os livros e, caramba, vou até ficar de babá para Holden e Colby. Eu...

— Owen... — ela gritou mais alto desta vez.

Meu coração quase parou quando finalmente caiu minha ficha.

Seis semanas e meia?

Fiz a matemática o mais rápido que meu cérebro poderia computar.

Tínhamos nos conhecido em 15 de abril — isso era... *cinco semanas e meia* atrás.

Certo? Ou eram seis semanas e meia agora?

Porra.

Meu estômago se revirou.

Eu *precisava* de garantia.

Meus olhos encontraram os dela de novo.

— É meu, certo?

Uma lágrima escorreu por sua bochecha, seguida de palavras que me destruíram.

— Não sei.

CAPÍTULO 17

Devyn

Parecia errado contar a alguém uma notícia tão grandiosa pelo FaceTime, mas que opção eu tinha? Dois dias depois, meu notebook estava aberto na mesinha de centro, e meu joelho subia e descia de nervosismo. Sentia que poderia vomitar. Robert tinha acabado de chegar à Itália e iria ficar lá filmando pelos quatro meses seguintes. Pelo menos eu tinha uma boa notícia para começar a conversa, para não ir rapidamente ao ponto.

— Então, recebi uma ligação de Stephen Solomon ontem.

— Ah, é? Há boatos de que ele é a escolha certa para melhor diretor para aquele filme vietnamita que lançou em outubro. O cara está em alta nos últimos anos.

— Estou feliz que tenha percebido porque, há alguns meses, ele e eu almoçamos. Ele me contou sobre um novo drama que estava esperando fazer. É uma adaptação de livro para filme, e o romance foi uma escolha do Oprah Book Club. Indiquei você para o papel principal, mas ele ainda não estava pronto para falar sobre o elenco. Ontem ele me ligou e falou que acabou de fazer a leitura do roteiro final. — Pausei para dar efeito. — Ele concorda que você seria perfeito para o papel.

— Puta merda, sério?

— Sim. Ele queria saber se você estaria interessado em ler o roteiro.

— Claro que sim.

Sorri.

— Vou avisá-lo e dar a ele seu endereço na Itália.

— Me envie por mensagem o nome do livro depois de desligarmos. Também quero ler. Vou pedir para chegar no meu hotel pela Amazon.

— Pode deixar.

Conversamos sobre trabalho por um tempo — como as coisas estavam indo lá, um próximo projeto que ele começaria assim que o atual terminasse e seu interesse em ir a uma das cerimônias de premiação deste ano. Eu já tinha pedido ingressos para todas elas, então ele só tinha que esperar e ir. Quando chegamos a uma calmaria na conversa, Robert sorriu para mim de forma engraçada.

— O que foi? — perguntei.

— Formamos uma boa equipe, não é?

Eu não fazia ideia de como contaria a ele sobre a gravidez, ainda assim, de alguma forma, ele simplesmente estendeu o tapete vermelho para mim. Minhas mãos estavam suando conforme eu tentava pensar nas palavras corretas para usar.

— Então... Eu, ãh, tenho outra notícia sobre a qual preciso conversar com você.

— É? É uma boa notícia? Porque não sei se quero arruinar a alegria que estou sentindo neste momento com nada ruim.

Mordi meu lábio inferior.

— Sinceramente, não sei o que você vai achar...

A expressão de Robert mudou.

— Merda. Eu estava brincando. Mas você parece nervosa, então agora está me assustando. O que está havendo, querida? Há algum problema com um dos meus próximos trabalhos?

— Não, está tudo certo em termos de trabalho.

— Então o que é?

Prendi a respiração antes de falar.

— Eu... eu... eu estou grávida, Robert.

Ele não falou nada. Esperei, mas, depois de um minuto, não conseguia mais suportar o silêncio.

— Fale alguma coisa, por favor.

Ele engoliu em seco.

— Bom, eu não tinha previsto isso para mim para este ano.

— Desculpe te contar assim, em uma chamada de vídeo. Mas não sei quando nos veremos de novo.

Ele passou uma mão pelo cabelo e ficou quieto. Mas, em certo momento, assentiu.

— Sabe de uma coisa, Dev?

— O quê?

— Você me pegou desprevenido, mas não posso dizer que estou chateado por isso.

— Não está?

Ele balançou a cabeça.

— Sempre imaginei que teria filhos um dia. Só presumi que esse dia ainda estava longe no futuro. Mas agora tenho trinta e quatro anos, não sou mais exatamente novinho. E, como falei, formamos uma boa equipe.

Uau. Definitivamente, não era a reação que eu esperava. Cobri meu coração com a mão, sentindo tanto alívio que meus olhos lacrimejaram.

— Ai, meu Deus. É como se um peso enorme tivesse sido tirado dos meus ombros.

Robert sorriu.

— Minha garota vai ter um filho meu.

Um.

Filho.

Meu.

Ai, merda.

Não era um milagre isso ter corrido muito bem. Eu ainda não havia jogado a bomba.

— Robert, eu...

— Já escolheu um obstetra? Seria estranho se você se consultasse com o marido da minha irmã? Andrew atende em Calabasas. Ele vai fazer o parto do terceiro filho deles no próximo ano. — O sorriso dele se alargou. — Puta merda. Nosso filho vai ter um primo nascido no mesmo ano. Isso é bem legal. Cresci com um monte de primos, e as festas eram muito divertidas.

— Robert, espere um pouco...

— Quando você volta para L.A.? Vou ligar para Andrew e marcar uma consulta. Tenho que olhar a programação de filmagem, mas, provavelmente, posso voar para casa por um dia para ir com você se marcarmos para o fim de semana. Tenho certeza de que Andrew vai atender você, mesmo que não seja no horário comercial. E poderíamos...

— Robert!

Ele parou de repente.

— O que foi? Se não quer se consultar com Andrew, se isso te deixa desconfortável, posso pedir uns nomes a ele, tenho certeza de que ele tem vários colegas qualificados que pode nos indicar.

— Robert, preciso te contar mais uma coisa.

Ele sorriu.

— Vai ter gêmeos? Porque já me contou que um diretor prestes a ganhar uma premiação da Academia quer que eu leia o roteiro dele e que serei pai. Acho que não tem mais nada que supere isso.

— Robert... — Fechei os olhos. — Não tenho certeza de que você será pai. Não sei se é o pai do bebê.

O sorriso desapareceu do rosto dele.

— O quê?

Expliquei a matemática das possibilidades da data de concepção para ele.

— E a última vez que estivemos juntos foi há exatamente sete semanas e meia.

— Certo... mas está dizendo que esteve com outra pessoa desde então?

Assenti.

— Há pouco menos de seis semanas.

A expressão de Robert se transformou em raiva.

— Está falando sério? Com quem você transou?

Me sentia péssima de ter que contar isso a ele, principalmente depois que ele tinha parecido empolgado de verdade quanto à ideia de se tornar pai, porém eu não ia deixar que ele falasse comigo desse jeito.

— Com quem eu estive não é da sua conta.

— O caramba que não é. Diria que é, definitivamente, da minha conta quando nem sequer pode me falar se está grávida do meu filho. O que você fez? Pulou na cama do primeiro cara que conheceu em Nova York? Foi no aeroporto, pelo amor de Deus? Ou talvez tenha entrado para o clube exclusivo de milhas e nem sequer chegou a Nova York para transar com outra pessoa.

Robert e eu nunca falávamos com quem dormíamos, não que tivesse havido algum homem antes de Owen para mim. Contudo, com certeza, houvera mulheres para ele ao longo dos anos. Muitas. E trabalhávamos em uma indústria bem pequena que adorava fofoca. Eu tinha ouvido boatos sobre os casos dele.

— O que *você* fez? Pulou na cama da primeira coadjuvante que conheceu no seu último set de filmagem? Quem está na *sua* cama à noite enquanto está na Itália? Soube de uma maquiadora de vinte e um anos...

— Isto não se trata de mim — Robert soltou.

— Isso mesmo. Não se trata. Trata-se de *nós* e quem nós somos um para o outro. Nós *nunca* estivemos em um relacionamento sério. Você provou isso com suas ações, repetidamente.

— Então está dizendo que esta não é a primeira vez que você transou com um cara pelas minhas costas?

Arregalei os olhos.

— Não terei esta conversa.

— Que bom. Nem eu.

Me estiquei para segurar a beirada do meu notebook.

— Tchau, Robert. Podemos conversar quando você conseguir ser civilizado. — Fechando a tampa com força, deitei no sofá.

Eu não tinha certeza do que tinha sido pior: irritar Robert ou partir o coração de Owen.

Mais tarde naquela manhã, passei algumas horas andando pelo Central Park, tentando espairecer. Não funcionou. Nem um pouco. E provavelmente foi por isso que não reparei em uma mulher acenando para mim da janela do estúdio de tatuagem até a porta se abrir.

— Oi, Devyn! — Billie gritou. — Espere um segundo.

Parei e forcei um sorriso.

— Oi, Billie.

— Acha que pode me dar uma mão por um minuto? — Ela apontou para a janela do estúdio e um pôster torto pendurado ali. — Estou tentando colocar este pôster há dez minutos. Toda vez que acho que está bom, saio na rua para verificar de novo e a maldita coisa está torta. Estou começando a pensar que a janela se inclina quando não estou olhando.

— Claro. O que posso fazer para ajudar?

— Só fique aí na calçada e me direcione se precisa subir ou descer enquanto estou aqui dentro.

— Sem problema.

Billie voltou ao estúdio de tatuagem. Ela arrancou o pôster do vidro, recuou e o pendurou… totalmente torto. Eu sorri e fiz joinha para o lado certo. Ela o ajustou até eu fazer dois joinhas para ela, depois o grudou na janela antes de sair para a rua a fim de se juntar a mim de novo.

— Ai, meu Deus. — Ela deu risada. — Levou dois segundos, e está perfeito. Obrigada.

— É, definitivamente, uma daquelas coisas de que você precisa de distância para ver.

Ela assentiu.

— O que está fazendo? Meu cliente da uma hora acabou de cancelar, então tenho algumas horas até as crianças voltarem para casa, aí ia sair para comprar almoço. Quer ir comigo?

Acho que minha expressão respondeu antes de mim. Billie sorriu e ergueu as mãos.

— Não tem problema se estiver ocupada. Esqueço que nem todo mundo tem uma agenda como eu, com horas aleatórias para não fazer nada durante o dia.

Gostava de Billie, pelo menos o pouco que conhecia dela, e para que eu ia me apressar para voltar ao apartamento? Para me martirizar pela confusão em que me meti?

— Na verdade, adoraria almoçar.

Os olhos de Billie brilharam.

— Talvez beber uma taça de vinho também. Deixe-me só pegar minha bolsa.

Quinze minutos depois, estávamos sentados a uma mesa de pub no bar de um restaurante italiano pequeno. O garçom veio anotar nosso pedido de bebida enquanto nos entregava os cardápios.

— Vou querer uma taça de sauvignon blanc — Billie disse, depois se virou para mim. — A menos que você queira ser ousada e dividir uma garrafa. Não sou contra beber de dia.

— Eu adoraria, mas não posso. — Percebendo como isso soava,

rapidamente acobertei. — Tenho uma reunião importante mais tarde.

Ela se voltou para o garçom.

— Só uma taça, então. Sou mulher o suficiente para beber sozinha.

Eu sorri.

— Vou querer água, por favor.

— Sem problema. Vou dar uns minutos para vocês olharem o cardápio.

Depois de ele sair, encarei os especiais do almoço, mas meu cérebro estava tão desconcentrado que eu não conseguia ler as palavras impressas. Via as letras, mas era como se estivessem todas borradas e atrapalhadas. Felizmente, Billie me ajudou.

— A lasanha é muito boa aqui — ela disse. — Assim como o enroladinho de berinjela. Não sei do que está a fim, mas, se quiser, podemos dividir duas coisas.

Dei de ombros.

— Claro. Podem ser a lasanha e a berinjela.

O garçom voltou com nossas bebidas. Billie bebeu seu vinho com um sorrisinho no rosto. Isso me fez pensar se Owen tinha contado ao seu grupo. Não havia pensado nisso.

— Então... não me aguento. Tenho que falar uma coisa.

Ai, merda.

— Certo...

— Fiz a tatuagem de Owen. Ele me contou o significado por trás dela. Sempre achei tão romântico homens fazerem tatuagens homenageando suas mulheres, mas nunca pensei que veria esse dia.

— De Owen fazer uma tatuagem?

— Não, de ele estar tão apaixonado para fazer esse gesto romântico.

Apaixonado.

Isso fazia meu coração doer.

Tentei, com toda a minha força, abrir um sorriso, mas simplesmente não consegui formá-lo. Era como se um peso invisível esmagasse tudo dentro de mim, e meus lábios seguiram. A menção do nome de Owen fez ressurgir a imagem de ele sorrindo quando eu lhe contara que estava grávida... e depois tinha destruído essa felicidade quando tivera que contar que o bebê poderia não ser dele. As lágrimas se acumularam em meus olhos.

— Ai, meu Deus. — Billie cobriu a boca. — Sinto muito. Aconteceu alguma coisa entre vocês dois? Não quis te chatear.

A última coisa que eu tinha planejado era contar a outra pessoa que estava grávida, mas minhas entranhas pareciam um vulcão fervendo antes da grande erupção. Sem conseguir me impedir, comecei a falar tudo.

— Estou grávida e, quando contei para Owen, ele ficou feliz... não chateado nem bravo... então tive que dizer a ele que pode não ser dele porque sou uma pessoa horrível e dormi com dois homens em questão de semanas, e meu DIU precisava ser trocado, mas minha mãe é inútil, e como posso ter um filho quando nem consigo fazer Heath parar de faltar à escola? Ai, meu Deus. E se eu ficar igual a Vera, nunca pagando meu aluguel, fugindo com um namorado novo chamado Bo e meu filho acabar em um orfanato? — Comecei a hiperventilar. — Meu filho não pode ir para o orfanato.

A pobre Billie arregalou os olhos. Mas se esticou rapidamente e pegou minha mão.

— Feche os olhos e respire fundo, querida.

Lágrimas quentes escorreram pelo meu rosto.

— Ai, meu Deus, Billie. O que vou fazer?

— Você vai me ouvir, para começar. Agora feche os olhos.

Eu os apertei fechados o máximo que consegui.

— Ótimo. Agora, me dê três respirações fundas. Vou contar, e você vai inspirar até eu chegar no cinco e, então, expirar. Mantenha os olhos fechados e se concentre somente na respiração. Está preparada?

— Não muito.

— Vamos fazer mesmo assim. Inspire e... um, dois, três, quatro, cinco. — Ela pausou. — Agora expire e expulse todo o ar dos pulmões.

Fiz como instruído.

— Que bom, agora vamos fazer de novo.

Após mais algumas rodadas, minhas lágrimas começaram a diminuir. Abri os olhos e olhei para Billie. Ela sorriu carinhosamente.

— Parabéns.

Sequei minhas bochechas.

— Obrigada.

— De quanto tempo está?

— Algo entre sete semanas e meia e nove semanas e meia. Esse é o problema. Fui burra e dormi com Robert algumas semanas antes de vir para Nova York. Estivera me distanciando dele, mas tive uma recaída.

— Robert é alguém com quem você tinha relacionamento?

Assenti.

— Ia e voltava por três anos.

— Certo. Ele será um bom pai?

Pensei nisso. Robert era egocêntrico e egoísta em muitas formas, mas eu o tinha visto interagir com seus sobrinhos. Ele era o tipo de tio que se sentava no chão e brincava com eles, e se ajoelhava ao nível deles para dizer que eles ficariam bem quando ralavam o joelho. Era boa pessoa. Só tinha sido sugado para a vida de Hollywood nos últimos anos — atendendo muitas demandas e vivendo de forma extravagante.

Soltei uma respiração irregular.

— Acho que ele daria um bom pai, sim.

— E quanto a Owen? Acha que ele seria um bom pai?

Não precisei pensar nessa resposta.

— Ele seria um ótimo pai.

— Você quer uma família?

— Não pensei que quisesse, mas, de alguma forma, isso mudou no instante em que descobri que estava grávida.

Billie sorriu.

— Conheço esse sentimento. Não somente eu não queria ter filho, mas tinha uma regra de nunca namorar um homem com filho. O que acabei fazendo? Namorando um homem solteiro com uma bebê e muita bagagem, criando a filha dele como minha e, então, engravidando. Mas sabe de uma coisa?

— O quê?

Ela apertou minha mão.

— Às vezes, as melhores coisas da vida são as que não prevemos.

Conversamos por bastante tempo — sobre gravidez, Owen e até Robert. Geralmente, mantinha meu relacionamento com ele em particular, mas sabia, no fundo, que Billie era uma pessoa em quem eu poderia confiar. Era engraçado como, às vezes, você mal conhece alguém e, mesmo assim, já sabe que pode confiar na pessoa e, ainda assim, as pessoas que pensamos conhecer tão bem, normalmente, são as que acabam nos queimando.

Quando chegou a conta, Billie insistiu em pagar. Ela pegou o livrinho de couro da mesa, enfiou seu cartão de crédito nele e o ergueu para o garçom.

— Há um método para minha loucura — ela disse para mim. — Se não gosto de você, divido a conta. Se gosto, não vou aceitar não como resposta para pagar a conta. Porque, então, você vai se sentir obrigada a me pagar um almoço... o que significa que vamos nos tornar melhores amigas.

Sorri.

— Gostei disso.

— Tenho que te contar, sou o tipo de pessoa que, normalmente, não escuta conselho para relacionamentos ou como administrar minha família. Sinto que o que funciona para uma pessoa não necessariamente funciona para outra e, com frequência, leva a um sentimento de fracasso. Então vou por instinto. — Billie ergueu um dedo. — Mas vou te dar um conselho mesmo assim.

Dei risada.

— Ok...

— Suas decisões de relacionamento precisam ser independentes do resultado de paternidade. Não fique com um homem porque ele é o pai do seu filho. Fique com um homem que você ame com todo o seu coração. A vida é curta demais para ficar presa ao cara errado.

Assenti.

— É um bom conselho. Só que nem tenho certeza de como saber qual é o cara certo.

Billie sorriu.

— É fácil. É ele que te faz se perguntar se ele consegue ler sua mente. Porque se importa com o que precisa e a torna sua prioridade.

CAPÍTULO 18

Owen

Era um bom dia na cidade, então, no intervalo das exibições de imóveis, fiz uma coisa incomum. Em vez de voltar ao meu escritório para me atualizar nos e-mails de trabalho ou retornar ligações de clientes, peguei um café e me sentei em um banco no Central Park — uma tentativa de organizar minha mente bem bagunçada. Eu tinha jurado estar com a mente mais tranquila da próxima vez que visse Devyn.

Fazia dois dias que ela tinha jogado a bomba de que estava grávida. Com certeza, eu poderia ter lidado melhor quando ela me contou que o bebê poderia não ser meu. Imaginei que poucos homens, na minha situação, reagiriam calmamente a essa notícia, mas eu havia demonstrado meu medo quando deveria ter sido mais consciente de como a situação era difícil para ela. Eu não queria piorar as circunstâncias já difíceis. Ela estava sobrecarregada — até antes de isso acontecer. Então, precisava ser forte do lado de fora, mesmo que, por dentro, sentisse que estava prestes a desmoronar.

Havia simplesmente tantas perguntas. Será que eu estava pronto para ser pai ou me enganando por causa dos meus sentimentos por Devyn? Como eu seria envolvido na vida dela se esse bebê não fosse meu e esse idiota do Robert estivesse em cena? Será que eu aceitaria isso... ou isso significaria o nosso fim? Como ter um filho impactaria a capacidade de Devyn de cuidar de Heath e Hannah? Como ela lidaria com tudo? Meu peito ficava pesado só de pensar nisso tudo. Tinha que me lembrar de respirar.

Nunca precisara tanto conversar com um dos meus amigos, mas não poderia trair a confiança de Devyn e contar a um deles o que estava acontecendo. Era cedo demais para alguém saber. Poderia acontecer qualquer coisa neste momento. Então eu guardaria a novidade e faria o meu melhor para descobrir como lidar com isso sozinho. Mas, até agora, eu estava fazendo um trabalho de merda.

Antes dessa reviravolta, eu estivera refletindo sobre que papel eu teria na vida de Heath e Hannah se Devyn e eu acabássemos ficando juntos — como isso poderia, inadvertidamente, me transformar em uma figura de pai. Como era irônico que esse tempo todo eu *já* fosse, possivelmente, pai.

A realidade me atingiu em ondas.

Eu poderia ser pai agora mesmo.

Meu filho teria quase a idade de Hope e de Maverick. Colby, Holden e eu criaríamos nossos filhos juntos.

Então o outro lado da moeda sempre me trazia de volta à realidade: *Devyn poderia estar carregando o filho de Robert Valentino.*

Sentar no banco do parque, na verdade, não tinha adiantado nada para clarear minha mente. Em vez disso, ela estava fazendo hora extra.

Meus olhos se desviaram para um menininho perseguindo uns pombos. O pai dele só estava alguns passos atrás, sorrindo de orelha a orelha enquanto seu filho sorridente estava se divertindo.

Será que esse seria eu em quatro anos?

A parte mais difícil era não saber. Não poderia me acostumar à ideia de me tornar um pai porque tinha medo de que, quando conseguisse me acostumar, a verdade puxasse meu tapete. Tinha que me preparar para ambos os cenários, o melhor e o pior, ao mesmo tempo.

O menininho a que eu estivera assistindo, de repente, tropeçou e caiu. Meu estômago se revirou. Ele estivera correndo muito rápido e não prestou atenção aonde estava indo. Me levantei instintivamente, querendo ajudá-lo, mas o pai dele parecia saber o que fazer. Sentando-me de novo, observei o pai se abaixar a fim de confortá-lo, verificando as pernas do menino para ver se tinha cortes e ferimentos, beijando o joelho dele. A vida para aquele menininho tinha ido de alegre a dolorosa em um milissegundo. Mas, em certo momento, suas lágrimas pararam e, quando vi, ele tinha um sorriso no rosto de novo conforme ele e seu pai iam embora de mãos dadas. Decidi que, talvez, o cara tivesse oferecido para levar o filho um sorvete a fim de melhorar tudo. Pelo menos, isso talvez seria o que eu faria. Será que eu mimaria meu filho? *Ele? Ela?*

Pode não ser seu, Owen.

Pare com isso.

Cara, eu conseguia me identificar com aquele menininho que caiu. Em dois minutos, ele tinha ido de gargalhar para chorar para sorrir de novo. Parecia eu ultimamente. Mas altos e baixos faziam parte da vida; tudo que dava para controlar era se você ficava para baixo ou levantava e sacudia a poeira. Acho que eu estava no mesmo momento agora do que aquele menininho quando ele caiu de cara. Era eu que decidia o que fazer em seguida.

Meu celular tocou, interrompendo meus pensamentos.

Era Billie.

Que estranho. Normalmente, ela não me liga.

— Oi, Billie. Está tudo bem?

— Sim, sim... só, hum... estou ligando para ver como você está. — Ela pausou. — Almocei com Devyn ontem, e ela acabou me contando sobre a gestação.

Meu queixo caiu.

— Exatamente *quanto* você sabe?

— Sei que pode não ser seu.

— Uau. Certo. Estou surpreso por ela ter falado algo. Não pensei que...

— Ela não estava planejando falar, mas ficou bastante emotiva, e meio que saiu. — Ela pausou. — Não se preocupe. Não contei a Colby nem a mais ninguém, e não planejo contar.

Ufa. Porque, se Colby soubesse, os outros, inevitavelmente, descobririam.

— Como você está lidando? — ela perguntou.

Billie não era uma pessoa que enrolava para falar.

— Nada bem. — Suspirei. — Estou como um ventilador oscilante. Meu cérebro fica indo de um lado a outro... em um segundo, estou bravo e com ciúme por ela talvez estar carregando o filho de outro homem e, no outro, estou torcendo para ser meu. — Encarei uma idosa descascando uma laranja no banco diante de mim. — Mas também estou com medo, Billie. Porque não sei merda nenhuma sobre bebês, e não estou pronto para isto. Por outro lado, também não estou pronto para perder Devyn. — Encarei o céu. — É só... muita coisa.

— Você tem todo direito de estar confuso ou com medo, Owen. Não é uma situação fácil. Liguei principalmente porque queria te falar que estou aqui se quiser conversar. Como falei, não vou dizer nada para Colby até você e Devyn me permitirem. Não é minha notícia para compartilhar. Presumo que deva querer esperar até saber se é seu.

A ideia de ter que contar aos caras que Devyn estava grávida do filho de outra pessoa me deixava enjoado. O porra do Brayden iria continuar tentando adivinhar quem era "o ator". E eu iria querer dar um soco nele.

— Obrigado, Billie. Agradeço sua discrição, e não faço ideia de quando planejo contar a alguém. Não pensei nisso. Estou tentando absorver a magnitude disso antes de começar a me deixar influenciar pelas opiniões de outras pessoas.

— Entendi. — Ela suspirou. — A vida é engraçada, Owen. Nem sempre sabemos por que certas coisas acontecem. Às vezes, você precisa seguir o fluxo e ver aonde isso leva.

Fechei os olhos por um instante.

— Como ela... Devyn... estava no almoço? Você falou que ela estava emotiva?

— Ela está estressada ao máximo. Se sente horrível por colocar você nessa situação.

Balancei a cabeça.

— Não deveria. Precisa de dois para dançar tango. Isto é responsabilidade tão minha quanto dela. — Uma urgência para vê-la cresceu em meu peito. — Estou feliz que você ligou. Estava tentando dar espaço a ela, mas agora que sei que ela se abriu para você, me sinto melhor.

— Tenho a impressão de que não é desse espaço que ela precisa agora.

Meu peito doeu.

— Obrigado. — Assenti. — Precisava ouvir isso.

Depois de desligar com Billie, me levantei do banco e voltei para o prédio em vez de voltar ao trabalho. Em minha pressa de ir, interrompi um grupo de pombos, que voaram para longe de mim em uníssono. Dei risada pela primeira vez em dias, pensando no menininho gargalhando.

E no meu menininho — ou menininha.

Meu filho — ou não.

Quando Devyn abriu a porta quarenta e cinco minutos depois, ergui uma torta de limão que tinha comprado a caminho de casa.

— Pensei que talvez você pudesse gostar disto.

A boca dela se abriu em um sorriso.

— Não vai resolver todos os meus problemas, mas com certeza não vai piorar, Dawson. Você sabe que nunca recuso torta de limão. — Ela se afastou para o lado. — Entre.

— Fiquei sabendo que o caminho para seu coração é por sua barriga.

Coloquei a mão livre na barriga dela. *Isso meio que tem duplo significado agora.* Um raio de eletricidade me percorreu enquanto sentia o calor de sua barriga. *Meu bebê pode estar lá dentro. Puta merda.* Deixei de pensar nisso. Devyn cobriu minha mão com a dela. Nossos olhos se fixaram por alguns segundos e, embora quisesse beijá-la, me contive. Não parecia o momento certo.

Em vez disso, coloquei a torta na mesinha de centro e disse:

— Sabe o que percebi hoje?

— Que bagunça é a minha vida? — ela respondeu.

— Bom, isso também. — Dei uma piscadinha. — Mas não. Lembrei quando você vomitou naquela manhã no hotel de Boston.

— É. — Ela assentiu. — Tudo faz sentido agora, não é?

— Faz. — Suspirei, esfregando as mãos juntas. — Então... Billie me ligou hoje.

Devyn cruzou os braços.

— Ah.

— Fiquei surpreso por você ter contado a ela, mas fiquei feliz que o fez.

Ela deu de ombros.

— Não tinha planejado. Ela me pegou no meio de uma crise, e tudo acabou desmoronando. É fácil se abrir com Billie.

— Ela enfatizou que não vai contar nada até você dar o aval a ela.

— É, ela também mencionou isso para mim. Eu agradeço. Quanto menos pessoas souberem agora, melhor — ela disse.

— Concordo. E eu também não vou falar nada, obviamente, até você se sentir confortável. Não é da conta de ninguém, exceto da nossa.

— Obrigada. — Devyn assentiu. — Não falei nada para Heath e Hannah, e odiaria que eles soubessem sem querer por outra pessoa, e não por mim. No momento, a única pessoa que sabe além de Billie é Mia. — Ela hesitou. — Bem, e Robert...

Meu estômago se revirou.

— Você contou a ele.

— É, tive que contar.

— Claro. — Expirei, tentando meu máximo para permanecer neutro.

— Como ele reagiu?

— Começou bem positivo, até eu ter que contar que pode não ser dele. — Seu rosto ficou cor-de-rosa. — Então ele meio que me humilhou por ter dormido com você tão rápido depois de ele e eu termos ficado juntos da última vez. Parece que ele esqueceu que nunca tivemos um relacionamento exclusivo e que ele é o mais distante de monogâmico e já esteve com inúmeras pessoas.

Eu odiava muito esse cara. Minha mandíbula se enrijeceu.

— Dois pesos e duas medidas, hein?

— Queria muito que ele não tivesse nada a ver com esta situação. — Ela balançou a cabeça. — Pensei que fizesse tudo certo, Owen. Eu sempre me certificava de que ele usasse proteção como um backup do meu DIU. E sabe que você e eu usamos proteção. O fato de eu estar grávida é um absurdo.

— Acho que nada é infalível. Às vezes, por motivos desconhecidos, o destino tem outros planos. Claramente, era para acontecer isso. — Olhei para a barriga dela de novo. — Este pequenininho venceu as probabilidades.

Ela esfregou a barriga.

— Independente de eu querer isso na minha vida agora ou não, acho que você tem razão. *Era* para acontecer. Espero que um dia eu consiga enxergar isso. — Ela inclinou a cabeça para analisar minha expressão. — Como *você* está? Te deixei meio tonto na outra noite.

Me estiquei para segurar a bochecha dela.

— Estou bem, Devyn. Estive pensando bastante, como deve ter esperado... provavelmente pensando em um período de vinte e quatro horas mais do que nunca na minha vida.

— Chegou a alguma conclusão?

— Sim, uma. — Eu sorri.

— Qual?

— Ainda sou louco por você. — Acariciei sua pele com o polegar. — Nada mudou isso.

Ela fechou os olhos brevemente, parecendo se deliciar com meu toque.

— Como sequer isso é possível?

— Como *não* é possível? Você ainda é você... só com um ser humaninho crescendo dentro de você agora.

— Mas pode não ser seu... — ela sussurrou.

Suas palavras cortaram como uma faca, um lembrete gritante de que eu precisava ir devagar, mesmo que minhas emoções estivessem tomando conta de mim. A dura realidade desta situação significava que eu não podia deixar meu coração sequestrar minha cabeça.

— Não vou mentir, Devyn. Estou assustado pra caralho... com ambos os cenários. Se estiver prestes a ser pai, tenho um monte de coisa para aprender e me preparar. E, se o bebê não for meu, tenho que lidar com o risco de Robert poder complicar as coisas entre nós. Então, sim, estou aterrorizado. Mas não de um jeito que me faz sentir diferente em relação a você. — Me estiquei para a mão dela. — O único motivo pelo qual estou assustado é porque tem *muita coisa* em jogo.

Ela apertou minha mão e olhou em meus olhos.

— Eu quero que seja seu, Owen. Demais.

Eu também.

— Acho que o maior desafio, para mim, é tentar me impedir de me apaixonar pela ideia de este bebê ser meu filho. Toda vez que começo a imaginar... meu bebê... com seus olhos lindos, tenho que me impedir de fazer isso. — *Não consigo respirar.*

Seus cílios tremularam.

— Você falou que não tinha certeza se queria filhos...

— Sei o que falei. E também sei, de ver meus amigos, que até as pessoas mais improváveis podem se tornar ótimos pais. Tanto Colby quanto Holden disseram que se tornar pai foi a melhor coisa que já aconteceu a eles. — Eu sorri. — Posso não estar pronto, mas não tem como não me apaixonar pelo meu filho.

Os olhos de Devyn brilharam.

— O que fazemos, Owen? Vai demorar um pouco até descobrirmos a paternidade. Saí do consultório da médica tão zonza no outro dia que nem tive a oportunidade de falar com ela sobre os riscos de fazer uma amniocentese para descobrir sobre a paternidade. Posso não saber quem é o pai por um bom tempo.

Só havia uma opção.

— Então digo... para vivermos a vida. Continuar nos conhecendo. Compartilhar uma torta de vez em quando. — Pausei. — E, em geral, não tentar surtar. Vamos precisar ajudar um ao outro com isso. — Me inclinei para beijar o topo da cabeça dela. — Também continuamos descobrindo como manter seus irmãos seguros. E, a cada semana, estaremos mais perto da resposta. — Sequei uma lágrima do canto do olho dela. — Mas, não se engane, o tempo inteiro, enquanto finjo ficar calmo, estarei desejando que este bebê seja meu. E, se for, vou descobrir um jeito de me tornar o pai que este bebê merece.

Devyn fungou.

— E se *não* for seu?

Essa era a pergunta tensa. Mais do que qualquer coisa, eu queria dar uma resposta clara a ela. Mas não conseguia.

— Tem problema se eu admitir que ainda não estou pronto para isso agora? Que não quero pensar nisso?

Ela assentiu.

— Não, tudo bem.

— Temos tempo, Devyn. Não é uma coisa que precisamos decidir neste minuto. — Pausei. — Sabe... quando Ryan morreu, isso nos atingiu com força. Mas a morte dele me ensinou a não subestimar mais a vida. Estou vivo. Estou saudável. Você está saudável. Este bebê, com certeza, está saudável. Todos vamos ficar bem. A vida é um privilégio, mesmo quando são tempos difíceis. É um privilégio viver tudo isso... as coisas boas e as ruins.

— Perder alguém tão próximo coloca as coisas em perspectiva, não é?

— Coloca. A possibilidade de estar aqui com você neste momento, de compartilhar uma torta e de pensar no fato de que eu *poderia* ter um filho é uma bênção, mesmo que não seja a situação perfeita.

Devyn respirou fundo.

— Obrigada por tranquilizar minha mente, mesmo que seja só por hoje. — Ela envolveu os braços no meu pescoço. — O que posso fazer por você? Do que precisa de mim para passar por isso?

— Tem certeza de que quer fazer uma pergunta dessa? — indaguei sedutoramente.

Ela ergueu uma sobrancelha.

— Pergunta pesada?

— Na verdade, sei *exatamente* o que quero.

— O quê?

— Adoraria que você fosse meu par no casamento de Holden e Lala na próxima semana.

Ela arregalou os olhos.

— Sério?

— Sim.

Ela sorriu.

— Eu adoraria ir.

— Legal. — Eu sorri. — Então é nisso que vamos nos concentrar em seguida. Não vamos nos preocupar com mais nada até depois do casamento.

Devyn sorriu, e pude sentir seus ombros relaxarem.

— Posso lidar com isso.

— Posso levar uma convidada, mas, shhh... Não vou contar a ninguém que são dois.

CAPÍTULO 19

Devyn

— Puta merda! — Dois dias depois, Heath invadiu meu quarto enquanto eu estava me vestindo. Ao me ver parada de calcinha, ele se virou tão rápido quanto entrou e resmungou: — Há um jeito indolor de arrancar os olhos?

Estivera prestes a colocar o sutiã, entretanto, peguei meu roupão da cama e o vesti.

— Não se invade um quarto com uma porta fechada sem bater, Heath!

— Desculpe. — Ele continuou de costas para mim enquanto falava. — Mas tem uma pessoa aqui.

Puxei a faixa do meu roupão.

— Bom, é melhor ser importante. Além de parar de invadir, você precisa parar de falar palavrão.

— Mas é um *puta merda* que vale a pena.

Revirei os olhos.

— Estou vestida. Pode se virar.

— Prefiro não olhar para você. Talvez para sempre.

— Quem está aqui, Heath? É a assistente social?

— Não. O cara de *The last man down* está aqui, aquele filme sobre o piloto lutador. O piloto está na nossa sala.

Meus olhos saltaram.

— Robert? Robert está aqui?

— Não perguntei o nome dele. Mas ele está te procurando.

Merda. Fui até meu irmão e cutuquei suas costas.

— Vá colocar seus sapatos. Você precisa ir para a escola.

— Mas o ator está na nossa sala...

— Pegue seus sapatos e sua mochila ou vai se atrasar.

Ele gemeu de novo, mas atravessou o corredor para seu quarto enquanto eu saía para a sala.

A visão de Robert ali parado me fez parar de respirar. Ele tinha um buquê enorme de rosas brancas nos braços — devia haver cinco dúzias. Quando me viu, ele sorriu e, juro, seus dentes brilharam como em um desenho.

— Aí está ela... — ele disse.

— Robert, o que está fazendo aqui?

— Vim ver minha garota. — Seus olhos baixaram para minha barriga. — Ou garotas.

— *Shhh...* — Olhei para trás e baixei a voz. — Meus irmãos estão aqui. Ainda não contei a eles.

Robert envolveu um braço na minha cintura e me puxou para ele.

— Você está sexy pra caralho. Talvez esteja brilhando.

De trás de mim, uma porta se fechou. Tentei me soltar do abraço de Robert antes dos meus irmãos entrarem, mas Robert não soltou. Segurou minha cintura com mais força e manteve assim. Claro que os olhos de Heath foram direto para essa mão. Hannah deu uma olhada no homem parado ao meu lado e sua boca se abriu.

— Ai, meu Deus. Você é... aquele cara.

Robert sorriu.

— Que cara?

— O dos filmes.

— Quer dizer *Top Gun*?

Ela balançou a cabeça.

— Não, o que não era ruim.

Robert deu risada e apontou para Hannah.

— É. Essa é sua irmã mesmo.

— O que está fazendo aqui? — Heath perguntou. — É cliente de Devyn ou algo assim? Ela nunca mencionou que conhecia alguém *tão* famoso.

— Sou cliente dela. Mas Dev também é minha namorada.

Os olhos de Heath e Hannah ficaram enormes. Balancei a cabeça e tirei os dedos de Robert da minha cintura.

— Vocês vão se atrasar para a escola. É melhor irem.

— Mas...

Incentivei Heath a andar.

— A assistente social já está no meu pé. Vocês precisam chegar na hora. Vão logo.

Nenhum deles parecia muito feliz, mas se mexeram até a porta.

— Tenham um bom dia, gente! — Robert gritou. — Foi um prazer finalmente conhecer vocês, Helen e Heath.

Lancei um olhar raivoso para ele.

— É *Hannah.*

Assim que meus irmãos saíram, respirei fundo.

— Por que fez isso?

— Fiz o quê? — Ele parecia sem saber.

— Falou para os meus irmãos que eu era sua namorada.

Robert deu de ombros.

— Porque é a verdade.

Balancei a cabeça.

— O que está fazendo aqui, Robert?

Ele ergueu as flores.

— Vim trazer isto. E aquilo... — Ele gesticulou para o sofá da sala e havia uma pilha gigante de presentes que eu não tinha visto.

— Como... como pode ter carregado tudo isso?

— Minha assistente carregou metade.

Franzi o cenho.

— A loira linda, de olhos brilhantes, de vinte e dois anos que você contratou recentemente?

Robert abriu um sorriso presunçoso.

— Parece que tem alguém com ciúme.

— Sério, Robert, você deveria estar na Itália. O que está fazendo aqui?

Ele segurou meu rosto.

— Vim me desculpar. Você me pegou desprevenido, e agi como um babaca.

Em todos os anos que Robert e eu ficamos, nunca pensei que ele fosse se desculpar um dia. Não sabia o que fazer com isso.

— Pode me perdoar? — Ele fez beicinho.

Suspirei.

— Claro.

— Estava só desabafando porque estava magoado. Então também queria te magoar.

— Eu sei.

— Podemos conversar? Só posso ficar por umas horas. Tenho que estar no estúdio amanhã de manhã, então tenho um voo de volta à tarde para Roma.

— Claro. Deixe-me vestir umas roupas.

Robert puxou a faixa do meu roupão.

— Ou... pode tirar umas, e podemos nos beijar, fazer as pazes e conversar depois?

Balancei a cabeça.

— Vou me trocar.

— Que pena. — Ele deu uma piscadinha. — Quer colocar isto na água primeiro?

— Duvido que Vera tenha um vaso e, se ela não tiver, provavelmente não é grande o suficiente para caber esse buquê que você comprou. — Apontei para a cozinha. — Por que não vê se encontra um enquanto me visto?

— Claro.

Dentro do quarto, tranquei a porta e me apoiei nela. Não acreditava que Robert estava ali, que tinha vindo se desculpar e conversar. Qualquer outra hora nos últimos três anos, eu teria ficado empolgada. Mas agora... não sabia como me sentia. Me importava com ele. Isso não estava em questão. E fiquei aliviada em saber que ele não seria um idiota quanto à minha gravidez. Era um estresse do qual eu não precisava. Mas será que estava empolgada em ver Robert do jeito que teria ficado há um ano? O tipo de empolgação que uma mulher tem quando não vê seu homem por um tempo?

Uma batida à porta do quarto me assustou dos meus pensamentos.

— Dev?

— Sim?

— A única coisa que consigo encontrar que vá comportar as flores é um liquidificador.

— Ah. Ok.

— Quer que eu use isso?

— Hummm... Me dê um minuto para terminar de me vestir, e vou procurar no resto do apartamento.

— Está bem.

Depois de ouvir os passos de Robert recuarem, me obriguei a me vestir. Não seria capaz de descobrir como estava me sentindo agora de qualquer forma. E, provavelmente, era melhor que eu e Robert conversássemos primeiro. Isso poderia esclarecer mais as coisas. Depois de vestir um short e uma camiseta, vasculhei nos armários do corredor e do banheiro para encontrar algo em que colocar as flores. A única coisa que pude achar foi um cesto de lixo, mas era uma opção melhor do que um liquidificador de onde as pessoas comiam.

Robert estava apoiado no balcão da cozinha quando voltei. Eu estivera muito chocada mais cedo para reparar como ele estava bonito. O homem era de uma beleza de estrela de cinema, com uma estrutura óssea extremamente perfeita, cabelo loiro-claro que sempre precisava de um corte, um bronzeado o ano todo e olhos azuis ao estilo Paul Newman. Um charme irresistível fechava o pacote com um laço grande e lindo.

Eu sorri.

— Parece que você teve tempo para tomar sol entre as filmagens.

— Há muitas cenas externas.

As flores estavam deitadas no balcão. Eu as peguei e coloquei no cesto de lixo sem tirar o papel celofane.

Robert ergueu uma sobrancelha.

— Vai jogar minhas rosas fora?

Abri a torneira e adicionei água.

— É a coisa mais parecida com um vaso que encontrei. — Quando terminei, abri a geladeira. — Quer algo para beber?

— Vou beber o que você beber.

— Eu vou beber água.

— Água? Você bebe café até ser tarde o suficiente para trocar para vinho.

Franzi o cenho.

— Não mais. Cafeína. E vinho também não pode.

— Ah. Merda. É, está certo. Nem pensei nisso.

— Mas posso fazer uma xícara para você, se quiser.

— Tem certeza de que não se importa?

— Pode ser que eu cheire algumas vezes, mas acho que vou sobreviver.

Robert sorriu.

— Certo. Obrigado.

Depois de eu fazer um café na máquina, gesticulei para a sala.

— Por que não vamos sentar?

— Vá na frente...

Tive que tirar *treze* presentes do sofá para abrir espaço para nós.

— O que tem em todas estas caixas?

— Presentes de bebê. Fiquei meio louco. Não gosto de amarelo, então algumas das caixas têm duas roupas iguais, uma em rosa e outra em azul.

Eu, *definitivamente*, não estava pronta para roupas de bebê.

— Se importa se eu não os abrir agora?

Robert deu de ombros.

— Como quiser.

Ficamos em silêncio, e Robert me observou por cima da beirada de sua xícara conforme ele bebia.

— Como está se sentindo?

— Muito bem. Estou cansada, mas acho que tem bastante relação com o estresse. Não tenho enjoo matinal nem nada.

— Estresse não é bom para você nem para o bebê. Li na minha nova cópia do livro *A dumb man's guide to a pregnant woman*.

— Isso existe mesmo?

— Sim. Comecei no avião vindo para cá. Já li uns quarenta por cento.

— Então deve saber mais do que eu.

Robert ergueu o queixo para a pilha de presentes agora no chão.

— *O que esperar quando você está esperando* está em uma dessas caixas. Você vai se atualizar.

Eu sorri.

— Obrigada.

Ele olhou para sua xícara de café por bastante tempo até encontrar meus olhos de novo.

— Sabe o que percebi ao longo dos últimos dias, agora que tive a oportunidade de absorver a notícia?

— O quê?

— Não há mais ninguém no mundo com quem eu iria querer ter um filho.

Meu coração se apertou. E aqui estava eu torcendo para essa criança pertencer a outro homem. Inspirei fundo e soltei audivelmente.

— Você pediu desculpa. Mas também devo uma desculpa a você. Estou horrorizada por não poder te dizer, com certeza, se você é o pai ou não.

— Não vou mentir, essa parte não é fácil de engolir. Me permiti ficar bravo com isso por um dia ou mais, mas então percebi que você estava certa. Não éramos exclusivos. Eu saía com outras pessoas de vez em quando, então não era justo esperar que você fosse monogâmica quando eu não era.

Uau. As surpresas simplesmente continuavam. Eu sorri com pesar.

— Você parece tão... esclarecido.

— Gastei três mil na terapia pelo Zoom nos últimos dias.

Agora *isso* parecia mais com o Robert que eu conhecia.

— Bom, parece que funcionou, pelo menos.

Robert pegou minha mão.

— Eu quero isto, Dev. Quero que este bebê seja meu e que você seja a mãe do meu filho.

— Quer?

Ele assentiu.

— Você vai ser uma ótima mãe. Tem suas prioridades estabelecidas.

Sabe todas aquelas vezes em que, de forma egoísta, tentei fazer você voar para L.A. recentemente? Fez de seus irmãos sua prioridade porque eles precisam de você. Era a coisa certa a fazer. Você *sempre* faz a coisa certa. Nem é uma coisa que você precisa pensar como eu. É só quem você é. E estou torcendo para conseguir aprender com você, porque quero tornar nosso bebê minha prioridade, independente de qualquer coisa. Não vou ser tão bom nisso quanto você, mas, se tiver um pouco de paciência comigo, juro tentar ao máximo acertar.

Meus olhos se encheram de lágrimas.

— Obrigada por dizer isso.

Ao longo das próximas horas, Robert e eu conversamos. *Realmente conversamos*. Eu tinha certeza de que nunca tivemos uma conversa tão madura ou tão profunda. Falamos sobre o pai ausente dele, meus pais inexistentes e como nós dois planejávamos aprender com os erros deles, sem repetir a história. Quando vi, era quase hora do almoço, e eu não tinha olhado meu celular nem aberto meu notebook. Então, quando Robert foi ao banheiro, peguei meu celular.

Eu tinha dúzias de mensagens de texto, mas a terceira fez meu coração parar.

Owen: Vou subir às 11h30 para comprar almoço para você. Do restaurante italiano a que você foi com Billie recentemente, ok?

Merda! Meu compromisso do almoço com Owen tinha saído totalmente da minha mente. Olhei para o canto do meu celular para ver a hora. *11h10*. A última coisa de que eu precisava era Owen aparecendo com Robert ali. Então, rapidamente, respondi.

Devyn: Desculpe mesmo por ser de última hora, mas preciso cancelar.

Owen respondeu quase que imediatamente.

Owen: Está tudo certo? Você está se sentindo bem?

Eu não queria mentir. Ele era tão sincero comigo, mesmo quando não era fácil. Mas também detestava fazê-lo se sentir mal. Mastiguei minha unha, me sentindo uma pessoa horrível enquanto tentava descobrir o que dizer. Em certo momento, decidi que ele ficaria mais chateado com uma mentira do que uma verdade que doía.

Devyn: Robert está aqui. Ele apareceu na minha porta nesta manhã… para se desculpar por como agiu e para conversar.

Encarei meu celular, ansiosamente esperando uma resposta. Após alguns longos minutos, os pontos começaram a saltitar, mas então pararam de novo. Robert voltou do banheiro, mas continuei com meu celular na mão na hora seguinte. Infelizmente, nunca chegou uma nova mensagem. Até verifiquei meu celular duas vezes, para garantir que não tivesse perdido nada.

— Está com fome? — Robert perguntou. — Tenho umas duas horas até ter que sair para pegar meu voo. Quer comprar algo para comer?

Pensar em me deparar com Owen ou até um de seus amigos, enquanto estava fora e passeando com Robert tirou meu apetite que eu poderia ter tido.

— Não estou com tanta fome. Mas por que não pedimos algo? Vou pedir no Uber Eats.

— Por mim, tudo bem. — Robert sorriu. — Com tão pouco tempo, prefiro não compartilhar você com ninguém, de qualquer forma.

Não me compartilhar com ninguém. Forcei um sorriso e verifiquei meu celular mais uma vez.

Ainda nada... do homem com quem ele estava me compartilhando.

Tinha acabado de me deitar na cama quando meu celular apitou na mesa de cabeceira. *Owen* brilhou na tela. Minha pulsação acelerou, e acendi de novo o abajur ao lado da cama.

Owen: Ele vai passar a noite?

Meu coração doeu. Era nisso que ele estivera pensando o dia todo? Que Robert ainda estava aqui e iria passar a noite? Deus, eu era péssima. Não tinha enviado mensagem para ele de novo porque estava tentando lhe dar espaço. Mas havia piorado as coisas.

Devyn: Não, ele já foi. Voltou para Roma. Tinha que voltar para o estúdio.

Esperei ansiosa enquanto Owen digitava de volta. Demorou uma eternidade, ou pelo menos foi o que pareceu.

Owen: Podemos conversar? Posso subir ou você pode descer aqui. Mas sei que as crianças provavelmente estão dormindo.

Retirei o cobertor, já saindo da cama.

Devyn: Tudo bem. Suba.

Owen: Chegarei em cinco minutos.

Eu tinha tomado banho mais cedo, tentando desfazer o nódulo de tensão em meu pescoço. Mas estivera preguiçosa demais para lavar o cabelo, embora tivesse molhado. Uma olhada no espelho e me arrependi de nem o ter penteado. Se minha vida complicada não assustasse Owen, esta aparência talvez fizesse o trabalho. Passei cinco minutos tentando me arrumar, porém precisava de mais cinco horas. Ou talvez cinco dias.

Owen bateu levemente. Abri a porta antes de ele ter a oportunidade de baixar o braço.

— Oi. — Eu sorri.

A expressão de Owen estava austera. Ele assentiu.

— Desculpe te incomodar tão tarde.

— Tudo bem. — Fui para o lado. — Estou feliz por isso. Entre.

Dois passos para dentro da porta, e ele parou de repente. Tive que seguir sua linha de visão para descobrir o que havia de errado.

Os presentes.

Merda. Eles estavam amontoados no chão, mais altos que a mesa de centro. Ainda não tinha aberto nenhum.

— Desculpe — eu disse. — Robert os trouxe. Não estava a fim de abrir nenhum.

Owen respirou fundo e gesticulou na outra direção.

— Cozinha?

Forcei um sorriso.

— Claro.

Infelizmente, eu tinha me esquecido das flores também — as dúzias que eram impossíveis de não ver. Os olhos de Owen foram atraídos para elas de imediato. A expressão que ele fez só poderia ser descrita como derrotado.

— Desculpe — eu falei. Pegando o cesto de lixo, olhei em volta, então abri o armário debaixo da pia e as guardei.

Owen sorriu com pesar.

— Não precisava fazer isso. Mas obrigado.

— Quer beber alguma coisa? Uma taça de vinho, talvez?

— Não, obrigado.

Nos sentamos à mesa da cozinha em frente um ao outro.

— Como está se sentindo? — ele perguntou.

— Fisicamente? Bem. Emocionalmente? Destruída.

Ele assentiu.

— Posso supor que sua conversa não foi boa?

— Não, foi boa. Mas você não me respondeu de volta, e fiquei preocupada que estivesse chateado.

— Desculpe. Não quis te deixar preocupada.

— Não há necessidade de se desculpar. Sinto muito por Robert aparecer sem anunciar, e por eu ter que cancelar nosso almoço.

Owen passou uma mão pelo cabelo.

— Não conseguia parar de pensar que é assim que poderia ser. Se Robert for o pai, você passará muito tempo com ele. Seria inevitável. — Ele balançou a cabeça. — Sei que minha ideia era viver o momento, mas não consegui parar de imaginar isso. Só precisava de um tempo.

— Claro. Não culpo você. Quem não precisaria de um tempo para processar?

Owen ficou em silêncio por um minuto. Dava para ver as engrenagens girando em sua cabeça.

— O que sentiu quando o viu? — ele finalmente perguntou.

— Surpresa.

— Não, quero dizer seus sentimentos. — Ele deu um tapinha no peito. — Aqui dentro.

Pensei nisso.

— Sinceramente, acho que eu estava mais preocupada com o que você iria pensar do que qualquer outra coisa.

— Você o ama?

— Eu gosto dele. E talvez o ame de algum jeito. Temos bastante história juntos. Mas não sei se o amo como você está me perguntando, como uma mulher ama um homem com quem ela quer estar.

Owen engoliu em seco. Ele olhou do outro lado da sala para a pilha de presentes embrulhados.

— Não posso competir com esse cara. Ele é famoso e rico. Me saio muito bem, mas ele poderia te dar uma vida bem diferente.

— Não preciso que vocês façam competição. E não preciso que ninguém me dê um certo tipo de vida. Posso cuidar de mim mesma.

Ele olhou nos meus olhos.

— Então do que precisa de mim, Devyn?

— Só preciso que *você* seja *você.*

Owen fechou os olhos. Quando ele os abriu, estendeu a mão.

— Então venha aqui. Porque eu sendo eu preciso muito beijar você inteira. Fiquei com ciúme o dia todo, e quero sentir que você é só minha por um tempo.

CAPÍTULO 20

Owen

Nesse fim de semana, o casamento de Holden e Lala era exatamente a fuga de que Devyn e eu precisávamos. Com nossa atenção focada no casal feliz, conseguimos nos esquecer de nossas preocupações, por um dia.

A cerimônia na igreja St. Sebastian teve a duração perfeita, não longa demais, e depois teve a recepção no Club Noir. Holden conhecia o dono e conseguiu alugar o espaço inteiro. Estava mais para uma balada do que um evento formal. Havia velas por todo lugar no espaço pouco iluminado e uma bola gigante de discoteca pendurada no teto. A pista de dança era a peça central, e a banda de Holden estava marcada para tocar em algum momento mais tarde, embora houvesse um DJ para começar a noite. O clima estava todo *muito Holden*.

Ele tinha feito um trabalho muito bom planejando todos os detalhes — até as flores, com as quais jurou Lala não ter nada a ver. Eu teria que zoá-lo mais por causa disso em algum momento. Lala estava linda com um vestido de renda sem mangas e uma faixa preta em sua cintura. Seu cabelo cacheado estava puxado para trás em um coque bagunçado com algumas mechas emoldurando seu rosto.

Uma coisa tradicional, talvez, era uma mesa comprida com uma toalha preta e decorada com velas e rosas em diferentes tons de vermelho. Quando vi a cadeira vazia ao lado de Holden, quase desabei. Era onde Ryan teria se sentado, e eu sabia, em meu coração, que ele estava conosco em espírito.

Eu havia sido duro com Holden quando ele começou a ir atrás de Lala, cético das intenções dele. Lala era como uma irmãzinha para mim, e sentia que tinha que protegê-la do jeito que Ryan teria feito. Holden tinha uma reputação, e eu tivera dificuldade em separar isso de seus sentimentos verdadeiros por ela. Mas dava para ver agora que minha preocupação não era necessária. Quanto mais eu via quanto Holden gostava de Lala, mais eu aprendia a confiar nas intenções dele. E, agora, não conseguia imaginar nenhum outro resultado.

A cadeira de Ryan não era a única coisa me deixando emotivo. Ter Devyn ao meu lado conforme eu via um dos meus melhores amigos se casar significava muito. Contudo, mais do que qualquer coisa, eu não conseguia parar de pensar no fato de que ela poderia estar carregando o meu filho. A cada poucos minutos, esse pensamento passava na minha mente. E, então, Robert e suas porras de presentes e flores se infiltravam em meu cérebro e arruinavam tudo.

Devyn estava com um humor particularmente bom nessa noite, com uma luz em seus olhos que era rara ultimamente. Parecia que ela tinha se esquecido de todas as incertezas, mesmo que apenas por um dia. Estava linda em um vestido preto sem manga e saltos altos vermelhos, seu cabelo meio preso. Usava um colar fino de pérolas, discreto, porém incrivelmente sexy.

Colby pigarreou e testou o microfone, chamando a atenção de todo mundo para o palco, onde ele estava se preparando para fazer seu discurso de padrinho.

— Esta coisa está ligada? — Ele fez careta. — Claro que está ligada, como todo mundo na vizinhança de Holden. — Ele deu risada. — Todos ficam excitados pelo baterista sexy.

Holden revirou os olhos e Lala o chacoalhou, brincando.

— Como todos vocês sabem, um dos meus melhores amigos do mundo, Holden Catalano, se casou hoje. O que significa que o inferno oficialmente congelou.

Dei risada, olhando para Devyn, que tinha um sorriso enorme no rosto. De novo, fiquei feliz em vê-la tão relaxada.

— Holden foi gentil o suficiente para me atazanar no meu próprio casamento, então é justo que eu faça a mesma coisa. Mas Holden pediu, especificamente, para eu não contar nenhuma história lasciva sobre ele. — Colby olhou para Holden. — Por isso tive tanta dificuldade em escrever este discurso... páginas em branco por dias.

Holden deu de ombros enquanto todo mundo ria.

— Mas, sério, em nosso grupo unido de cinco, ele era o último que esperávamos se casar. Holden sempre teve mulheres caindo aos seus pés. E acredito mesmo que ele ainda estaria solteiro se não tivesse se apaixonado por Lala. Ela é a única mulher na Terra que poderia fazê-lo se casar. E, no caso de alguém ter vivido debaixo de uma pedra, devo destacar que Lala é a irmã do nosso bom amigo. — Colby suspirou e olhou para o teto, parecendo que poderia desmoronar. — Ryan não está mais conosco, e sentimos muita falta dele — ele continuou após um instante, sua voz trêmula. — Mas sabemos que ele está olhando para nós neste dia e dizendo "O que minha irmã está pensando?".

Colby deu uma piscadinha para Holden.

— A paixão de Holden por Lala ao longo dos anos provavelmente foi o segredo mais mal guardado. Todos nós sabíamos que ele tinha sentimentos por ela desde que éramos adolescentes. Uma vez, flagrei Lala e ele juntos no telhado da casa de Lala e Ryan. Ele tentou me dar uma desculpa esfarrapada sobre por que estava lá em cima com ela... algo como olhar as estrelas. Mas eu sabia que a única coisa que ele queria olhar era ela.

Alguns *ownnns* soaram pelos convidados.

— Demoraram anos para encontrarem o caminho um para o outro — Colby continuou. — E, se você conhecia Holden durante esses anos, sabe que todos nós estarmos aqui hoje é um milagre maior do que Jesus transformar água em vinho.

A plateia riu.

— Quero dizer, Holden não era o *maior* playboy do planeta nem nada. — Ele pausou. — Mas, se esse cara tivesse morrido, bem... — Ele sorriu. — Holden teria assumido sua posição.

Meus ombros chacoalharam com a risada.

— Mas junto veio Lala. — Ele olhou para ela. — Infelizmente, ela estava noiva. Mas, felizmente, quando Deus fez Holden, ele se esqueceu de adicionar um chip da moralidade. — Colby balançou a cabeça conforme olhou para eles. — Doce Lala, a gênia linda. Eu costumava pensar que você era a garota mais inteligente do mundo. Mas então você teve que arruinar isso casando-se com esse cara.

Colby abriu um sorriso malicioso ao olhar para todos.

Depois da risada se dissipar, ele disse:

— Deixando a brincadeira de lado, fica claro, para nós, que agora vocês dois são perfeitos um para o outro. Vocês se equilibram como yin e yang. Holden costumava usar essa analogia para descrever minha esposa, Billie, e eu, então a estou roubando porque, bem, não sou tão criativo. No entanto, preciso dizer que, provavelmente, isso se aplica ainda mais precisamente a Lala e Holden. Não há mulher mais inteligente e homem mais burro vivos.

Devyn ficou boquiaberta ao olhar para mim, rindo. Eu só dei de ombros.

— Fico feliz de os caras e eu termos decidido não te matar, Holden, quando descobrimos sobre você e Lala — Colby disse. — Porque, aí, nenhum de nós estaria aqui comemorando hoje. E onde Holden estaria sem você, Lala? — Colby verificou seu relógio. — Ele estaria acordando a esta hora de ressaca. — Ele sorriu. — Agora a única garota que o mantém acordado a noite toda é a bebê Hope.

— Verdade — murmurei.

— Vou finalizar este discurso agora — Colby anunciou. — Sei que todos vocês querem comer, mas esse não é o motivo pelo qual estou finalizando. É porque estão acabando as coisas boas para falar sem ter que aprofundar no passado de Holden proibido para menores.

A plateia riu.

— Só vou falar mais uma coisa. Não conheço duas pessoas que se amem mais. E, se Ryan estivesse aqui... depois de o acalmarmos e o convencermos a não dar porrada em Holden... Sei que ele enxergaria como nós enxergamos. Holden ama Lala mais do que a própria vida. E não há duas pessoas no mundo que se mereçam mais. Não há outro insulto oculto. Nenhuma piada nisso. É a verdade. — Colby ergueu sua taça. — À nossa irmã honorária, Lala, e nosso louco e amado amigo, Holden. Que vocês tenham um casamento próspero e longo, cheio da mesma alegria concedida a mim e a Billie. — Ele pausou. — E que entrem em acordo, em certo momento, quanto ao debate de quem de vocês é mais bonito.

O som de palmas surgiu. Me trouxe imenso alívio por ter sido Colby a subir lá e fazer esse discurso. Eu não teria feito nem a metade. Falar em público nunca foi meu forte.

Me estiquei para pegar a mão de Devyn. Com nossos dedos entrelaçados, eu trouxe a mão dela para minha boca e disse:

— Obrigado por ser meu par hoje.

— O prazer é meu. Felicidade é contagiosa, sabe?

— Se isto fosse antes de conhecer você, eu estaria animado por Holden, claro, mas provavelmente um pouco solitário. Casamentos têm um jeito de fazer você refletir sobre sua própria situação. É difícil não comparar a alegria de alguém com o que pode estar faltando na sua própria vida.

Ela assentiu.

— Sei *exatamente* o que você quer dizer.

Apertei a mão dela.

— Comparação é o ladrão da alegria, certo?

— Essa frase com certeza é verdade.

— É por isso que planejo sair e comprar centenas de presentes de bebê esta semana. — Expirei.

— Não ouse. Te falei que tudo de que preciso é você continuar sendo você. Você me dar seu tempo e sua atenção. É uma coisa que Robert sabe que nunca poderia me dar. Ele tentou compensar bastante trazendo aqueles presentes. Mas eles não significam nada.

Olhei para nossas mãos.

— Por mais que tudo esteja no ar agora, me sinto completo quando estou com você... no momento. É por isso que hoje está muito melhor com você ao meu lado. Estou gostando de só ficar com você.

Mesmo que estes dias sejam tudo que temos antes de a realidade cair sobre nós.

— Não há nenhum lugar que eu preferiria estar a aqui com você agora, Owen. Casamentos, normalmente, também são difíceis para mim. Eles costumavam me lembrar do que estava faltando na minha vida. E isso levaria a lembranças da minha mãe e da falta de amor lá. Acho que todo mundo só quer ser amado, sabe? — Ela olhou na direção da ponta da mesa. — Mas não preciso comparar minha vida com a de ninguém hoje. Porque *você* me faz feliz. E esse é um bom sentimento.

— Fico feliz, linda. — Eu sorri. — Tem que estar em casa até certa hora esta noite?

— Heath e Hannah vão passar a noite na casa de Lucas, amigo de Heath. Ele é o único amigo cujos pais eu conheço. Falei com eles e tudo.

— Que ótimo. Fico muito feliz de não termos que voltar rápido.

— Ei, vou para o bar — Brayden nos interrompeu. — O que vocês querem?

Olhei para Devyn, me sentindo mal por ele a ter colocado nesse lugar.

— Só uma água com gás com limão seria ótimo — ela disse.

— Uma água com gás com limão *e tequila* saindo. — Ele deu uma piscadinha.

— Não, sério. — Devyn ergueu a mão. — Álcool não tem caído bem para mim ultimamente. Então estou dando um tempo.

Ele deu risada.

— Sério?

— Sim.

— Bem, isso é uma surpresa. Casamentos são muito mais divertidos quando se está bêbado. — Ele se virou para mim. — Água com gás para ela. Cerveja para você?

— Sim. Qualquer tipo serve. Valeu, cara.

Brayden deu um tapinha no meu ombro e foi para o bar.

Devyn suspirou e falou com a voz baixa:

— Por quanto tempo consigo me safar com essa desculpa?

— Não se preocupe com isso. — Esfreguei a perna dela. — Não importa o que ninguém pensa.

— Acho que vai aparecer logo. — Ela esfregou a barriga. — Só consigo esconder por mais pouco tempo.

— Podemos dizer que você comeu muita torta de limão...

Ela deu risada.

Pensar na barriga de Devyn crescendo ao longo dos próximos meses me dava arrepios. Me perguntei quão rápido conseguiríamos fazer um teste de paternidade. Ela havia dito que planejava conversar sobre isso com a médica na próxima consulta. Tirei esse pensamento da cabeça, porque não tinha nada a ser feito sobre isso agora.

Depois que Brayden voltou com nossas bebidas, serviram o jantar. Devyn e eu tínhamos escolhido o bife, que estava perfeito.

Mais tarde, depois de ver Holden esmagar o bolo no rosto de Lala durante o corte, me virei para meu par lindo e ergui o braço.

— Vamos dançar, srta. Marks?

— Eu adoraria, sr. Dawson. — Ela abriu um sorriso enorme. — Obrigada por perguntar.

Devyn me seguiu para a pista de dança quando *Love Shack*, de B-52s, começou. Sua risada era contagiante conforme ela dançava ao ritmo da música. Eu nunca a tinha visto tão livre. Não sabia o que estava acontecendo hoje, mas queria guardar num potinho. Bati palmas enquanto ela balançava os quadris, e não consegui resistir a trazê-la para um beijo. Eu era doido por essa mulher e não me importava quem testemunhasse isso.

Dançamos mais três músicas antes de ela, de repente, parar e cambalear para a beirada da pista de dança.

Meu coração se apertou enquanto eu a seguia.

— O que houve, Devyn?

— Não sei. Minha barriga começou a doer. Bastante cólica de repente. — Ela segurou a barriga. — Acho que preciso ir ao banheiro.

— Ok. — Olhei em volta freneticamente. — Vamos ver onde é.

Serpenteando através das pessoas, peguei a mão dela e a puxei até o canto do lugar onde ficavam os banheiros.

Minha pulsação acelerou enquanto eu esperava do lado de fora do banheiro feminino. Depois de três minutos, não conseguia mais aguentar. Abri a porta.

— Está tudo bem aí dentro, Devyn?

— Já vou sair — ela gritou, sua voz ecoando.

Ela não tinha exatamente me garantido que estava tudo bem.

A porta se abriu, e Billie saiu com uma expressão taciturna.

— O que está acontecendo? — perguntei.

— Eu estava lá dentro quando ela entrou. — Billie franziu o cenho ao sussurrar: — Ela está sangrando um pouco, Owen.

— Caralho — murmurei, encarando a porta do banheiro.

— Não necessariamente significa alguma coisa, mas acho que você deveria levá-la à emergência.

— Ok. — Assenti. — Claro. — Olhei além dos ombros dela, esperando a porta se abrir.

Alguns segundos depois, Devyn finalmente saiu.

Billie esfregou as costas dela.

— Billie me contou — eu disse. — Vamos para o hospital.

Parecendo em transe, ela assentiu e pegou minha mão.

A música ficou distante conforme saíamos do clube. Eu tinha certeza de que teria que explicar — particularmente para Holden —, mas não poderia me preocupar com isso agora. Devyn era a única coisa que importava.

Entramos no meu carro, e corri para o hospital mais próximo. Tive que me lembrar de ir mais devagar, porque a única coisa que poderia piorar isso era um acidente.

Por um milagre, quando chegamos lá, eles nos levaram para dentro direto depois de eu explicar que ela estava grávida e sangrando.

Colocaram Devyn em uma maca com uma cortina separando-a de outra pessoa.

Ficamos sozinhos por um instante, e ela se virou para mim.

— Estou com medo. — Seus olhos brilhavam.

Peguei a mão dela na minha.

— Eu sei.

Queria dizer algo encorajador, mas me recusava a lhe dar falsa esperança quando não sabia de merda nenhuma. Eu também estava com medo, mas admitir isso não ajudava.

Uma lágrima escorreu por sua bochecha, e eu me estiquei para secá-la. Segurando a mão dela, mexia minhas pernas de forma nervosa, aguardando uma enfermeira ou um médico entrar.

Enfim, chegou uma pessoa, mediu seus sinais vitais e tirou um pouco de sangue. Então, alguém trouxe uma máquina.

E tudo depois disso aconteceu bem rápido. Quando vi, eles tinham ligado a tela do ultrassom. A médica ficou em silêncio por um bom tempo ao mexer o sensor na barriga de Devyn. Então ela apontou para a tela.

— Dá para ver o coração batendo bem aqui. Tudo parece estável.

— Ah, graças a Deus — Devyn suspirou.

Minha respiração me deixou, não somente porque estava aliviado, mas porque não conseguia acreditar em meus olhos. *Lá está ele.* Ou ela. Havia uma cabecinha. Estava se mexendo. E eu conseguia *ver* seu coraçãozinho batendo.

Aquele poderia ser meu filho.

Puta merda.

Eu não estivera preparado para isto. Mas sentia tanto amor dentro de mim que era assustador. Eu nem tinha certeza se este bebê era meu, ainda assim, sentia. Amor. Medo. Tantas emoções me atingiam.

— Está vendo, Owen? — Devyn sussurrou.

— Estou — murmurei, ainda encarando a tela.

— Tudo está indo bem — a médica disse, interrompendo meu transe. — Não é incomum ter sangramento e cólica durante o primeiro trimestre. Às vezes, claro, pode significar aborto. Outras vezes, é perfeitamente normal. Mas você deve ter cuidado extra para reduzir o estresse e dormir bem. — Ela se virou para mim. — Pode respirar agora, papai. Está tudo bem.

Papai.

Se ao menos eu pudesse realmente respirar. Mas isso não aconteceria por um tempo.

CAPÍTULO 21

Devyn

— Ta-da!

Minha boca se abriu. Mia estava parada do outro lado da minha porta com os braços no ar.

— Ai, meu Deus. O que está fazendo aqui?

— Consegui terminar tudo que precisava fazer uns dias antes, aí embarquei ontem à noite.

— Por que não me contou?

— Pensei que seria mais divertido fazer surpresa para você.

— Bem, por que está parada aí fora? Venha para cá. Preciso de um abraço!

Mia me abraçou forte, e senti meus ombros relaxarem e baixarem alguns centímetros. Não tinha percebido o quanto precisava da minha melhor amiga aqui.

— Deus, senti sua falta. — Suspirei.

— Fico feliz em saber disso. Porque estava com um pouco de ciúme com toda a conversa de Billie e Lala ultimamente. Estava começando a sentir que estava sendo substituída.

— Nunca! — Eu sorri e acenei para ela entrar. — Entre. Entre.

Mia arrastou sua mala cor-de-rosa para dentro do apartamento.

— Heath e Hannah estão aqui? Não posso acreditar que, finalmente, vou conhecê-los.

Balancei a cabeça.

— Eles já foram para a escola. Saíram há dez minutos.

— Caramba. Acho que também é bom. Porque tenho um compromisso em menos de uma hora.

— Já precisa trabalhar? Pensei que tivesse dito que tiraria uns dias de folga até ter que começar a trabalhar na galeria nova.

— Tirei, sim. Meu compromisso não é relacionado a trabalho. É pessoal.

— Ah, é?

Mia sorriu e bateu palminhas.

— Vou fazer uma tatuagem!

— O quê? Está brincando?

— Não. Tive o sonho da tatuagem de novo.

Ela não tinha nenhuma, mas Mia estivera tendo sonhos recorrentes sobre fazer tatuagens há mais tempo do que eu a conhecia. Aconteciam uma ou duas vezes por ano e, toda vez, o sonho começava com uma tatuagem e terminava com ela conhecendo um cara gostoso aleatório. Em um sonho, ela fez uma tatuagem de lua crescente, depois daquele dia, ela conheceu um neurocirurgião. Em outro, ela fez o contorno de uma borboleta na coxa e, quando voltou umas semanas depois para colori-la, havia um astro do rock famoso fazendo tatuagem na cadeira ao lado da dela. Ela saiu do estúdio de tatuagem e viajou para a turnê com ele. Às vezes, ela tinha o mesmo sonho mais de uma vez.

— Qual foi o sonho desta vez?

— Foi um novo. Eu estava em um país estrangeiro fazendo uma tatuagem. Não sei qual, mas era muito bonito com montanhas altas. Depois que a tatuagem foi finalizada, fui caminhar à beira-mar, e um cara lindo gritou para mim do seu iate. Ele apontou para o curativo cobrindo meu pulso e perguntou se eu estava bem. Acabamos tomando um espresso no iate dele e, quando tirei o curativo para mostrar o que tinha feito, ele tinha a *mesma* tatuagem. Navegamos pelo Mediterrâneo o verão todo.

Dei risada.

— Mas pensei que você fosse contra *realmente* fazer tatuagem. Acredito que suas palavras exatas foram "Não se coloca adesivo em um Bentley".

— Peguei emprestada essa frase de Kim Kardashian durante minha fase de reality show quando pensava que ela fosse minha guru. Agora estou ouvindo podcasts motivacionais e de mentalidade, e mudei de estilo. Preciso trabalhar na manifestação. Se um dia vou conhecer o Príncipe Encantado, preciso avisar ao mundo que estou aqui para isso. Fazer a tatuagem do meu sonho é meu jeito de fazer isso.

— Queria que tivesse me contado isso. Poderia ter marcado um horário com Billie. O trabalho dela é maravilhoso.

— Menina, quem você acha que vai fazer minha tatuagem? Eu a segui nas redes sociais no dia seguinte a que você me contou que tinha feito uma nova amiga. — Mia deu uma piscadinha. — Eu estava pesquisando a concorrência, mas você tinha razão. O trabalho dela é incrível. Quando descobri ontem que poderia trocar para um voo mais cedo, liguei para o estúdio dela. A mulher que atendeu falou que havia uma espera de seis meses para conseguir uma tatuagem com Billie e perguntou se eu queria ser colocada na lista de cancelamento caso houvesse uma desistência de última hora. Falei para ela que adoraria, mas que só estaria na cidade por alguns dias. Ficamos conversando, e falei que ia visitar minha amiga que morava no mesmo prédio do estúdio de tatuagem. Um minuto depois, a própria Billie entrou na linha e se ofereceu para abrir cedo para me tatuar. Aparentemente, seu nome tem grande influência por aqui.

— Ah, fico muito feliz! Você vai adorá-la.

— Onde posso abrir minha mala? — Mia olhou em volta. — Preciso lavar meu rosto, me maquiar e vestir uma roupa bonita. Quero ficar bem nas fotos que você vai tirar de mim fazendo minha primeira tatuagem.

Eu sorri.

— Vamos. Vou abrir espaço no meu quarto.

Mia ergueu uma sobrancelha enquanto pegava sua mala.

— No *seu* quarto. Não no de Vera?

Suspirei.

— Virei o colchão e comprei lençóis novos, então acho que posso chamá-lo de meu por enquanto.

Mia me seguiu pelo corredor.

— Sem novidades sobre ela, eu imagino?

— Não. Nem um pio. É como se ela tivesse desaparecido. Este é o maior tempo que ela já ficou longe.

— Não consigo acreditar que a vadia nem sequer ligou para ver como... — Mia pausou de repente. — Humm, o que é tudo isso?

Eu tinha me esquecido da pilha de presentes, com agora um metro e meio, amontoada no canto do quarto. Tudo ainda estava embrulhado. Franzi o cenho, olhando para eles.

— Ah. São de Robert. Te contei que ele apareceu com um monte de presentes. Também tenho recebido encomendas... internacionais da Itália e locais de lojas de departamento. Às vezes, chegam duas ou três por dia. Tive que falar para as crianças que Robert e eu brigamos, e é por isso que estou recebendo todas as encomendas. Não contei a eles sobre a gravidez.

— Por que ainda não abriu nenhum?

Balancei a cabeça.

— Não sei. Não consigo fazer isso. Sei que, pelo menos, alguns deles são roupas de bebê, porque Robert mencionou. Acho que ver tornaria tudo muito real.

— O que acha de abri-los? Eu amo presentes.

Dei de ombros.

— Talvez depois de ir à Billie.

Um tempinho depois, Mia e eu descemos para o estúdio de tatuagem. Minha melhor amiga estava toda nervosa, e eu não sabia se era porque ela não tinha afinidade com agulhas ou se estava empolgada com a ideia de manifestar seu futuro. De toda forma, combinava com a energia de Billie quando ela abriu a porta.

— Ihuu! — Ela abriu os braços. — Vou poder tatuar uma virgem e conhecer sua melhor amiga! Estou tão empolgada.

Mia abraçou Billie.

— Eu também! Ouvi falar tanto de você. Obrigada por cuidar da minha garota.

Billie deu risada.

— O prazer é meu. Não que tenha havido muita coisa para eu fazer, além de emprestar um ouvido. — Ela trancou a porta da frente quando entramos. — Não abrimos antes das dez, mas as pessoas costumam entrar se eu deixar a porta aberta. Venham para o fundo. Comprei café para nós enquanto vinha para cá. — Ela deu uma piscadinha para mim. — Descafeinado para você, claro.

Mia e eu seguimos Billie da área de recepção até o estúdio. Dando dois passos para dentro, Mia ficou boquiaberta e com os olhos arregalados para as paredes.

— Ai, meu Deus. Esta arte é *ma-ra-vi-lho-sa.* Quem pintou?

Billie mordeu o lábio inferior.

— Eu.

Mia arregalou os olhos. Ela se aproximou para dar uma olhada melhor.

— Puta merda. Você já exibiu seu trabalho?

— Só quando minha mãe me perturba. Ela tem uma galeria aqui na cidade.

— Qual?

— Chama The Holland Gallery.

Mia ficou boquiaberta.

— A que é administrada por Renee Holland?

— Essa mesma.

— Uau. É uma galeria prestigiada. Embora eu tenha ficado sabendo que é uma merda trabalhar para a dona.

Billie sorriu.

— É mesmo. Ainda mais ser filha dela.

Mia cobriu a boca.

— Ai, meu Deus. Renee Holland é sua mãe? Sinto muitíssimo. Você falou que ela administra a galeria, e eu pensei que...

Billie não se incomodou nem um pouco. Ela acenou para Mia com uma risada.

— Não sinta. Você não está errada. Minha mãe é raivosa.

— Ela descobriu muitos artistas emergentes. É lendária no mundo da arte. Os artistas fazem uma pequena exibição com ela, e já podem adicionar um zero a mais na etiqueta deles.

— Ela tem um bom olho. Tenho que admitir — Billie disse. — Habilidades com pessoas e de mãe... nem tanto.

Mia balançou a cabeça ao encarar as paredes.

— Bem, não sou nenhuma Renee Holland, mas, se um dia quiser fazer uma exibição comigo, eu adoraria te receber. Estou abrindo uma galeria nova para o Renshaw Group. Talvez tenha ouvido falar deles.

— Claro que sim. Eles são grandes na Costa Oeste.

— Felizmente, também grandes na Costa Leste em breve. Graças a mim.

Billie sorriu.

— Então como está se sentindo quanto à sua primeira tatuagem? Quer que eu comece imediatamente ou prefere tomar seu café primeiro? Conheço algumas pessoas que são ansiosas e prefeririam ir direto ao ponto.

— Prefiro esperar um pouco. Aproveitar o café e a companhia, se você tiver tempo.

— Sem problema. Não há pressa. Só tenho meu primeiro cliente ao meio-dia. — Billie olhou para mim. — Como está se sentindo, mamãe?

— Muito bem. Obrigada.

— Sem mais problemas desde a noite do casamento?

Balancei a cabeça e retirei a etiqueta de plástico do meu café descafeinado.

— Não, graças a Deus. Faz três dias agora e nada de cólica nem de sangramento. Sei que a médica falou que é normal ter um pouco de sangramento, mas, definitivamente, não parece normal quando acontece.

Billie assentiu.

— Estive em contato com Owen para saber como você está. Não queria te incomodar.

— Eu sei. Ele me contou. Obrigada por se preocupar. Nós dois agradecemos muito.

— Espero que não se importe de eu perguntar, mas você já falou com a médica sobre os testes de paternidade?

Balancei a cabeça.

— Amanhã vai faltar uma semana para minha próxima consulta. Então, pensei em fazer isso.

— A programação de sono de Mav tem sido irregular ultimamente. Ele tem acordado no meio da noite. Dou chupeta para ele e, em geral, ele cai no sono de imediato, mas então eu demoro horas. O que significa que assisto a programas aleatórios na TV no meio da noite. Um deles era um programa de entrevista sobre uma mulher que estava dormindo com irmãos gêmeos e não sabia quem era o pai de seu bebê.

— Ah, nossa — eu disse. — E eu pensei que meu dilema era ruim...

— Pois não é? De qualquer forma, fui sugada ao programa ontem à noite porque precisava saber se Brandon ou Landon era o pai. Quando o apresentador anunciou os resultados de paternidade, falou que tinha 99% de precisão, então presumi que a mulher tivesse feito uma amniocentese. Mas, no fim do programa, fizeram um comercial para o patrocinador deles... o que tinha feito o teste de paternidade. Dizia que o teste não era invasivo. Obviamente, uma amniocentese é bastante invasiva, então fiquei curiosa e pesquisei. Aparentemente, agora eles conseguem testar a paternidade com um exame de sangue e um cotonete na parte interna da boca. E pode ser feito cedo, com sete semanas.

Arregalei os olhos.

— Sério?

Billie assentiu.

— Escrevi o nome do teste. O comercial dizia que só demora dois dias para obter os resultados, e eles até aprovaram para uso por tribunais a fim de comprovar a paternidade.

— Puta merda. Eu não fazia ideia.

— Nem eu. Salvei o link do site. Se quiser, te mando por mensagem.

— Sim, com certeza.

Depois disso, Billie pegou os desenhos que ela havia feito na noite anterior com base no que Mia havia dito para ela. Mia fez *ohh* e *ahh* e soltou uns gritinhos, mas eu tive que forçar um sorriso no rosto. Estava ocupada demais pensando no fato de talvez não ter que esperar sete meses para descobrir o pai do meu bebê. Deveria ter me deixado animada, ainda assim, não sentia nada além de ansiedade. Felizmente, Billie começou a tatuagem de Mia, e pude me sentar e tentar entender meus sentimentos com o som pacífico da agulha zunindo.

Duas horas depois, havia uma tatuagem no pulso de Mia. Nem Mia nem eu quisemos ver a tatuagem até estar finalizada.

Billie tirou as luvas de borracha das mãos.

— Prontinho. Está preparada para ver sua tatuagem?

Mia assentiu e apertou os olhos fechados. Ela estivera olhando para o outro lado o tempo todo que Billie estava trabalhando, mas agora ela se virou e abriu os olhos.

— Ai, meu Deus! Que linda!

Me estiquei para dar uma olhada.

— Uau. É mesmo. Está destacando-se do braço dela.

Mia tinha feito uma tatuagem de uma abelha minúscula com uma flor na parte interna do pulso direito. As cores eram muito vibrantes, e a abelha parecia quase em 3D. Seus olhos lacrimejaram.

— A vovó Bea teria amado. Ficou perfeita, Billie.

Mia havia perdido os pais em um acidente de carro quando tinha apenas cinco anos, então sua avó Beatrice a criara. Elas tinham sido super próximas até ela morrer dois anos atrás. Mia costumava trabalhar muitas horas, e Bea sempre costumava lembrá-la de ir devagar, de *parar e cheirar as flores de vez em quando*. Mia até tinha gravado a frase na lápide de sua avó. Então a tatuagem de uma abelha cheirando uma flor era perfeita para ela.

— É incrível demais, Billie — eu disse. — Me faz querer fazer uma.

— Quando estiver preparada, ficarei honrada.

Billie deu um monte de instruções pós-sessão para Mia, então passou uma pomada no pulso dela e o envolveu com plástico-filme. O estúdio tinha ganhado vida conforme ela estava finalizando. Justine, a recepcionista, agora estava na recepção, e Deek, um dos tatuadores que trabalhava ali e também morava no prédio, estava arrumando sua estação. Logo, o primeiro cliente de Billie apareceu.

— Muito obrigada por vir cedo para fazer isto para mim — Mia falou. — Ficou tudo que eu esperava e mais.

— Sem problema. Fico feliz que tenha gostado.

— Talvez nós três possamos sair para tomar um drinque enquanto eu estou na cidade.

Billie assentiu.

— Eu gostaria. Vou convidar Lala também, se não se importar. Estamos tentando sair de vez em quando, para não falarmos sobre bebê vinte e quatro horas por dia.

— Seria ótimo — Mia disse. — Eu adoraria conhecê-la.

Todas nós demos um abraço de despedida. Na área da recepção, Mia se aproximou do balcão. Justine estava no caixa.

— Quanto devo?

— A chefe falou que esta é por conta da casa.

— O quê? — Mia balançou a cabeça. — Não posso fazer isso. Ela acabou de desenhar uma obra de arte no meu corpo. Qualquer que seja o valor, tenho certeza de que não é suficiente. Mas preciso pagá-la.

— Billie falou que Devyn é da família, então isso se estende a você. Ela tem uma política de que *família não paga*. Acredite em mim, trabalho aqui há anos. Não há como discutir com a mulher quando ela toma uma decisão.

— Nossa, isso é incrivelmente generoso. — Mia olhou para mim. — Esse drinque vai ter que ser, no mínimo, um jantar agora, com sobremesa e vinho caro.

Eu sorri.

— Parece um bom plano para mim.

Mais dois clientes entraram, então agradecemos a Justine e saímos do caminho. Mia estava ocupada guardando o cartão de crédito na carteira conforme andamos até a porta, então não viu uma terceira pessoa entrando até trombar nela. Mia cambaleou, quase se desequilibrando, mas o cara segurou seus cotovelos, estabilizando-a.

— Eita. *Mi dispiace tantissimo!* — ele disse. — Você está bem? Sinto muito, *signorina*!

O queixo de Mia caiu.

— Ai, meu Deus.

Entendia esse sentimento, só que não falei em voz alta. *Caramba.*

O cara era lindo. Pele morena, olhos verdes brilhantes e estrutura óssea de um deus grego — ou, na verdade, um deus italiano. Tinha cabelo meio comprido, o que normalmente não era meu estilo, mas combinava totalmente com ele. Sem contar que o sotaque italiano lindo o elevava de um dez fácil para, no mínimo, um vinte.

— *Sei ferito?* — ele disse. — Se machucou?

Mia só continuou encarando.

A expressão do homem ficou preocupada quando ela não respondeu.

— Senhorita?

Cutuquei minha amiga.

— Mia, responda. Use suas palavras.

Ela fechou a boca e balançou a cabeça, piscando.

— Ah… sim. Estou bem.

Ele sorriu.

— Está, sim. *Muito bem, signorina.*

Billie deve ter ouvido a movimentação e saiu da sala dos fundos.

— O que aconteceu? Está tudo bem?

— Está tudo certo — eu disse. — Mia só trombou neste homem quando estávamos saindo.

— Você está bem, Mia? — Billie perguntou.

Mas os olhos de Mia ainda estavam grudados no cara.

— Ele acha que estou bem.

Billie deu risada.

— Mia, este é Marcello. Ele é um tatuador convidado aqui para os próximos meses. Marcello, estas são Mia e Devyn.

Marcello ergueu a mão de Mia para seus lábios para um beijo.

— *Sei bello.*

— Nada de dar em cima das minhas amigas, Marcello — Billie

alertou. — Ou vou te mandar de volta para aquele vilarejo que você chama de lar na Itália.

Eu não sabia se Marcello sequer tinha ouvido sua chefe. Ele e Mia estavam travados em um olhar sério. Aparentemente, eu não fui a única que percebeu.

— Terra para Marcello — Billie falou. Quando ele não se mexeu, ela colocou dois dedos de cada mão na boca e soltou um assobio ensurdecedor.

Deu certo. Marcello soltou a mão de Mia e deu tchau.

Billie revirou os olhos, brincando.

— Tchau, gente. Logo te mando mensagem sobre os drinques, Dev.

— Ok, ótimo.

Mia foi até a porta, mas parou de repente.

— Espere! Marcello!

Ele se virou.

— Tem alguma montanha no seu vilarejo na Itália?

— Sim. Claro. Muitas. Moro em Positano. Muito, como vocês dizem… montanhoso?

— Há alguma chance de você ser dono de um iate enorme?

Marcello sorriu.

— Iate? Não.

Dei risada e abri a porta.

— Vamos, maluquinha…

CAPÍTULO 22

Devyn

E pensar que começou como um domingo normal. Heath e Hannah estavam no centro comunitário, e eu estava curtindo um tempo sozinha, grata pelo silêncio.

Tudo mudou quando o celular tocou, interrompendo minha observação tranquila da janela e meu café.

— Alô? — atendi.

Soou uma voz automática na linha, perguntando se eu queria aceitar uma ligação a cobrar de uma instituição correcional.

Meu coração se apertou. Eu simplesmente soube.

Depois de aceitar, ouvi a voz dela, que soou esganiçada.

— Devyn...

Pisquei.

— Mãe?

— Estou muito encrencada. Preciso da sua ajuda.

— Onde você está?

— Estou presa... em Boston.

Deveria ter ficado surpresa, mas não fiquei.

— O que houve?

— Não posso falar muito. Mas preciso que venha pagar minha fiança.

Parecia que tinha fumaça saindo das minhas orelhas.

— Por que eu deveria fazer isso?

— Sei que não deveria ter ido embora.

Soltei uma respiração frustrada.

— Vai ter que agir um pouco mais arrependida do que isso.

— Vou explicar mais quando você vier.

— Qual é o nome da prisão?

— South Bay.

— Não acredito nisto — murmurei.

— Por favor, só venha. Juro que vou explicar tudo. É muito perigoso aqui.

Sem nem responder, desliguei e aproveitei para respirar. Por mais que ela não merecesse que eu a resgatasse, não poderia deixá-la lá. Precisava trazê-la de volta — mesmo que fosse só para mandá-la para o inferno.

Owen tinha um monte de exibições hoje. A última coisa que eu queria era incomodá-lo ou pedir seu carro emprestado, o qual ele estava usando para ir de um local a outro. Meu pensamento seguinte foi ligar para Mia, mas ela tinha um evento importante na galeria nova hoje.

Billie não trabalhava aos domingos... Por mais que eu detestasse interromper seu dia de folga, ela havia se oferecido, repetidamente, para cuidar das crianças quando eu precisasse. Tinha dito a mim mesma que não iria aceitar sua oferta a menos que precisasse muito. Mas isso se qualificava como uma emergência.

Liguei para ela.

— Oi, Devyn — ela atendeu. — E aí?

— Billie, preciso pedir um favor. — Engoli em seco. — Posso deixar Heath e Hannah na sua casa hoje? Tenho que sair da cidade provavelmente até esta noite.

— Claro, mas o que está havendo? Você parece chateada.

— Minha mãe está presa em Boston. Tenho que pagar a fiança dela.

— Ai, meu Deus. O que ela fez?

— Ainda não sei. E não sei se me importo.

— Como vai chegar lá?

— Vou alugar um carro.

— Tem certeza? Pode pegar o nosso emprestado. E o Owen?

— Não quero deixar você e as crianças sem carro. E não quero incomodar Owen enquanto ele está trabalhando. Não sei quanto tempo vou demorar exatamente. Então vou me sentir mais confortável alugando um.

— Certo... Bom, fale para as crianças virem para cá quando precisarem. Eles podem ficar o quanto precisarem. Podem passar a noite também.

— Muito obrigada, Billie. Agradeço mesmo. Eles estão no centro comunitário agora, mas vou fazê-los irem direto para sua casa quando voltarem. Ainda não vou contar a eles o que está acontecendo.

— Não se preocupe. Não vou falar nada.

Muito grata pela generosidade dela, suspirei.

— Obrigada de novo, agradeço mesmo sua ajuda.

Felizmente, havia um lugar de aluguel de carros perto do prédio e, quarenta e cinco minutos depois, consegui alugar um sedã pequeno.

Peguei a estrada, mas fiquei mais ansiosa a cada quilômetro.

Em certo momento, enquanto continuava dirigindo para o norte na I-95, tive uma sensação de formigamento nos dedos, como se tivessem alfinetes e agulhas da base da minha mão até a ponta dos dedos. Apertei o volante, e uma onda de calor tomou meu corpo. Então minha visão ficou um pouco embaçada conforme a adrenalina percorreu meu corpo.

Era um velho e familiar amigo, mas bastante indesejado. *Pânico*. Eu não tinha um ataque de pânico há anos — até agora. E não havia lugar seguro para parar o carro. Isso só piorou o pânico. Me senti presa.

Depois de muitos minutos excruciantes, finalmente peguei uma saída em algum lugar de Connecticut.

Parando em um estacionamento de igreja, coloquei o carro no ponto-morto e tentei respirar. Temi não conseguir voltar para a estrada; precisava conversar com alguém para me acalmar. Liguei imediatamente para Owen, que atendeu no segundo toque.

— Oi, Devyn. O que est...

— Preciso que você fique no telefone comigo.

— O que aconteceu?

— Acabei de ter um ataque de pânico na estrada.

— Está machucada? — Sua voz tremeu.

— Não, não, não. Estou bem. Saí da estrada e estou no estacionamento de uma igreja.

— Você saiu da cidade? O que estava fazendo na estrada?

— Estou indo para Boston.

— O quê? Por quê?

Apoiando a cabeça no encosto do banco, suspirei.

— É a Vera. Ela me ligou da prisão de lá. Quer que eu pague a fiança dela.

— Por que não me ligou?

— Você tem várias exibições o dia todo. Não queria te incomodar. Mas, quando entrei em pânico, a sua voz era a única que eu precisava ouvir.

— Onde você está agora?

— Connecticut.

— Preciso que seja mais específica.

Semicerrei os olhos para enxergar a placa.

— Na igreja St. Andrew's. Branca com uma torre grande. Provavelmente a quase cinquenta quilômetros da cidade.

— Deixe-me pesquisar. — Ele pausou. — Ok. É em Greenwich. —

Ouvi umas coisas se mexendo quando ele disse: — Estou indo para aí agora.

Me sentei direito de repente.

— Owen, você não pode abandonar seus compromissos. Só liguei para conversar para que possa me acalmar o suficiente para voltar para a estrada.

— Já estou no carro, Devyn. — Soou o alerta de apertar o cinto. — As duas últimas exibições podem esperar.

— De verdade, não liguei para você vir. Me sinto mal.

— Não se sinta mal. Prefiro ver você a trabalhar, de qualquer forma. Além do mais, você não deveria dirigir se está em crise. Não somente isso, não deveria ter que fazer isto sozinha.

As palavras dele fizeram meu coração querer explodir.

— Lidei com tudo sozinha na maior parte da minha vida, Owen.

— Não significa que está certo. — Ele pausou. — Não precisa mais fazer isto. Certo?

— Certo — sussurrei.

— Sem contar que agora não é uma boa hora para você ficar estressada. Principalmente depois do que aconteceu na noite do casamento de Holden.

Ele tem razão.

— Pensei que poderia lidar com isto sozinha. Mas o pânico me pegou no momento mais inoportuno.

— Tem problema você esperar nesse lugar até eu chegar aí?

— Não, mas o que vamos fazer com meu carro alugado?

— Vamos deixá-lo estacionado. Vou te levar aí na volta de Boston.

Soltei uma respiração trêmula.

— Obrigada, Owen.

— Vamos ficar no telefone — ele disse.

Relaxando os ombros, fechei os olhos. Me senti uma droga por interromper o dia dele, mas fiquei feliz pra caramba de não ter que ir para Boston sozinha.

Custou dois mil dólares para tirar Vera da prisão até sua primeira audiência em um mês.

Minha cabeça girava ao sairmos da corte, Owen de um lado meu e Vera do outro. Voltamos para o estacionamento onde o carro de Owen estava.

Minha mãe acabou sendo presa porque esfaqueou o namorado. Por mais que eu soubesse que Vera era louca, também sabia que ela não era uma pessoa violenta.

— O que realmente aconteceu? — perguntei a ela.

— Bo veio até mim com uma garrafa de vinho quebrada, então peguei uma faca de cozinha e a balancei para tentar me proteger. Não queria realmente esfaqueá-lo. Ele chamou a polícia e disse a eles que eu o tinha atacado sem motivo. Mas foi autodefesa.

— Em que condição ele está?

— Ele está bem... em condição boa o suficiente para tentar me atacar e chamar a polícia quando sabe muito bem por que isso aconteceu. — Ela suspirou. — Eu deveria ter matado o desgraçado quando tive a oportunidade.

— Não houve testemunhas?

— Não. Estávamos só nós dois na casa dele... além de seu pastor-alemão.

Owen, que parecia que queria xingá-la de todos os nomes possíveis desde que a vira, estivera se contendo, provavelmente por minha causa. Mas, enfim, ele se descontrolou.

— O que estava fazendo em Boston enquanto seus filhos estavam vivendo sozinhos? — ele bradou.

— Quem é esse cara, Devyn? — Vera perguntou, como se ele não estivesse conosco o tempo todo.

— Ele é... — hesitei.

— Sou o namorado dela — Owen respondeu naturalmente. — Também sou seu senhorio, apesar de nunca termos nos conhecido formalmente.

Namorado. Então tá.

— Ah. Pensei que parecia familiar. É um prazer te conhecer formalmente.

— Queria poder dizer a mesma coisa, Vera.

Owen abriu seu carro, e nós três entramos. Owen e eu nos sentamos na frente e minha mãe, atrás.

— Então, imagino que não vamos ter nenhuma explicação lógica para seu desaparecimento? — eu disse.

— Precisava de ajuda com o aluguel. Pensei que Bo fosse um cara bom por um tempo. Me falou que cuidaria de mim se eu viesse morar com ele em Somerville por um tempo.

— Ele não sabe que você tem filhos? — chiei.

— Sabe.

— Não se importou de tê-los abandonado? — Owen perguntou, olhando desafiadoramente para ela pelo espelho retrovisor.

— Pensei que Heath pudesse cuidar de si mesmo e da irmã por um tempo. Sei que, talvez, isso soe loucura para você, mas ele é um garoto responsável.

— Ele tem quinze anos! — gritei.

Owen balançou a cabeça.

— Eu ficava bastante sozinha aos quinze anos — minha mãe falou.

Me virei para encará-la.

— Provavelmente é por isso que você é tão zoada.

Vera arregalou os olhos.

— É assim que você fala com sua mãe?

Me virei de volta e fechei os olhos, muito exausta do dia.

Owen respondeu no meu lugar.

— Vera, acho que perdeu o direito de qualquer respeito no dia em que abandonou seus filhos... na verdade, no primeiro dia que abandonou Devyn há muitos anos.

— Quanto você contou para esse cara, Devyn?

— Ele sabe de tudo — murmurei.

— Bem, não é surpresa que não goste de mim, Owen. Mas, acredite, você não me conhece nem sabe dos meus motivos. Acho que meus filhos ficam melhores sem mim às vezes, então os deixo sozinhos de vez em quando. Heath e Hannah são inteligentes. Confie em mim.

Me endireitei no banco.

— Isso não faz sentido. Nenhuma criança fica melhor abandonada para viver sozinha sem os pais. Por mais que você me magoasse na infância, eu sempre te queria por perto. Essa é a parte zoada.

Ela se esticou para tocar meu ombro.

— Desculpe, Dev.

Me encolhi com o contato.

— Quantas vezes já ouvi isso, mãe? Sério...

Após um longo momento de silêncio, Owen falou de novo.

— Não tem como você saber o quanto é sortuda de Devyn se importar o tanto que se importa, do quanto é sortuda de, apesar de tudo, ela ter vindo pagar sua fiança. Tem ideia do quanto ela sacrificou para estar aqui para os irmãos?

— Ninguém pediu para ela fazer isso — Vera teve a ousadia de dizer.

Me virei para olhar para Owen. A expressão dele era simplesmente... triste. Eu sabia que ele sentia pena de mim. O que eu detestava. Mas, ao mesmo tempo, me sentia validada por ele, enfim, testemunhar isso com os próprios olhos. Ele pôde ver o que eu precisara suportar por tanto tempo, o quanto Vera era irracional e narcisista. O quanto era desanimador tentar conversar com alguém cuja percepção da realidade era tão deturpada.

— É exatamente por isso que o que ela fez é extraordinário — ele respondeu. — Ninguém pediu que ela viesse ajudar. Ela simplesmente veio. É o que se faz por amor, Vera. Pela família. — Ele se esticou para pegar minha mão e passou o polegar no meu.

Não conseguia imaginar como essa viagem teria sido diferente se eu tivesse vindo buscá-la sozinha. Teria sido péssimo. A vida era muito diferente quando alguém te apoiava.

— Bem, agora que estou indo para casa, você pode voltar para sua vida na Califórnia — ela disse.

Me virei para encará-la de novo.

— Está brincando, certo?

— Não, claro que não.

Ergui uma sobrancelha.

— Acha que realmente confio que você não vai abandoná-los de novo?

Ela deu de ombros.

— Não planejo ir a lugar algum.

— Certo. — Bufei, cruzando os braços. — E quanto às suas datas judiciais pendentes? Que confusão. Só Deus sabe quantas vezes você vai ter que voltar lá.

— O caso será anulado assim que eles olharem o histórico dele. Ele já foi violento.

— Então por que você abandonou sua família para ficar com esse homem?

— Não sei. — Ela suspirou. — Nem sempre se pode escolher quem comanda o barco. Meio que você e aquele ator, certo? Com certeza, ele não é a melhor pessoa por dentro, mas aposto que ele tem o sexo bom.

— Por que você diria uma coisa dessa agora? — eu a repreendi.

— Bem, por que deveria respeitar os sentimentos do seu namorado quando ele não me respeita?

Owen ergueu a voz.

— Não precisa me respeitar, Vera. Mas precisa começar a respeitar sua filha.

— Sabe de uma coisa? — ela bufou. — Tem razão. Desculpe. Desculpe por tudo isto. Só quero chegar em casa e ir dormir.

— Ah, pobrezinha. — Revirei os olhos. — Tão cansada.

— Estou mesmo. Já esteve na prisão? Você não sabe como é.

— Não — retruquei. — O que é meio milagroso, dada a minha infância.

Quando chegamos, Owen se recusou a me deixar no carro alugado, que ainda estava no estacionamento da igreja. Ele falou que pegaria o carro de volta pela manhã. Fiquei profundamente grata por isso, já que estava exausta e só queria chegar em casa.

Eu tinha atualizado Billie do que estava acontecendo, e ela havia oferecido ficar com as crianças durante a noite para que não tivéssemos que causar uma cena. Eu pedira que ela continuasse não dizendo nada a eles sobre Vera. Eu iria lá de manhã antes de eles terem que ir para a escola para explicar as coisas. As crianças estavam sob a impressão de que eu viajara para encontrar um potencial cliente.

Quando voltamos para o apartamento, Vera, enfim, mencionou Heath e Hannah pela primeira vez o dia todo.

— Onde estão meus filhos?

— Legal você perguntar deles — eu disse, sarcástica. — Vão passar a noite na casa de uma amiga. Não fazem ideia da confusão em que você se meteu, e não quero assustá-los tão tarde assim.

Ela tirou os sapatos.

— Ok, então. Vou me aproveitar da paz. Vou tomar banho e ir direto para a cama.

— É, faça isso — eu respondi amargamente. Me virei para Owen e murmurei: — Ela vai aproveitar a paz. Legal, né?

Owen não falou nada, só envolveu os braços em mim.

— Sinto muito.

Falei no peito dele:

— Não é culpa sua.

— Bem, sinto que *alguém* precisa se desculpar por essa mulher. Você merece muito mais.

— De certas formas, eu queria que ela nunca voltasse. Agora tenho que pensar em como cuidar *dela* também. — Olhei para ele, vendo meu reflexo em seus lindos olhos azuis.

— Por que não fica na minha casa esta noite? Juro que não vou tentar nada. Só quero dormir ao seu lado.

Normalmente, eu teria ficado com a cama de Hannah, mas não estava preparada para deixar Owen. O dia seguinte seria uma merda. Naquela noite, eu só queria dormir nos braços dele.

— Ok. — Assenti. — Vamos sair daqui.

Na casa de Owen, ele preparou um banho de banheira para mim e me deixou sozinha aproveitando.

Quando saí do banheiro, ele havia fatiado uma maçã e colocado pasta de amendoim por cima. Ele a serviu para mim em um prato com alguns chocolates.

— Não é muita coisa. Mas é o melhor que pude fazer com uma geladeira quase vazia. Se não fosse tão tarde, eu teria comprado torta para você.

— É perfeito — eu disse quando mordi uma fatia da maçã. *Era mesmo.*

Owen massageou meus pés enquanto eu comia a maçã com pasta de amendoim. Estendi uma fatia para ele, e ele mordeu. Um pouco do pânico de mais cedo voltou por um instante fugaz, apesar de não ser por causa de Vera. De repente, me lembrei do que Billie tinha me enviado por mensagem no outro dia: o site para o teste de paternidade não invasivo que poderia ser feito com sete semanas. Quase queria nunca ter descoberto sobre isso. Eu não estava pronta.

Se havia uma chance de eu perder Owen depois de descobrir? Poderia *nunca* estar pronta.

CAPÍTULO 23

Owen

Devyn tinha ficado quieta a maior parte da noite. Quem não ficaria depois do dia que ela tivera? Apesar de que ela pareceu especialmente perdida em pensamentos depois que fomos para a cama. Ela se deitou de lado, encarando a outra direção. Eu queria lhe dar espaço, mas então ouvi sua respiração irregular.

— Dev?

— Sim?

— Vire-se.

— Não posso. — Ela fungou.

— Por que não?

— Porque você vai ser gentil comigo e, então, vou desmoronar por completo.

Coloquei a mão no ombro dela e a guiei delicadamente para suas costas.

— Talvez você precise desmoronar para se sentir melhor.

Ela gemeu.

— Caramba, por que você não consegue ser cruel? Lá vai você... — Devyn agitou os braços. — Está feliz agora? Estou chorando. Estou *chorando muito*.

Me sentei, tirei-a da cama e a coloquei em meus braços.

— Não, não estou feliz por você estar chorando. Estou muito puto com Vera por isso. Mas *você* precisa desabafar, querida.

Devyn enterrou a cabeça no meu peito. Seus ombros começaram a tremer, e senti lágrimas quentes escorrerem por minha pele. Acariciei seu cabelo e sussurrei:

— Estou com você. Sei que tudo parece uma confusão agora, mas prometo que vai melhorar.

Ela soluçou.

— Como? Como pode prometer isso?

— Porque vou estar bem ao seu lado e vou segurar sua mão. O peso é menor quando não se está carregando sozinho.

Devyn gemeu.

— Você é tão maravilhoso. Nem te mereço.

— Não faça isso. Não se coloque para baixo. As ações da sua mãe não são um reflexo de você.

Ela secou as bochechas e balançou a cabeça.

— Como vou deixar as crianças com ela? Ela vai fazer isso de novo. É só uma questão de tempo.

— Você pensa em brigar com ela pela guarda? Quero dizer, você já é a guardiã temporária deles, e ela acabou de ser presa por agressão depois de abandonar os filhos. Não consigo imaginar que as ações dela não seriam levadas em consideração se você quisesse ter a guarda permanente.

— Nem sei como vou administrar minha empresa e ter um filho, muito menos *três* filhos.

— É muita coisa. Eu entendo.

Ela respirou fundo e expirou de maneira trêmula.

— Mas, por outro lado, como posso deixá-los com ela? Sinto que Heath e Hannah acabaram de começar a confiar em mim. A última coisa de que eles precisam é que outra pessoa os abandone. Se eu fosse embora, da próxima vez que Vera sumisse, eles nem me ligariam. Eu só seria outra pessoa de quem não podem depender, e eles cuidariam de si mesmos.

— E se você ficar por perto para eles sempre sentirem que você está próxima? Pode ficar de olho em Vera e intervir quando necessário. Assim eles não se sentem abandonados e você também tem um pouco de espaço para viver sua própria vida com o bebê.

— Seria ideal. Só que moro na Califórnia.

Meu coração se apertou. Claro que eu sempre soubera que seu lar permanente não era ali. Acho que tinha ignorado isso ultimamente, torcendo para ela, num passe de mágica, começar a pensar que agora pertencia a Nova York. Eu não tinha certeza se queria saber a resposta, mas não podia *não* perguntar agora...

— Pensaria em se mudar para cá um dia?

— Seria muito difícil para o meu trabalho. A maioria dos meus clientes moram na Califórnia, além de todas as conexões que preciso manter.

— Sempre tem o Zoom...

— Eu sei. — Ela suspirou. — Só que é difícil pensar em me mudar ou fazer qualquer transformação grande na minha vida quando... sabe, há tanta coisa desconhecida.

E lá estava. O elefante sempre presente na sala: paternidade. Será que morar aqui seria uma escolha se Robert acabasse sendo o pai do bebê? Imagino que ela teria que compartilhar a guarda com ele, e fazer um bebê voar de um lado a outro para visita de fim de semana não era prático. Isso me fez pensar... Eu mudaria minha vida para ficar com ela? Presumindo que ela quisesse ficar comigo, mesmo que o bebê acabasse sendo dele, será que eu sairia de Nova York e a seguiria de volta para a Califórnia? Seria como começar de novo minha carreira, já que todos os meus contatos e conexões estavam ali na cidade. Caramba, eu nem tinha certeza se dava para transferir minha licença de corretor para lá. E eu estaria destruindo uma família se fizesse tudo isso? Talvez ela e Robert reatassem se eu não estivesse em cena — criassem o filho deles juntos. Esse pensamento me deixou enjoado.

— Há... uma coisa que provavelmente devo te contar — Devyn disse.

Congelei. Não parecia bom.

— O quê?

— Acho que vou poder descobrir a paternidade do meu bebê em breve... mais cedo do que eu pensava.

— Ah, é?

Ela engoliu em seco e assentiu.

— Eu tinha presumido que o único jeito era fazer uma amniocentese, que normalmente não é feita antes das quinze ou vinte semanas. E eu nem tinha certeza se era a coisa certa a fazer, já que fazer o teste gera alguns riscos para o bebê.

— Certo...

— Mas acabou que tem um teste não invasivo agora. É tão simples quanto um exame de sangue e uma coleta com cotonete na parte de dentro da sua boca, e uns dias depois saberemos se o bebê é seu ou não.

— E quando você pode fazer isso?

— Fiz uma pesquisa on-line, e parece que pode ser feito a qualquer momento a partir de agora.

— Uau.

Os ombros de Devyn caíram.

— É.

Descobrir que não precisaríamos esperar deveria ser uma boa notícia, mas não era. Um olhar para a expressão de Devyn me disse que ela também não estava empolgada. Eu sabia por que me sentia carrancudo — porque e se o teste confirmasse que eu não era pai do bebê? Não saber tinha facilitado ter a esperança...

Meus olhos se fixaram nos de Devyn. Depois de muitos minutos, apertei a mão dela.

— Quer que eu vá com você fazer o teste?

Ela tentou sorrir, mas não conseguiu. Seus olhos se encheram de lágrimas.

— E se o bebê for de Robert?

Queria ter uma resposta que pudesse fazê-la se sentir melhor. Detestava vê-la chateada. Mas também não poderia mentir para ela.

— Não sei.

Na manhã seguinte, Devyn saiu cedo do meu apartamento para pegar as crianças na casa de Billie e Colby. Ambos estavam de folga da escola naquela manhã, mas tinham que ir para o Regents Exams à tarde. Ela planejou levá-los para tomar café da manhã fora e dar a notícia de que Vera estava de volta. Quando eu tinha limpado minha agenda na tarde anterior para ir para Boston, também havia reagendado tudo que tinha naquela manhã — só no caso de precisar. Então, para variar, não estava com pressa para chegar ao escritório. Sentia que precisava conversar com alguém, mas não era muita gente que sabia sobre a gravidez de Devyn. Apesar de que, quando passei pelo estúdio de tatuagem, percebi que havia uma pessoa que sabia exatamente tudo que estava acontecendo comigo. Billie era a pessoa perfeita para conversar também por causa de sua situação.

Justine, a recepcionista, não estava na frente quando entrei, mas os sinos soaram acima da porta, fazendo Billie colocar a cabeça para fora da sala dos fundos. Ao me ver, ela saiu por completo de trás da porta.

— Ei, estranho. — Ela sorriu. — Como vai?

Dei de ombros, tentando erguer os cantos dos meus lábios, mas desconfiei que poderia ter parecido mais uma careta.

— Tenho vivido dias interessantes.

— Imagino. Devyn me atualizou sobre a prisão de Vera quando desceu para buscar as crianças. Essa mulher tem muita ousadia de ligar para pedir o pagamento de uma fiança após a porcaria que fez.

Quando não respondi, Billie semicerrou os olhos.

— Você está bem, Owen?

— Minha cabeça está bastante bagunçada, para ser sincero.

Ela assentiu e gesticulou para a porta da frente.

— Quer dar uma caminhada e pegar um café?

— Claro. Se você tiver tempo.

— Tenho. Só me dê um segundo. Justine está nos fundos fazendo um inventário rápido das tintas. Preciso falar para ela que vou sair um pouco.

Ela desapareceu por alguns minutos e voltou com uma bolsa com franjas pendurada no ombro. Abri a porta da frente para ela.

— Está com pressa? — ela perguntou. — Há um novo café a algumas quadras que tem uma placa de café de pistache. Estou morrendo de vontade de provar.

— Ótimo. Fale onde é.

Billie e eu conversamos amenidades enquanto andávamos. No café, discutimos sobre quem iria pagar, e forcei meu cartão de crédito no caixa. Então andamos até o pequeno parque do outro lado da rua e nos sentamos em um banco.

— Então, converse comigo. — Ela tirou a tampinha plástica do topo de seu café. — O que te fez surtar?

Eu sorri.

— E aqui estou eu fingindo estar bem.

— É porque Vera voltou? Você está preocupado que Devyn vá voltar para a Califórnia?

— Claro que essa é uma preocupação, mas, estranhamente, acho que poderíamos fazer funcionar a questão da longa distância se precisássemos. Eu estaria disposto a tentar, de qualquer forma.

— Uau. Certo. Então o que está te incomodando?

Passei a mão no cabelo.

— Descobri ontem à noite que há um teste simples de paternidade, e podemos descobrir em apenas alguns dias.

Billie sorriu com pesar.

— Na verdade, eu sabia disso. Fui eu que falei para Devyn sobre o teste. Mas isso não é uma coisa boa? Vocês vão saber, definitivamente, se você é o pai ou não.

Meu peito ficou pesado.

— Mas o que acontece se não for eu? Saio de cena e os deixo tentar ser uma família?

— Ah, nossa. Foi isso que te fez surtar? Owen, uma família não é o doador de esperma e de óvulo e o filho que eles produzem. O que faz uma família é o amor e o comprometimento, estar lá todos os dias quando alguém precisa de você. Acha que não sou mãe de Saylor porque não temos o mesmo sangue?

Balancei a cabeça.

— Nem me lembro dos dias antes de você entrar na vida de Colby e Saylor. Você é a melhor coisa que aconteceu para ambos.

— E eles são a melhor coisa que já aconteceu para mim. Qualquer uma pode ser mãe, mas é algo especial quando uma criança *escolhe* aceitar você como pai ou mãe, e você *escolhe* aceitá-los como filhos.

Assenti.

— Entendi. E o que você e Saylor têm é maravilhoso. Acho que minha questão é menos sobre o bebê e onde eu me encaixaria, e mais por eu estar aterrorizado por Devyn ainda ter sentimentos por Robert. E se ele for o pai e ela quiser dar outra chance a ele?

— Bom, não vou mentir. Acho que essa é uma preocupação realista.

Franzi o cenho.

— Obrigado.

— Mas o que você está fazendo quanto a isso?

— Como assim? O que posso fazer? Não posso obrigá-la a não ter sentimentos por um cara.

— Não, mas ela, obviamente, tem sentimentos por você também. Lute pelo que quer.

— Como faço isso?

— Coloque seu coração para fora. Você a tem apoiado bastante, indo com ela aos lugares, ajudado-a com as crianças... suas ações mostram que está comprometido. Mas uma mulher também gosta de ouvir isso. Já falou para Devyn que está apaixonado por ela e que quer ficar com ela independente do resultado do teste de paternidade?

Meu coração começou a acelerar.

— Não.

Billie deu de ombros.

— Não sou expert em amor, mas talvez você devesse começar daí. A pior coisa que pode acontecer é você se declarar e não dar certo. Mas tenho que imaginar que é bem mais fácil seguir em frente daí do que *não se declarar* e sempre se perguntar se as coisas poderiam ter sido diferentes.

Ela tinha razão. Eu me puniria por um bom tempo se não desse tudo que tinha. Respirei fundo e assenti.

— Você é uma mulher sábia, Billie. Mesmo que tenha escolhido meu amigo idiota Colby.

Ela sorriu.

— Claro que sou. Agora levante-se e vá pegar sua garota.

Sequei a palma das mãos na calça jeans pela terceira vez em dez minutos e me estiquei para pegar a maçaneta da porta. Não quero ser brega, mas ver Devyn parada do outro lado da soleira tirou meu fôlego.

— Oi. — Ela sorriu. — Só posso ficar uns quinze minutos. Heath sai da pizzaria às oito, e vou até lá para buscá-lo. Acho que ele falou umas dez palavras quando viu Vera depois da escola, então pensei que talvez ele queira desabafar em particular.

Assenti e fui para o lado.

— Provavelmente é uma boa ideia.

Devyn arregalou os olhos quando entrou na cozinha.

— Ai, meu Deus. O que é tudo isto?

— Falei para você que comprei uma sobremesa para nós.

— Você falou sobremesa, não uma confeitaria inteira.

Acho que eu tinha exagerado um pouco. A mesa da cozinha tinha quatro caixas brancas de doces, uma cheia com docinhos variados, uma com meia dúzia de cupcakes, uma com um monte de cookies e uma, claro, com uma torta de limão.

Devyn lambeu os lábios ao olhar os conteúdos de cada.

— Ah, nossa. Se você vai me dar um fora, pode, por favor, não o fazer até depois de eu ter comido?

— Dar um fora?

— Você falou que comprou sobremesa e queria conversar comigo sobre uma coisa. Isto parece um banquete de consolação. Sabe: "Desculpe por não querer mais você na minha vida, mas, olha, encha a barriga com estes doces. Vai se sentir melhor".

Dei risada.

— Sente-se. Vou pegar um prato para você e algo para beber.

Devyn tinha um cannoli na boca quando tirei o leite da geladeira. Me fazia sorrir vê-la comer.

— Como estava Hannah esta noite? Melhor do que quando você contou a ela que Vera estava de volta nesta manhã? — perguntei.

— Quieta. Ela vai demorar um tempo para superar ficar brava com Vera. Se ela for parecida comigo, provavelmente vai acontecer isso um dia antes de a Querida Mamãe ir embora de novo. Juro, a mulher tem um *timing* impecável.

— Como você está indo?

— Melhor agora com este cannoli. Não vai comer nada?

Eu nem tinha jantado. Estivera uma pilha de nervos o dia todo, e parecia que poderia vomitar se colocasse comida no estômago.

— O que você queria me falar? — Devyn enfiou o resto do cannoli na boca.

Passara o dia pensando no jeito certo de contar a Devyn o que sentia por ela, até ensaiei em frente ao espelho. Mas, agora que ela estava sentada diante de mim, me deu um branco.

— Ãhh...

A expressão de Devyn murchou. Sua mão cobriu o coração.

— Ai, meu Deus. Você parece tão sério. O que aconteceu? Ah, não. Você *vai* me dar um fora, não vai?

— Não... não, não...

— Então o que é? Você está bem?

Deus, eu estava estragando isto mesmo. Balancei a cabeça.

— Estou bem. Eu... eu acho que nossa conversa de ontem à noite sobre o teste de paternidade me fez pensar.

— Ok... — Ela parecia desconfiada. — Está nervoso por isso?

— Não. Bem, sim, mas não era isso que eu queria conversar com você.

— Então o que é?

Respirei fundo. Não era assim que eu tinha imaginado dizer a Devyn que estava apaixonado por ela. Não tinha muita experiência, já que nunca havia dito isso a ninguém. Ainda, de alguma forma, tinha imaginado que seria... não sei... menos falação e mais do coração. Talvez houvesse espaço demais entre nós. Empurrei minha cadeira para longe da mesa e estendi a mão.

— Venha aqui.

— No seu colo?

Assenti.

— Por favor.

Ela sorriu.

— Certo.

Quando nos tocamos, me senti bem mais calmo. Coloquei uma mecha de cabelo dela atrás da orelha.

— Estive pensando muito, e quero que saiba que quero ficar com você, independente do que o teste de paternidade disser. Porque... — Olhei nos olhos dela, engoli o nó de nervoso na minha garganta e reuni a maior coragem da minha vida. — Porque estou apaixonado por você, Devyn.

Ela cobriu o coração com a mão.

— Ah, nossa. Não estava esperando por isso.

— Desculpe. Sei que não é o momento mais romântico para dizer isso. Mas a consulta com sua médica é em dois dias e, com tudo acontecendo, não sei quanto tempo temos para romance. Mas pensei que era importante você saber que topo o longo prazo. Quero ficar com você, Devyn. Não faço ideia do que será isso... de onde você estará morando, se o filho que está carregando é meu ou se vai ter um bebê e dois adolescentes para criar... mas preciso que saiba que, independente do que for, quero estar lá.

Devyn olhou em volta para tudo menos para mim.

— Eu... Eu não sei o que dizer.

— Não precisa dizer nada. Só queria que soubesse.

Ela assentiu, desviando os olhos.

— Ok... hum, obrigada. — Depois de trinta segundos bizarros, ela se levantou. — É melhor eu ir, para Heath não chegar em casa sem mim. — Ela praticamente saiu correndo. — Obrigada pela sobremesa e pela, hum, conversa.

CAPÍTULO 24

Devyn

Na manhã seguinte, mais presentes embrulhados chegaram. Só de olhar para eles ficava sobrecarregada. Abri-los não era mais uma opção, já que eu não tinha onde esconder tudo. Como explicaria para as crianças se eles encontrassem coisas de bebê? Já era bem ruim ter pedido para Mia guardar as outras coisas que Robert havia enviado para que ninguém desconfiasse de nada. Mas Mia não tinha espaço para mais. E não poderia pedir para Owen guardar os presentes de Robert. Então, amontoei as novas encomendas no armário pequeno da sala e rezei para ninguém perceber.

Peguei o celular e liguei para Robert na Itália.

— Oi, querida — ele atendeu.

— Você precisa *mesmo* parar de enviar coisas.

— Não quero parar. Não tenho outro jeito de te mostrar que estou pensando em você. Além disso, pode ser meu filho, o que significa que tenho *todo* direito de mimá-lo.

— Você sabe que minha família ainda não sabe! Tenho que esconder tudo. Está me estressando.

— Ah. Merda. Ok... Não tinha pensado nisso. — Ele suspirou. — Acho que vou ter que encontrar outro jeito de mimar você. — Robert pausou. — Falando nisso...

Semicerrei os olhos.

— O que foi?

— Nós vamos precisar de um lugar maior.

— *Nós*?

— Sim, *nós*. Ou pelo menos eu... até conseguir convencer você a morar comigo.

— Você mora em uma mansão. É grande o suficiente.

— Mas não há terra suficiente. Estou pensando em colocar minha casa à venda e comprar algo com um jardim maior e uma piscina enorme.

Minha barriga estava cheia de nós. Ele estava indo rápido *demais*.

— Você não precisa de muito mais espaço para uma criança.

— Não seria só uma. Seus irmãos também podem morar conosco, porque sei que não quer deixá-los.

Parecia que a sala estava rodando à minha volta.

— Não sabe o que está dizendo. — Massageei minha têmpora. — Você não quer morar com dois adolescentes. Você mesmo é praticamente um adolescente... pelo menos a forma como age.

— Bem, é hora de eu crescer, não é?

Andei de um lado a outro.

— Qual exatamente é seu plano de conduzir suas *travessuras* de sempre em uma casa cheia de pessoas... pessoas para as quais você precisa dar exemplo, já pensou nisso?

— Eu pararia com tudo isso. Assim que você se mudar, assim que eu for pai, já era.

As pessoas não mudam com tanta facilidade... outra coisa que Vera tinha me ensinado. Revirei os olhos.

— É, tá bom.

— Estou falando sério — ele insistiu. — Tenho que crescer alguma hora, Devyn. E não há pessoa pela qual valha mais a pena fazer essa mudança que você. — Ele expirou. — Eu te amo.

Fechei os olhos.

Robert já tinha me falado inúmeras vezes que me amava, e desta vez simplesmente pareceu tão vazia quanto todas as outras. Mas a declaração de *Owen* na outra noite? *Aquilo* pareceu verdadeiro. Verdadeiro demais. Tinha me pegado desprevenida, e eu ainda não havia descoberto como processar isso. Só sabia que significava alguma coisa. Significa *muita* coisa. E minha reação tinha sido péssima.

— Acho, sim, que você acredita em tudo que está dizendo neste momento. Mas sinto que te conheço melhor do que você mesmo. Quando esta gravidez acabar e a realidade vier à tona, você ficará sobrecarregado. E vai voltar... correndo direto para seus velhos hábitos.

— Quero uma vida com você. Quero uma família. Por que não consegue acreditar em mim?

— E se este bebê não for seu?

Muitos segundos se passaram até ele finalmente dizer.

— Bem, aí ainda vou querer você. E vou cuidar de você e do bebê.

— Por que iria fazer isso?

Ele ergueu a voz.

— Por que sempre questiona meus sentimentos por você, Dev? Já te falei várias vezes que você é a única que me enxerga como eu mesmo, a única mulher neste mundo em quem posso confiar. Você é a pessoa com quem quero ficar. — Ele pausou. — O que posso fazer para provar que estou falando sério?

Quando permaneci em silêncio, ele me atingiu com outra pergunta.

— O que esse outro cara tem que eu não tenho?

— Confio nele — respondi imediatamente.

— Isso dói pra cacete — ele murmurou.

— Bem, você perguntou. — Balancei a cabeça. — Acho que a verdade dói *mesmo*.

— É *só* isso? Ele é confiável... ou você *realmente* gosta dele?

— Gosto dele.

— Está apaixonada por ele?

Eu não tinha aberto totalmente meu coração para Owen, não havia me permitido sentir todas as coisas naturalmente acontecendo entre nós, porque estivera com muito medo. Contudo, não iria analisar meus sentimentos por ele no telefone com Robert, isso era certeza. E, certamente, eu não ia admitir para Robert que amava Owen antes de falar essas palavras para o próprio Owen.

— Prefiro não falar sobre meus sentimentos por Owen com você — expliquei.

— Por quê? Eles me afetam. Preciso saber com o que estou lidando, Devyn. Preciso saber se você tem sentimentos por outro homem enquanto pode estar carregando *meu* filho dentro de você. Porque, se for esse o caso, é zoado.

Puxei meu cabelo.

— Bom, bem-vindo à minha vida.

— Você precisa me dar alguma garantia, Dev.

— Não posso te dar nada agora, Robert. Sinto muito. Nunca estive mais confusa na vida, e não tenho nada para dar a ninguém no momento.

— Quando podemos descobrir a paternidade?

Me senti enjoada.

— Tenho uma consulta médica chegando. Vou tocar no assunto com minha obstetra. Há um teste do qual fiquei sabendo recentemente que pode ser feito mais cedo, mas só vou fazê-lo se for preciso. Não quero arriscar um resultado falso ou colocar o bebê em nenhum tipo de risco. Então preciso pensar nas minhas opções.

— Que dia é a consulta?

— Amanhã.

— Promete que vai me manter atualizado?

— Claro que sim.

Deu para ouvir alguém falando com ele ao fundo.

— Estão me chamando — ele disse. — Tenho que ir.

— Certo — falei, aliviada por essa conversa estar chegando ao fim. — Boa sorte na filmagem hoje.

— Obrigado.

Vera veio por trás de mim depois de eu desligar.

— Está conversando com o menino de ouro?

Esperava que ela não tivesse ouvido nada do que eu dissera para Robert. Ela estava dormindo enquanto as crianças saíam para a escola e agora havia saído da cama quase ao meio-dia. Me sentindo ansiosa, ignorei a pergunta dela e peguei minha bolsa.

— Vou sair. Chegarei em casa antes de as crianças voltarem.

— Aonde você vai? — ela perguntou.

— Tomar um ar. — Bati a porta ao sair.

Peguei meu celular e liguei para Mia.

Ela atendeu no segundo toque.

— Oi, Dev.

— Está ocupada para almoçar?

— Estou mostrando a galeria para um cliente, mas devo ficar livre em breve.

Passando pelas pessoas, perguntei.

— Pode me encontrar? Vou até você. Estou indo nessa direção agora.

— Claro. Você parece esgotada. Está bem?

— Só preciso conversar.

Mia me encontrou em um restaurante no fim da rua de sua galeria. Ela entrou uns dez minutos depois de eu ter pegado uma mesa. Sua bunda nem tinha encostado na cadeira e eu já desabafei.

— Owen me falou que me amava.

Ela arregalou os olhos.

— Uau... sério?

— Ele também falou que quer ficar comigo, mesmo que o bebê não seja dele.

Ela apoiou os cotovelos na mesa e sorriu.

— Esse é um grande passo da parte dele.

— Eu sei. — Balancei a cabeça. — Robert falou a mesma coisa, mas, sinceramente, vindo dele, não é igual. Sinto que ele diria qualquer coisa neste ponto para não me perder. Ele tem esse... apego estranho comigo. Porque sou a única mulher que se importou com ele antes de sua fama. Acho que ele quer me manter por perto porque o faz se sentir bem. Mas ele não consegue ser verdadeiro comigo.

Ela arqueou uma sobrancelha.

— E Owen? Quais são as intenções dele em te falar que ama você?

Respirei fundo.

— Owen acha que está apaixonado por mim.

— Você não acha que ele esteja *realmente* apaixonado?

Por mais que eu não quisesse pensar em Vera neste instante, ela foi a primeira coisa que me veio à mente quando Mia fez essa pergunta.

— Sabia que minha mãe nunca perguntou como estou desde que ela voltou?

Mia estreitou os olhos.

— Por que fez isso?

— Fiz o quê?

— Mudou a conversa de Owen para sua mãe.

— Porque ela é o motivo de eu ter medo de perder as pessoas. Alguém como Owen poderia me destruir, Mia. Se me permitir me apaixonar por ele, e este bebê acabar *não* sendo dele... Não sei se ele consegue lidar com isso. Vai acabar indo embora. Ou talvez eu sabote as coisas porque sinto que ele ficaria melhor em uma situação diferente. Mas acho que amar Owen e deixá-lo me amar de volta é a coisa mais assustadora em que já pensei. — Esfreguei minha barriga. — Mais assustadora do que esta vida crescendo dentro de mim. — Expirei. — Então, sim, minha mente foi para Vera. Porque ela foi minha primeira experiência com o quanto dói quando o amor não dá certo.

— Entendo, Devyn. — Mia estendeu a mão para pegar a minha. — Mas você tem uma vida. Precisa encontrar um jeito de não permitir que o que sua mãe fez destrua isso. Você está saindo com um homem que parece te amar. Pode estar carregando o filho dele, e ele diz que quer ficar com você independente de qualquer coisa. Você não tem motivo para acreditar que ele vai te magoar. Olhe para os fatos.

Apesar da lógica das palavras dela, senti o pânico surgindo dentro de mim.

— Preciso saber quem é o pai. Isso que resume tudo.

— Por que a pressa? Porque, se Owen não for o pai, você vai embora?

— Essa não seria a coisa certa a fazer pelo bem dele? — choraminguei.

— Não se ele ama você. O fato de ele querer ficar com você independente disso diz muito. Através das ações, ele te deu todo motivo para acreditar no que ele diz. É disso que você precisa para seguir em frente.

A garçonete veio perguntar se queríamos começar com os drinques. Nunca desejara poder beber um coquetel mais do que hoje. Mas, infelizmente, seria somente água com gás para mim.

Depois que ficamos sozinhas de novo, Mia deu um tapa na mesa.

— Sabe do que acho que você precisa?

— Do quê?

— De uma pausa de toda esta análise. Tente parar de pensar nisso até a consulta com a médica. Aproveite um tempo com Owen. Deixe-o te amar. Tente aceitar isso em vez de afastá-lo. Porque sabe o que acontece se você o afastar muito?

— O quê?

— Vai funcionar em certo momento.

Fechei os olhos.

— Obrigada por tirar um tempo para me encontrar, Mia. Devo a você por todas as vezes que teve que ouvir minhas besteiras.

— Um dia vou conhecer o cara certo, e você não vai conseguir me impedir de tagarelar sobre ele. Aí vai conseguir compensar.

Eu sorri.

— Mal posso esperar.

— Apesar de que, com meu histórico, pode ser que eu tagarele sobre isso para sua filha. — Ela deu risada.

Eu tinha levado ao pé da letra o que Mia disse mais cedo. Então, embora fosse a véspera da minha consulta com a médica, jurei não deixar que isso arruinasse a noite que Owen e eu poderíamos ter juntos. Já tinha passado da hora de eu lhe dar a resposta que ele merecia à sua declaração de amor na outra noite... uma sincera. Quando ele dissera as palavras, eu tinha surtado. Ele merecia mais.

Bati à porta, rezando para ele estar em casa.

Ele abriu, tão maravilhoso como sempre com sua camisa desabotoada em cima e as mangas arregaçadas.

— Oi. — Ele sorriu. — Que surpresa boa.

— Surtei quando você me falou que me amava — anunciei.

Ele riu.

— Sei que surtou.

Dei de ombros.

— Acho que ficou óbvio.

— É. Não é novidade, Devyn. — Ele foi para o lado. — Entre.

Andei de um lado a outro.

— Você me odeia?

— Claro que não.

— Queria poder retirar aquelas palavras?

— Não, porque falei sério.

Parei de andar de um lado a outro.

— Não quero que você as retire.

Ele colocou as mãos nos meus ombros.

— Respire. Não vou a lugar nenhum. Tome seu tempo.

— Parte de mim tem medo de deixar esses sentimentos entrarem... não somente os seus, mas os meus sentimentos por você. Continuo usando minha mãe como desculpa para o meu comportamento, porém... ela me estragou mesmo, Owen.

— Vendo-a pessoalmente, em ação... — Ele balançou a cabeça devagar. — Entendi por que você é tão desconfiada. Não gosto mesmo dela, do jeito como ela trata você e seus irmãos. E não gosto, principalmente, por fazer você acreditar que, de alguma forma, não é digna de ser amada. Entendo por que você é do jeito que é, Devyn. Não precisa explicar nada para mim.

— Desculpe por eu ter sido tão idiota.

Ele apertou minha bochecha.

— Ei, não fale assim da minha namorada.

Um arrepio percorreu minha espinha.

— Você se apresentou para minha mãe como meu namorado, mas é verdade? *Sou* sua namorada?

— Você quer ser?

Pela primeira vez, me permiti responder sinceramente, sem pensar demais.

— Mais do que qualquer coisa.

— É meio ao contrário eu ter falado que te amava antes de pedir, oficialmente, que seja minha namorada.

— Ou eu potencialmente ter engravidado em nossa primeira noite juntos? — Eu sorri.

— Ou termos transado antes de *realmente* nos conhecermos? — Ele deu risada, envolvendo a mão na minha cintura. — Acho que fizemos ao contrário o tempo todo, hein? — Ele passou o dedo no meu pescoço. — Quanto tempo pode ficar esta noite?

— Vera está de babá. Então... — Suspirei. — A única coisa boa de ela estar de volta.

— É só por isso que é bom.

Agarrei a camisa dele.

— Vou ficar o quanto você quiser que eu fique. Não quero pensar na consulta amanhã, se puder evitar.

— Esse foi nosso problema o tempo todo... pensar demais e não o suficiente *em todo o resto*.

— O que tem em mente? — perguntei sugestivamente.

— Você no meu rosto — ele disse. — Estaria interessada nisso?

— Sim — sussurrei.

O desejo preencheu os olhos de Owen quando ele me levou para seu quarto. Depois de ele me despir, tirou sua camisa. Minha pele se arrepiou quando suas mãos subiram e desceram pelo meu corpo.

— Você está gelada. Vou te esquentar. Deite-se.

Minhas costas chegaram no colchão quando deitei na cama. Owen pairou acima de mim e traçou o dedo pela minha pele, deslizando até minha virilha. Ele demorou um instante me olhando. Pude sentir que estava ficando mais molhada a cada segundo, sem conseguir prever o que ele ia fazer.

Então ele baixou o rosto entre minhas pernas, e sua língua quente me fez encolher do prazer repentino. Joguei a cabeça para trás, me permitindo aproveitar cada momento. Segurei os lençóis conforme minhas pernas inquietas se mexiam para acompanhar a intensidade da língua dele, que agora estava circulando meu clitóris.

— Amo sentir o gosto do quanto está molhada — ele murmurou na minha pele, sua barba por fazer pinicando.

Sua língua continuou me lambendo, e dava para ouvir o som da minha própria umidade.

De repente, Owen recuou.

— Isso foi só um aquecimento. — Ele se reposicionou na cama antes de balançar um dedo para mim. — Venha para cá.

Meus mamilos se enrijeceram e montei em seu corpo duro.

— Não pense em nada agora exceto em montar meu rosto.

Com minhas pernas de cada lado dele, me abaixei em sua boca faminta. Owen colocou uma mão em cada nádega minha, guiando meus movimentos acima dele.

Não sabia se eram os hormônios, mas eu nunca tinha ficado com tanto tesão com um homem fazendo oral em mim. Meu clitóris latejava na boca dele enquanto os sons baixos de seu prazer vibravam pelo meu centro.

Ele se esticou e abriu sua calça antes de começar a se massagear. Isso me excitou, me incentivando a ir mais rápido acima dele. Puxando seu cabelo, mexi os quadris conforme meus olhos se reviravam, meu orgasmo ameaçando explodir a qualquer momento.

— Isto é sexy pra caralho, você montando meu rosto assim, Devyn — ele disse, rouco. — Quero fazer isto toda noite com você.

Soltei um som ininteligível quando mordi meu lábio inferior, fazendo meu clímax demorar mais um pouco.

— Seu gosto é bom pra caralho. Mal posso esperar para você gozar em toda a minha boca.

Ah, nossa.

Estou perto.

Parecia que minha mente tinha deixado meu corpo. *Isto.* Era exatamente disto que eu precisava. Neste momento, não dava a mínima para o mundo. Pressionei ainda mais meu clitóris nele.

— É isso, amor — ele murmurou.

Sua respiração acelerou quando ele se massageou mais rápido. Saber que ele estava prestes a explodir foi tudo que precisou para me colocar à beira da emoção. Uma onda de adrenalina me percorreu e gozei em explosões múltiplas de prazer.

— Goze em toda a minha boca, Devyn. Dê para mim. — Ele gemeu.

As respirações de Owen diminuíram em certo momento, e seu peito subiu e desceu.

Rolei para o lado, mole e mais relaxada do que estivera em muito tempo.

— Obrigada — mal tive a energia para sussurrar.

— Acredite em mim, o prazer foi todo meu.

Owen e eu ficamos deitados olhando um para o outro, alegremente saciados, por muitos minutos. Eu estava prestes a me oferecer para levantar e fazer café da manhã para nosso jantar quando meu celular tocou. Estava na mesa de cabeceira mais próxima de Owen.

Infelizmente, ele olhou para baixo e viu o nome na tela antes de mim.

— É Robert. — Ele revirou os olhos. — É melhor você atender.

Meu coração acelerou e pigarreei.

— Alô?

— Onde você está? — ele perguntou.

— Por quê?

— Estou no seu apartamento. Sua mãe falou que você não está aqui.

Ah, não.

Minha pulsação acelerou.

— Você está em Nova York?

Owen arregalou os olhos.

— Voei para cá para a consulta de amanhã.

CAPÍTULO 25

Devyn

— Owen, este é Robert. Robert, este é Owen.

Não conseguia acreditar no que eu estava fazendo — levando dois homens ao médico comigo. Mas Robert tinha parado a produção do filme e voado da Itália, e Owen... Bem, se eu ia permitir que Robert fosse, o outro possível pai com certeza tinha todo direito de estar lá. Além disso, Robert tinha realmente jogado um balde de água fria nas coisas na noite anterior quando tinha aparecido. Eu havia saído do apartamento de Owen com minha calcinha ainda úmida da brincadeira para descer e lidar com outro homem. Que, é claro, tentou me convencer a passar a noite com ele em seu hotel. Quando voltei para a casa de Owen, sua expressão estava tão sombria que parecia que alguém tinha atropelado o cachorro dele.

Robert ficou mais alto, endireitou os ombros e estendeu a mão.

— Espero que entenda se eu não disser que é um prazer te conhecer.

Owen olhou a mão esperando, então imediatamente guardou as dele nos bolsos da calça.

— O sentimento é mútuo.

Ai, Senhor. Isso seria muito divertido.

Owen pegou seu celular.

— Vou chamar um Uber para irmos ao consultório.

Robert acenou para ele.

— Minha limusine já está encostando.

— Claro que está — Owen murmurou.

— Espero que não se importe, querida. — Robert colocou a mão em meu ombro. — Mas estou com a agenda apertada nesta manhã. Assim que acabarmos no médico, preciso correr de volta para o aeroporto. Meu motorista vai me deixar no JFK e, então, te levar para casa.

Owen enrijeceu o maxilar.

— Não é necessário. Vou chamar um carro para nós voltarmos para o prédio. — Ele olhou para mim. — Tudo bem, *querida*?

Massageei minhas têmporas.

— Pode ser.

Felizmente, a limusine encostou. Esperava que as coisas melhorassem assim que estivéssemos a caminho. Mas não tive tanta sorte. A única coisa que mudou foi que agora eu estava espremida entre os dois homens, ombro com ombro.

— Então, Aiden — Robert disse. — No que você trabalha?

— É Owen. E sou corretor.

— Sério? Estou pensando em comprar um apartamento aqui na cidade.

Virei a cabeça para olhar para Robert.

— Está?

Ele assentiu.

— Sua mãe está aqui e seus irmãos. Pensei que pudéssemos visitar de vez em quando assim que você voltar para a Califórnia. Além do mais, adorei o roteiro que me enviou de Stephen Solomon, e vai ser filmado aqui. — Robert se inclinou para a frente para falar com Owen. — Talvez você possa procurar um lugar para nós? Estava pensando em um sobrado de três ou quatro quartos no Upper West Side.

Owen cerrou os dentes.

— Vou te passar para alguém.

Robert deu de ombros.

— Como quiser. Mas, se não aproveitar as oportunidades de ganhar uma boa comissão, vai morar naquela merda de prédio com Vera para sempre.

As bochechas de Owen esquentaram.

— Eu sou *dono* daquele prédio, e não é uma merda.

— Bem, não é exatamente o tipo de lugar em que você iria querer criar uma família.

— Dois dos meus amigos moram no prédio e estão criando suas famílias lá. É *exatamente* o tipo de lugar em que eu gostaria de criar meu filho.

— Então, obviamente, você não passa muito tempo no Upper West Side...

— *Certo, chega!* — Ergui as mãos. — Por que não ficamos quietos pelo resto do caminho?

— Por mim, tudo bem. — Owen deu de ombros.

— Que seja. — Robert olhou para fora pela janela.

Nunca fiquei tão feliz de estacionar em frente a um consultório de ginecologista. Nós três permanecemos quietos enquanto subíamos no elevador para o trigésimo primeiro andar. Quando chegamos na sala 3160, ambos os homens se esticaram para a maçaneta da porta ao mesmo tempo.

Suspirei.

— Eu abro.

Da primeira vez que estivera no consultório da dra. Talbot, havia duas outras mulheres na sala de espera. Desta vez, estava lotado. Meus ombros caíram conforme fui até a recepção.

— Oi. Devyn Marks. Tenho uma consulta às nove horas com a dra. Talbot.

— Preencha o formulário, por favor. Mas, só para você saber, a dra. Talbot teve uma emergência esta manhã, então está meio atrasada.

— Atrasada quanto?

A mulher franziu o cenho.

— Ela ainda não chegou. Então, no mínimo, uma hora.

Ai, Deus. Pensar em ficar sentada com esses dois por tanto tempo me fazia querer correr de volta para fora do consultório — e para o trânsito. Robert se inclinou, falando com a mulher através do pequeno corte circular no vidro.

— Desculpe te incomodar, mas voei para cá para a consulta e preciso pegar um avião no início desta tarde. Haveria algum jeito de podermos entrar primeiro quando a médica chegar?

Os lábios da mulher se curvaram.

— Todo mundo aqui é ocupado. Vocês vão ter que esperar sua... — Ela olhou para cima pela primeira vez, e seu queixo caiu. — Ai, meu Deus. Você é Robert Valentino, não é?

Robert abriu seu sorriso característico de estrela de cinema.

— Sou.

Parecia que a mulher iria fazer xixi na calça.

— Deus, amei você em *Last Tango*. Sou uma grande fã. Já assisti a todos seus filmes.

— Então é você...

A mulher jogou a cabeça para trás, rindo, como se ele tivesse acabado de contar a piada mais engraçada. Enquanto isso, revirei os olhos. Eu o havia ouvido usar essa frase "Então é você" milhares de vezes.

Mas Robert sabia como jogar o charme quando precisava. Poderia não funcionar mais comigo, mas a maioria das mulheres ficavam na palma da mão dele.

Ele baixou a voz.

— Sei que o que faço não me torna mais importante do que qualquer outro esperando. Na verdade, ousaria dizer que tenho o trabalho mais comum aqui. Mas estou filmando em Roma, e estar aqui hoje significa que tivemos que pausar a produção. Se eu perder meu voo desta tarde, toda a equipe vai ter que ficar alguns dias a mais. Não parece bastante, mas muitos deles têm famílias das quais estão longe há muito tempo e agendas que precisam seguir. Então, se houver algo que possa fazer para nos ajudar a entrar rapidamente quando a médica chegar, eu agradeceria.

A recepcionista piscou sedutoramente e se inclinou para a frente.

— Vou ver o que posso fazer.

Ele deu uma piscadinha.

— Obrigado.

Recuamos do balcão da recepção e olhamos em volta para a sala de espera cheia. Não havia três cadeiras juntas, mas havia duas de um lado e uma do outro.

Robert colocou a mão na minha lombar e ergueu o queixo para os dois assentos.

— Por que não vamos sentar ali?

— Na verdade — eu disse —, sentem vocês dois ali. Eu vou sentar lá.

Antes de um deles poder argumentar, fui até o assento solitário e sentei. Robert e Owen olharam em volta de novo, como se outras cadeiras tivessem magicamente vagado desde a última vez que olharam. Nenhum deles ficou feliz, mas se sentaram lado a lado. Owen cruzou os braços no peito e encarou à frente enquanto Robert apoiou os cotovelos nos joelhos e mexeu no celular.

Ao longo da hora seguinte, fiz meu máximo para evitar contato visual com ambos. Apenas uma mulher tinha sido chamada até então, mas pelo menos tinham começado a chamar os pacientes. Dez minutos depois, a recepcionista com quem Robert tinha conversado chamou meu nome. Acabou que ele serviu para alguma coisa...

A mulher com os olhos arregalados sorriu ao nos levar para uma sala de exame no fundo. Ela pegou uma camisola da gaveta e a estendeu para mim, porém seus olhos nunca saíram de Robert conforme ela falava.

— Tire tudo da cintura para baixo.

Peguei a camisola das mãos dela.

— Obrigada.

— A médica deve chegar em alguns minutos.

Robert olhou o nome da mulher e sorriu.

— Obrigado, Laura. Você é a melhor.

Assim que ela saiu, os dois homens olharam para mim.

— Ãh, não vou me trocar com vocês dois aqui dentro. Podem esperar lá fora, por favor?

— Claro — Owen disse. — Desculpe.

Ele abriu a porta e saiu para o corredor, mas Robert não o seguiu. Olhei para ele, esperando.

— O que foi? — Ele deu de ombros. — Você falou que não queria se trocar com nós dois aqui dentro. Imaginei que ficaria bem comigo. Não é como se nunca tenha visto você nua várias vezes.

Coloquei as mãos nas costas de Robert e o empurrei.

— Saia.

Me troquei tranquilamente, depois decidi usar um ou dois minutos a mais para fechar os olhos e tentar me acalmar. Não queria que minha pressão estivesse alta quando a médica chegasse. Mas, no meio da minha terceira respiração, houve uma batida à porta e ela começou a se abrir.

— Pode me dar só um... *Ah*, dra. Talbot. Desculpe. Não sabia que era você.

Ela sorriu e olhou para os dois homens parados ansiosamente atrás dela.

— Parece que temos a casa cheia hoje.

Suspirei.

— É.

— Todo mundo vai entrar para seu exame?

— Na verdade, se for fazer exame interno, podemos fazer esse sozinhas e, então, falar para eles entrarem?

— Com certeza.

Respirei fundo e assenti.

— Ótimo, obrigada.

A dra. Talbot se virou e apontou para o fim do corredor.

— Por que vocês dois não vão para a sala de espera, e eu peço para a enfermeira chamar em alguns minutos?

Assim que a porta se fechou, a dra. Talbot puxou seus óculos para a ponta do nariz.

— Você está bem?

Balancei a cabeça.

— Podemos trancar a porta e ficar aqui dentro por alguns meses?

Ela sorriu, colocou o prontuário no balcão e puxou um banquinho.

— Converse comigo. Da última vez que vi dois homens lindos assim me rodeando, eu não estava nem um pouco estressada como você está. Ah, espere, isso nunca realmente aconteceu comigo.

Dei risada.

— Não sei se você se lembra da minha primeira consulta, mas surtei um pouco quando me contou que as medidas do bebê não estavam exatamente alinhadas com o tempo que eu estaria de acordo com minha última menstruação, então não poderíamos ter exatidão da data de concepção.

— Desconfiei que, talvez, não fosse uma gravidez planejada...

— Não, definitivamente, não foi.

— Os dois homens que estão com você hoje são potenciais pais?

Assenti e cobri o rosto com as mãos.

— Deus, estou envergonhada.

— Não fique. Essas coisas acontecem. Precisa de dois para fazer um bebê, então você não deveria carregar tudo isso em seus ombros sozinha.

— Preferiria estar carregando isso em *dois* pares de ombros, em vez de três. Estava planejando conversar com você sobre as opções de teste de paternidade hoje. Li que tem um teste não invasivo. Tive a impressão de que uma amniocentese era a única forma de descobrir quem era o pai.

— Não mais, felizmente. O sangue da mãe contém células flutuantes do feto. Então um perfil de DNA do seu bebê pode ser feito com sete semanas. Tiramos uma amostra de sangue de você, igual a qualquer outro tipo de exame de sangue de rotina. Então coletamos uma amostra de DNA do potencial pai usando um cotonete na boca. O laboratório pode usar uma amostra de unha ou de cabelo se o cotonete não estiver disponível.

— Uau. Eu não fazia ideia.

A dra. Talbot assentiu.

— Tem sido uma graça divina... não só para teste de paternidade, mas também conseguimos fazer a maioria dos testes genéticos assim ultimamente. No passado, se algo aparecesse no ultrassom ou no laboratório que nos fizesse desconfiar de uma doença cromossômica, tínhamos que fazer procedimentos invasivos que eram arriscados para a mãe e para o bebê. Agora é rápido e simples.

— Qual é a precisão do teste?

— Noventa e nove por cento. Na verdade, o maior risco é o erro humano que poderia ocorrer durante o processo.

— E qual é a rapidez que chegam os resultados?

— O laboratório fala de três a cinco dias. Mas já recebi resultados em dois dias, dependendo do quanto estão sobrecarregados.

Respirei fundo.

— Acha que podemos fazer hoje?

— Com certeza. Estou vendo como isto está te deixando estressada, e o estresse não é bom para você nem para o bebê. Além de elevar a pressão sanguínea, o estresse prolongado reprime o sistema imunológico e afeta o sono, ambos deixando você mais suscetível a doenças e infecções. Cuidar de você é cuidar do seu bebê agora, então seu foco precisa ser em reduzir estresse, comer e dormir bem. Essas são as melhores coisas que você pode fazer para contribuir para uma gestação saudável.

Assenti.

— Certo. Vamos fazer o teste hoje.

— Vou pedir para a enfermeira tirar as amostras assim que terminarmos aqui. — A dra. Talbot se levantou e foi até a pia. Lavou as mãos e pegou um par de luvas de uma caixa no balcão. — Gostaria de fazer um ultrassom rápido depois de examinar você. Gostaria que os homens entrassem para isso?

— Acho que sim.

Ela calçou uma luva, depois a outra.

— Mais alguma pergunta para mim?

— Tenho uma, sim. O nome do potencial pai vai listado na amostra ou algo assim? Confidencialidade é uma questão para um deles.

— Não, as amostras que são enviadas para o laboratório são identificadas somente por número.

— Ok, ótimo.

A dra. Talbot sorriu.

— Então imagino que o cavalheiro que estava aqui dentro não era somente parecido com Robert Valentino?

— Não era, não. É ele.

Ela assentiu.

— Gostaria que eu explicasse o teste de DNA para eles depois que terminarmos ou prefere você mesma fazer isso?

— Seria ótimo se você pudesse.

— Sem problema.

— Obrigada.

A dra. Talbot fez um rápido exame interno e, então, falou para a enfermeira trazer Robert e Owen. A sala de exame era pequena, mas pareceu claustrofóbica assim que os dois estavam lá dentro.

Owen segurou minha mão.

— Como foi tudo?

— Bem.

Para não ficar para trás, Robert deu a volta para o outro lado da maca de exame e pegou minha outra mão.

— Como está indo? — ele perguntou.

Olhei entre eles dois — um segurando cada mão — e engoli em seco.

— Estou bem. Está tudo bem.

A dra. Talbot apagou as luzes.

— Por que não começamos?

Os olhos de todo mundo estavam grudados na tela do ultrassom. Conseguimos ouvir a batida do coração do bebê, e a médica nos deu um passeio rápido pela anatomia. Era surreal, mas conseguíamos realmente ver o bebê chupando o dedo.

Robert ficou mais alto quando as luzes se acenderam de novo.

— Eu chupei dedo até três anos.

Através da minha visão periférica, vi a expressão de Owen se fechar.

A dra. Talbot também deve ter percebido.

— Oitenta por cento dos bebês chupam dedo em algum momento. — Ela sorriu educadamente. — Por que não deixamos Devyn se trocar e ela pode encontrar nós três no fim do corredor no meu consultório para conversar. Segunda porta à direita.

— Obrigada.

O consultório tinha três cadeiras para pacientes. Sem surpresa, os homens deixaram a do meio entre eles vaga para mim. Me sentei, ansiosa pra caramba para que a consulta terminasse. A dra. Talbot explicou o teste de DNA para nós três. Ela foi detalhista, falando sobre a precisão e o risco mínimo que já tínhamos discutido. Quando terminou, olhou para mim.

— Então vamos tirar seu sangue no fim do corredor a caminho da saída. Gostaria que coletássemos amostra da sua bochecha como um processo de eliminação ou ambos? O laboratório cobra por perfil de DNA, então fazer dois seria extra.

Robert ergueu a mão.

— Pode só coletar a minha.

Owen franziu o cenho.

— Eu moro aqui, então faz mais sentido fazer o meu... só no caso de haver algum problema. Além do mais... — Ele se esticou e segurou minha mão. — Estarei com Devyn quando ela pegar os resultados, não do outro lado do mundo.

Robert balançou a cabeça.

— Faz mais sentido usar a minha.

— Por quê? — Owen perguntou.

A dra. Talbot ergueu as mãos.

— Certo, então serão *duas coletas de cotonete*.

Dez minutos depois, saímos do prédio, nós três tendo deixado nosso DNA para trás.

— A limusine deve chegar a qualquer minuto — Robert avisou. — Enviei mensagem para o motorista antes de sairmos do consultório, e ele ficou na esquina esperando. Foi mais rápido do que pensei, então podemos deixar você antes de eu seguir para o aeroporto. Provavelmente, Aiden precisa voltar ao trabalho, de qualquer forma.

O homem do outro lado interviu.

— Não, *Owen* não precisa voltar ao trabalho. Vou levar Devyn para casa. Não iria querer que você perdesse seu voo e ficasse preso aqui por mais tempo do que o necessário.

— Eu vou deixá-la — Robert disse.

— Eu vou fazer isso — Owen retrucou.

Coloquei as mãos para o lado, mantendo os dois separados.

— Parem com isso! Ninguém vai me levar. Vou pegar um táxi. Sozinha.

— Mas...

Olhei para minha direita.

— Tchau, Robert. Tenha uma boa viagem de volta para Roma. — Olhei para minha esquerda. — Vá trabalhar, Owen. Tenha um bom dia.

Nenhum dos homens pareceu muito feliz, mas não me importei. Comecei a andar e nunca me virei para trás. Definitivamente, seriam de três a cinco *muito longos* dias.

CAPÍTULO 26

Devyn

No dia seguinte, andei de um lado a outro ao falar com Mia no telefone.

— Agora que acabou, estou surtando. Por mais que eu precise saber, *não* estou pronta.

— Entendo. Não é o tipo de coisa para a qual estará pronta um dia.

— Sinto que não consigo respirar até os resultados chegarem.

— Nem consigo imaginar. — Ela pausou. — Como Owen está lidando com as coisas?

Olhei para fora pela janela, percebendo as gotas de chuva se acumulando no vidro.

— Ele está ocupado com um monte de exibições hoje. Mas me sinto mal pelo jeito que lidei com as coisas. Ele e Robert continuavam tentando se exibir um para o outro. Quando os deixei parados lá depois da consulta ontem, eu estava cansada. Mas não deveria ter descontado em Owen. Não era culpa dele. Robert o tinha provocado.

— Dê um desconto para si mesma. Você está muito estressada. Não sei como alguém poderia ter lidado com Robert aparecendo assim. Não posso culpar você nem Owen por se comportarem mal. A situação é difícil para todo mundo.

— Quando os resultados chegarem, preciso avisar minha família. Tem sido difícil esconder isso deles. Apesar de estar apavorada com isso…

não tanto de contar para Vera, mas quando meus irmãos souberem que estou grávida, eles vão surtar.

— Você está grávida? — soou uma voz atrás de mim.

Me virei de repente.

Hannah.

Meu coração se apertou quando a vi parada ali. Era para ela ter ido ao mercado com Vera e Heath.

Meu coração martelou.

— Tenho que ir, Mia. Explico mais tarde. — Desliguei. — Não sabia que você estava aí.

— Começou a chover, então voltei para pegar um guarda-chuva — Hannah disse, com os olhos arregalados.

Colocando a mão no peito, perguntei:

— Cadê mamãe e Heath?

— Estão lá fora me esperando. — Ela me olhou com cautela. — Você está grávida?

— Sim — sussurrei. — Ia esperar para te contar.

— Porque não quer nos dizer que vai embora?

— Não. — Andei na direção dela. — Isto não muda nada. Não vou deixar vocês, apesar de ainda não saber onde *nós* todos deveríamos morar.

— Owen é o pai?

Como poderia mentir para ela?

— É por isso que ainda não queria contar para vocês. Eu... na verdade, não tenho certeza.

Seus ombros caíram.

— Ah.

Tagarelei nervosa.

— Isto é bem vergonhoso para eu admitir. Mas, como sabe, sou adulta.

E faço... sexo. Sempre fui responsável. Mas aconteceu algo de errado. Que seja uma lição para você.

Conforme ela ficou ali parada parecendo muito chocada, eu continuei.

— O bebê é de Owen ou de Robert. Fizemos um teste de DNA e estamos esperando os resultados. Devemos pegá-los em alguns dias.

Vera entrou de repente.

— Por que está demorando tanto, Hannah?

Heath estava bem atrás dela.

— Devyn está grávida — Hannah soltou.

O rosto do meu irmão ficou branco.

A boca de Vera se curvou em um sorriso divertido.

— Bem, olha só. Acho que você é mais parecida comigo do que eu pensava.

Minhas bochechas queimaram. Do meu ponto de vista, isso era um insulto enorme.

Passei muitos minutos sofridos sentada com meu irmão e minha mãe e regurgitando o que explicara para Hannah. Não era assim que eu tinha imaginado contar a eles. Nem um pouco. O clima não era de comemoração. Com certeza, não.

Heath ecoou os medos de Hannah.

— Não tem mais como você ter tempo para nós.

— Isso não é verdade. — Me estiquei para a mão dele. — Por mais que não estivesse esperando isso, não muda *nada*. Vou fazer tudo que preciso para garantir que vocês dois sejam bem-cuidados.

— Não é necessário — Vera interrompeu. — Não planejo ir a lugar nenhum de novo, Devyn.

Olhei desafiadoramente para ela.

— E quantas vezes já ouvi isso?

— Isto é um sinal. Vou ser avó, pelo amor de Deus. Não precisa se preocupar com Heath e Hannah. Estarei aqui. Cuide-se, minha menininha.

Não queria discutir, pelo bem das crianças, então me contive de repetir todos os motivos pelos quais não poderia confiar nela. Sem contar que eu a lembrara muitas vezes, desde que ela voltara, que eu tinha a guarda legal das crianças agora, então ela estar ali não era mais tão relevante.

Me virei para Heath.

— Assim que os resultados de paternidade chegarem, vou saber muito mais sobre meus planos. Mas esses planos sempre vão incluir vocês. Eu juro.

Muito mais para meu alívio, Heath e Hannah vieram cada um do meu lado e me abraçaram. Vera se conteve de se juntar, o que foi inteligente, porque não teria sido recíproco.

Depois dos meus irmãos se sentarem de novo, Vera se esticou na minha direção.

— Você vai ficar bem, Devyn. É naturalmente uma pessoa maternal.

— Bom, é isso que acontece quando você tem que se criar sozinha, eu acho — provoquei.

— Se me deixar morar com você, posso ser babá — Hannah sugeriu.

Partia meu coração o fato de ela sentir a necessidade de dizer isso, como se precisasse conquistar seu espaço na minha vida. Mas, antes de eu poder responder, Vera interviu:

— Bom, espero mesmo que o bebê seja de Robert Valentino.

Cerrei os dentes.

— Por que diria isso?

— Não é óbvio? — Ela deu de ombros. — Din-din.

— Me sustento muito bem sozinha. Não preciso do dinheiro dele.

— Bem, *eu*, com certeza, poderia usá-lo. — Ela deu risada.

Fiquei enjoada. Não só por causa da atitude dela, mas porque seu comentário me lembrou da necessidade de Owen de competir com Robert. Desde que Robert apareceu, Owen não estivera bem. Ele não tinha vindo me ver desde a consulta. E não gostei de como eu deixara as coisas. Também tive que me perguntar se ver Robert pessoalmente era exatamente o que fez Owen duvidar de tudo. Não tinha dúvida de que isso havia sido a intenção de Robert.

Após a chuva passar, Vera e as crianças saíram para o mercado de novo. Deixada sozinha, revirei as coisas na minha mente até meu celular tocar lá pelas seis da tarde.

Era Owen.

Meu coração saltitou quando atendi.

— Oi, estou feliz que tenha ligado. Estou com saudade de você.

— Está ocupada agora? — ele perguntou.

— Na verdade, não.

— Pode descer na casa de Holden por um minuto?

— Holden? Por quê? O que aconteceu?

— Só uma coisa que quero te mostrar.

— Certo. Já vou.

A porta do apartamento de Holden e Lala estava entreaberta quando cheguei. Conforme entrei, quase derreti com a visão diante de mim.

— O que está havendo aqui? — perguntei.

Owen se virou para olhar para mim e abriu um sorriso lindo. Nos braços dele, estava a bebê Hope. Ele a ninava delicadamente, ainda vestindo suas roupas de trabalho, suas mangas arregaçadas. Parecia que Holden e Lala não estavam em casa.

— Olhe para você. — Dei alguns passos à frente. — Tenho praticamente certeza de que, se eu já não estivesse grávida, só de ver isso teria feito o trabalho. — Passei o polegar na testa de Hope. Ela parecia tão confortável nos braços dele. Não poderia culpá-la. — Está de babá, Dawson?

— Bem, passei aqui para dar oi, e Holden e Lala estavam conversando sobre como não saíam para comer... só os dois... há um tempo. Então me ofereci para ficar. Hope fez cocô antes de eles saírem, então eu devo ficar bem. Eles falaram que voltariam em uma hora. Só foram até o restaurante indiano da esquina... sabe, apenas no caso de eu precisar que eles voltem. — Ele deu risada.

— Esta é sua primeira vez na vida cuidando de um bebê?

— Na verdade, sim. — Ele deu de ombros. — Mas talvez eu precise me acostumar com isso.

Talvez.

Detestava sua escolha de palavras. Eu tinha plantado essa semente de insegurança.

— Posso segurá-la? — perguntei.

— Claro. — Owen colocou a bebê Hope em meus braços. Por mais que já tivesse segurado bebês, não ficava totalmente confortável. Olhando para baixo, para seus olhos sonolentos, a realidade começou a se instalar.

— É difícil acreditar que esta será minha vida em breve.

— Você será uma mãe tão boa, Devyn.

Ninando a bebê, olhei para ele.

— Porque eu tive um exemplo muito bom?

— Bem, porque teve um exemplo muito bom do que *não* fazer. — Ele pausou. — E porque você é genuinamente uma boa pessoa com um coração enorme. Seus irmãos têm sorte em ter você. — Ele me beijou delicadamente na lateral da cabeça. — E este bebê dentro de você? Ela tem muita sorte de você ser a mãe dela.

— Ela? — Arqueei minha sobrancelha. — Uma menina, hein?

— É. — Ele sorriu. — Isso foi estranho, certo? Só meio que saiu. — Ele deu uma piscadinha. — Talvez eu saiba de algo que você não sabe.

Um calafrio percorreu minha espinha.

— Acha que é menina?

— Acho que sim. — Ele sorriu.

— Bom, eu acho que vamos ter que decidir se descobriremos.

— Mas uma revelação grande de cada vez, certo? — Owen suspirou.

— É. — Expirei, olhando para Hope.

— Por mais arrogante que Robert seja, ele gosta de você.

Meus olhos se ergueram, arregalados com surpresa.

— O que faz você dizer isso?

— Depois de você nos deixar ali parados ontem, ele e eu tivemos uma conversa. Ele me deu uma carona para casa, e conversamos no caminho.

Semicerrei os olhos.

— Isso parece perigoso.

— Não me entenda mal. Não é nenhum romance nem nada. Longe disso. Mas, depois de você sair, ele parou de se exibir um pouco. Gradativamente, a expressão presunçosa dele mudou. Deu para ver o medo de verdade nos olhos dele. Ele admitiu que está com medo. E falei para ele que eu também estava. Ele pode não saber como ser um bom parceiro, mas deu para ver que gosta de você.

— Uau, estou surpresa por vocês não terem continuado a batalha de irritação. É impressionante.

— No fim, odiar um ao outro não é útil para nós. Ele sabe disso. Nós queremos o que é melhor para você. Nós dois achamos que somos os melhores para você. A diferença é que eu *sei* que sou o melhor para você. — Ele passou a mão por minhas costas. — Mas nada disso importa a menos que *você* se sinta assim.

Encarei Hope por um tempo.

— Contei para minha mãe e as crianças esta noite, Owen.

— O quê? — Ele arregalou os olhos. — Pensei que você fosse esperar até...

— Eu sei. Não ia falar nada até os resultados do teste chegarem. Mas, infelizmente, Hannah entrou durante minha ligação com Mia. Ela me ouviu falando sobre estar grávida. Então fui obrigada a contar a Vera e Heath, inclusive a parte do teste de paternidade.

— Bem, merda. — Ele se encolheu. — Qual foi a reação deles?

— As crianças não se perturbaram com o teste de DNA. Ficaram, principalmente, paranoicos de que isso significa que estarei ocupada demais para eles.

— Não posso culpá-los por se preocuparem, mas nós dois sabemos que isso nunca vai acontecer.

Owen e eu fomos para o sofá com a bebê. Nos sentamos juntos por um tempo até ela estar quase dormindo.

Observei os olhos de Hope finalmente se fecharem.

— Ela dormiu.

— Está tão relaxada nos seus braços. Você tem o toque mágico com ela.

— Aposto que terei um bebê que nunca dorme. — Dei risada. — Seria bem minha sorte mesmo.

Owen se inclinou e colocou sua bochecha na minha barriga. Meu coração flutuou enquanto ele falou com o bebê.

— Você vai dormir por sua mamãe, certo? Não faz ideia do quanto tem sorte, bebezinho. E mal posso esperar para te conhecer.

— O que está acontecendo? Por que está conversando com a barriga dela?

Owen pulou para trás. Holden tinha aparecido na porta, com Lala logo atrás dele.

Não havíamos percebido que eles tinham chegado, e não devo ter fechado totalmente a porta quando entrei no apartamento, porque não teve barulho.

Merda!

Owen se levantou para cumprimentá-los.

Holden deu um tapa no ombro de Owen.

— Tem alguma coisa que não está me contando, cara?

Eu nunca tinha visto Owen ficar tão vermelho. Não queria que ele tivesse que mentir para seu amigo. E desconfiava que ele estava prestes a fazê-lo — para o meu bem.

Então me intrometi.

Me levantei do sofá.

— Estou grávida, na verdade...

Lala arfou.

O queixo de Holden caiu.

— O quê? Só estava brincando. — Ele se virou para Owen. — Puta merda.

Entreguei uma Hope dormindo para Lala.

— Antes de falar qualquer outra coisa, preciso explicar que o motivo de eu não ter dito nada é porque há uma chance de Owen não ser o pai.

Owen fechou os olhos momentaneamente, então me abraçou em solidariedade.

— Estamos aguardando os resultados de teste de DNA — adicionei — e vamos contar a todo mundo quando tivermos certeza.

— Não tem sido fácil esconder isso de vocês, mas essa foi a melhor decisão, dadas as circunstâncias — Owen disse.

— Preciso colocá-la no berço. Esperem um pouco. — Lala desapareceu no quarto da bebê enquanto nós três ficamos em um silêncio bizarro.

A boca de Holden continuou aberta.

Lala voltou e deu um tapinha no meu braço.

— Você está bem?

— Não muito. — Eu sorri discretamente. — Mas vou ficar.

— Posso perguntar quem é o outro potencial pai? — Holden perguntou.

— Robert Valentino.

Ele arregalou os olhos.

— O ator?

Lala arfou.

Assenti.

— Ele e eu ficamos indo e voltando por anos. Começou antes de ele ser famoso. Ele nunca foi meu namorado. Mas dormimos juntos logo antes de eu vir para Nova York.

— Então ela me conheceu... — Owen deu de ombros.

Assenti.

— Por isso a situação em que estamos. Não foi uma coisa que eu quis. Não entendo como isso aconteceu porque fui cuidadosa. Mas nada é cem por cento garantido.

— Entendi. — Holden ergueu as mãos. — Vocês não me devem nenhuma explicação. Só por Deus que tive sorte ao longo dos anos de nunca ter tido um acidente desse. Pode ser muito cuidadoso, e merdas acontecem. — Ele balançou a cabeça. — Não que a *gravidez* seja uma merda. É... maravilhosa. Quero dizer, parabéns.

— Obrigada. — Dei risada. — Eu acho.

Holden se virou para Owen.

— Não acredito que você tem escondido isto.

— Estava esperando para poder contar a vocês a boa notícia. Sabe, fazer as mesmas coisas e tal. Mas não sei se vai acabar sendo assim. — Ele me puxou para mais perto. — Deixei claro para Devyn que estou dentro independente de qualquer coisa.

Após um instante, tentei deixar a situação mais leve.

— Bem, você e Lala, com certeza, ganharam mais do que pediram esta noite.

Lala suspirou.

— Não acredito nisto.

— Nem me fale. — Holden deu risada. — Owen é o último dos caras que pensei que teria filho.

Owen deu risada.

— Acredite em mim, ninguém está mais surpreso com isso do que eu, cara.

— Não vou contar nada para os caras — Holden prometeu.

— Obrigado. Vamos receber os resultados em alguns dias. Então não será um segredo por muito mais tempo.

— Mas Billie sabe — eu disse.

Holden franziu sua testa.

— Não brinca?

— Billie é a melhor guardadora de segredos. — Lala cutucou seu marido. — Diferente de *algumas* pessoas.

— Não é verdade — Holden falou. — Escondi muito bem o fato de você e eu transarmos na época. — Ele olhou para Owen, e seus olhos começaram a lacrimejar. Então ele fungou. — Porra...

Olhei para Holden em choque.

— Está chorando? — Lala riu um pouco.

— Estou ficando emotivo. — Ele secou os olhos. — Nunca pensei que Owen fosse ser pai. Sei que não sabemos, com certeza, mas, caramba, estou prestes a me descontrolar, de qualquer forma.

Owen deu um tapa nas costas dele.

— Tanto você quanto eu, cara.

No dia seguinte, era para Owen e eu sairmos para jantar depois de ele sair do trabalho, mas ele fez um desvio.

Estacionou em frente a um sobrado lindo no centro em Gramercy Park. Saímos e ficamos parados à frente.

Olhei em volta na vizinhança de luxo.

— O que estamos fazendo aqui?

Ele gesticulou na direção das escadas.

— Pensei que você pudesse querer dar uma olhada. Está chegando no mercado e ainda não foi formalmente anunciada. Um amigo meu é o corretor. Quatro quartos.

— Por que eu estaria interessada em olhar?

— Não é óbvio? — Ele apontou com a cabeça. — Venha. Ele me emprestou a chave.

A casa era linda por dentro: teto alto, gesso lindo, uma escada escura de madeira e arquitetura linda. Segui Owen pelo espaço, admirada.

Paramos na cozinha, e tive que perguntar:

— Está fazendo isso por causa do que Robert falou quando disse que ele estava procurando um lugar aqui?

— Claro que não. — Owen cruzou os braços. — Não tem nada a ver com ele, Devyn. Tem a ver *conosco*. Precisamos de mais espaço. E, mesmo que você decida querer voltar para a Califórnia, podemos ser bicoastais. Vamos precisar de um lugar maior, independente disso.

Olhei pela janela para o jardim pequeno no fundo. Não poderia, em sã consciência, deixar Owen comprar uma propriedade quando eu não sabia como ele se sentiria se Robert acabasse sendo o pai.

— É linda. Mas você não quer esperar para... — Minhas palavras sumiram.

Owen encarou meus olhos.

— Falei para você que os resultados de paternidade não mudam nada para mim. É você que parece estar se contendo. Primeiro, pensei que sua hesitação fosse porque se recusava a acreditar em mim, mas não sei mais se é isso.

Meu coração acelerou.

— O que está dizendo?

— Se não consegue decidir ficar comigo, ainda deve ter sentimentos por *ele*.

O medo me apunhalou.

— Não é isso, Owen. Só não quero que você se empolgue.

— Te dei minha palavra de que você tem meu coração independente do resultado desse teste. Mas você não fez igual. Não me deu nenhuma garantia. Não sei mais o que posso fazer, mas talvez não haja nada. A bola está na sua quadra, Dev. Ou você me quer na sua vida ou não. — O rosto dele ficou vermelho. — Mas, se vai escolhê-lo, por favor, me avise logo.

CAPÍTULO 27

Devyn

— Srta. Marks, tem um instante?

Olhei para cima.

— Humm... claro.

Hannah saiu do escritório do conselheiro nomeado pelo juiz e foi até onde eu estava sentada na sala de espera. Me levantei e sussurrei para ela:

— Precisa me contar alguma coisa?

Minha irmã revirou os olhos.

— Não.

— Certo. Me espere aqui.

A dra. Friedman não deveria ser muito mais velha do que eu. Essa era a segunda vez que tínhamos vindo para a consulta de sábado de manhã da minha irmã, mas era a primeira vez que ela tinha pedido para falar comigo.

Ela fechou a porta do escritório quando entramos e estendeu uma mão para o sofá.

— Por favor, fique à vontade.

Me sentei, hesitante.

— Está tudo bem?

— Sim, sinto muito. Não quis te assustar. Está tudo certo. Hannah é uma menina maravilhosa.

— Ah. — Soltei uma respiração preocupada. — Graças a Deus.

Ela se sentou à minha frente com um sorriso carinhoso.

— Hannah me deu permissão para falar com você. Em geral, faço algumas sessões individuais e, então, começo a terapia em família. Quando um menor é removido da guarda de um pai ou mãe, usamos as sessões em grupo para abrir linhas de comunicação entre a criança e o pai ou mãe. Mas Hannah expressou que não quer que sua mãe participe das sessões de aconselhamento familiar.

Franzi o cenho.

— Ela está muito brava com ela.

A dra. Friedman assentiu.

— Hannah gostaria que você viesse, em vez disso.

— Isso é permitido?

— Não há regras determinadas para aconselhamento. Nosso objetivo é reconstruir a confiança com a pessoa que tem a guarda. Quando as crianças são removidas de uma guarda, geralmente têm sentimentos de abandono, até depois que os pais voltam. Nossas sessões são um canal para a criança reconhecer como se sente, validar que suas preocupações são verdadeiras e começar a trabalhar no que pode ser feito para reconstruir a confiança quebrada. Se não consertarmos laços danificados, problemas de abandono na infância podem desenvolver condições sérias de saúde mental mais tarde na vida. Estudos mostram que jovens que aprendem a temer o abandono sofrem mais com ansiedade, depressão e problemas de autoestima. Também pode afetar relacionamentos adultos, levando a medo ou rejeição persistentes com um parceiro. Não é incomum que adultos com problemas não resolvidos tenham dificuldade de se comprometer com relacionamentos.

— Entendi...

— Acho que terapia familiar vai ajudar Hannah. Felizmente, ela se abrirá para a mãe vir em algum momento, mas, por enquanto, ela fala principalmente sobre você.

Eu não sabia se isso era uma coisa boa ou ruim, mas imaginei que fazê-la falar era metade da batalha.

— Certo. O que eu puder fazer para ajudar.

— Ótimo. Obrigada. — Ela cruzou as mãos no colo. — Antes de todos nos reunirmos, seria útil que eu soubesse seu status.

— Meu status?

Ela assentiu.

— Parece que Hannah acha que você vai embora logo. Ela mencionou que você vai ter sua própria família para cuidar.

Fechei os olhos. Deus, como se essas crianças já não estivessem sobrecarregadas com Vera como mãe — agora que começaram a confiar em mim, e eu também estou sendo evasiva. Meus olhos lacrimejaram.

A dra. Friedman pegou a caixa de lenço ao seu lado e se inclinou para a frente.

— Obrigada. — Tirei dois e sequei os olhos. — Estou grávida. Me sinto péssima de não poder garantir à minha irmã e ao meu irmão que vou ficar por perto. Minha vida é na Califórnia, ou pelo menos era quando vim para Nova York para ficar com eles. Meu trabalho é lá, meu apartamento, meus amigos... Mas agora não sei o que estou fazendo. E tenho medo de talvez piorar as coisas com Heath e Hannah. Se eu os deixar, eles vão sentir que também não podem depender de mim.

— Parece que você está bem sobrecarregada.

— Estou, mas não quero que as coisas acontecendo na minha vida magoem meus irmãos.

Ela assentiu.

— Acho que algumas sessões para falar sobre como vocês estão se sentindo seria bom para você e sua irmã. Sinto que Hannah pode estar se distanciando de você, preparando-se para sua partida.

— Ela tem ficado mais distante ultimamente, mais silenciosa e guardando para si mesma. Pensei que fosse porque sua mãe está de volta.

— As crianças com problemas de abandono esperam que todo

mundo na vida delas desapareça. Então, com frequência, elas têm medo de amar.

Senti esse fala profundamente no meu peito.

— Vou fazer o que puder para ajudar Hannah.

A dra. Friedman sorriu.

— Ótimo. Por que não planeja se unir a nós na sessão da próxima semana, então?

— Certo.

Hannah ficou em silêncio a caminho de casa depois da terapeuta. Não sabia se deveria insistir depois de ela passar uma hora se abrindo para alguém. Assim que voltamos ao apartamento, ela foi direto para seu quarto e colocou música alta com a porta fechada. Vera estava assistindo à novela no sofá. Resolvi que era hora de ela e eu termos uma conversa sincera, então peguei o controle remoto e desliguei a TV.

— Eu estava assistindo.

— Tenho certeza de que não será difícil de acompanhar amanhã sem ver o final de hoje. Esses programas são sempre a mesma coisa.

— O que é tão importante?

Foi difícil não revirar os olhos.

— Seus filhos.

— O que tem eles?

— Você os está estragando.

— Estou fazendo o melhor que posso. Não é fácil ser mãe solo... coisa que você está prestes a descobrir, a menos que possa fisgar um desses homens e fazê-los ficarem por um tempo.

— Você não está fazendo o melhor que pode. Longe disso. Como ir embora com um cara que você mal conhece é o melhor para seus filhos?

— Falei para você que eu ia ficar de agora em diante. Pare de cutucar o passado.

— Sabe quantas vezes já ouvi você dizer que não ia a lugar nenhum e, então, ia embora de novo? Mais vezes do que posso contar. Então me perdoe se não acho suas promessas confiáveis. Agora está magoando Hannah e Heath. Eles precisam de segurança e estrutura na vida deles. Seus desaparecimentos vão deixá-los com medo de confiar em qualquer um quando crescerem.

— Que bom! Então estou fazendo um favor a eles. Qualquer homem em quem já confiei some em algum momento. Vai facilitar se eles aprenderem isso agora. Não precisam crescer pensando que o mundo é um mar de rosas.

Eu a encarei, e as palavras da dra. Friedman repassaram na minha cabeça. "Não é incomum que adultos com problemas não resolvidos tenham dificuldade de se comprometer com relacionamentos." Eu nunca tinha conhecido meus avós — toda vez que perguntava deles ou de qualquer outro membro da família de Vera, ela me dava bronca.

— O que aconteceu com você quando era criança? — perguntei.

— Do que está falando?

— Você e sua mãe eram próximas?

Ela bufou.

— O que você é, o dr. Phil agora?

— Só responda a pergunta.

— Minha mãe era ocupada. Ela limpava casas e trabalhava em um bar para colocar comida em nossa mesa.

— Por que não tem contato com ela?

— Por que deveria? Ela me falou para ir embora quando engravidei de você aos dezessete anos. Liguei para ela uma vez quando você nasceu, depois do seu pai inútil ir embora e me abandonar. Ela me falou que, se eu estivesse ligando para pedir dinheiro, que esquecesse o número dela.

Jesus. A história se repete. Imagino que Vera só estivesse dando o que tinha recebido na vida. Por mais que isso ajudasse a entender por que minha mãe era do jeito que era, me deixava mais determinada a *quebrar* o ciclo vicioso. Hannah e Heath precisavam de terapia, e acreditar que nem todo mundo era como a mãe deles. Eu não fazia ideia do que estava havendo na minha própria vida, mas jurei bem ali que me certificaria de não acabar como Vera.

Afinal, eu não era como ela... *era*?

Vera pegou o controle e ligou de volta a TV. Se eu tivesse pensado que havia alguma chance de conversar com ela, teria tentado mais. Mas ela precisava mais do que eu dar um sermão nela.

Suspirei e me levantei.

— Vou sair por um tempinho.

Ela não desviou os olhos da televisão.

— Que seja.

Heath estava trabalhando na pizzaria, porém parei no quarto de Hannah para avisá-la de que ia fazer umas tarefas. Sua resposta foi quase tão entusiasmada quanto a de sua mãe.

Do lado de fora, o sol estava brilhando, então resolvi dar uma caminhada. Esperava que o ar fresco e a mudança de cenário clareassem minha cabeça, mas não conseguia parar de pensar no que a terapeuta tinha falado sobre os efeitos a longo prazo do abandono. "Não é incomum que adultos com problemas não resolvidos tenham dificuldade de se comprometer com relacionamentos." Era fácil ver que Vera nunca conseguia se manter com alguém, mas será que eu também tinha problemas?

Sempre brincava que minha mãe tinha me estragado, porém nunca havia olhado para dentro com tanta profundidade. De quais relacionamentos sérios eu tinha feito parte? Havia ficado com alguns, mas a maioria dos homens com que eu tinha ficado não eram do tipo comprometido.

Certo?

Pensei de novo quando Robert e eu tínhamos começado a sair. Será que ele já tinha falado que não queria um relacionamento exclusivo? Sua carreira havia começado a decolar, e sempre presumi que ele quisesse ser livre para se divertir.

Pensando bem, era ele que não queria se comprometer ou... será que eu estivera com medo de um relacionamento?

Se eu não me deixasse envolver, não doeria tanto quando ele fosse embora...

Ai, Deus.

Será que eu já era Vera? Era eu que estivera fracassando no comprometimento esse tempo todo, embora colocasse a culpa nele?

O único outro homem com quem eu tivera um relacionamento adulto foi Owen. Mas havia muitos bons motivos para eu não ter me comprometido com ele, certo?

Não nos conhecíamos há muito tempo.

Eu poderia estar carregando o filho de outro homem.

Ele mora em Nova York, e eu moro na Califórnia.

Estou cuidando de dois adolescentes.

Minha vida é caótica.

Apesar de... ele ter me falado que me amava. Nenhuma dessas barreiras parecia impedi-lo de se comprometer.

Ai, Deus.

Eu sou Vera!

Tinha uma mala cheia de desculpas, pronta para puxar uma delas todas as vezes — motivos pelos quais as coisas nunca dariam certo. Por que eu simplesmente não *tentava*? Esqueça todos os obstáculos e veja o que acontece — dê uma chance para o amor. Porque eu tinha medo de começar a depender de alguém e, depois, a pessoa ir embora, exatamente como minha mãe fazia.

Andei e andei, perdida em pensamentos na maior parte de uma hora. Quando, enfim, parei e olhei em volta, percebi que estava no Gramercy Park, o bairro a que Owen tinha me levado no outro dia para olhar o sobrado. Após mais algumas quadras, me vi parada diante dele.

Será que eu conseguia me imaginar morando ali? Empurrando um carrinho naquele parque lindo decorado por árvores na esquina? Pegando flores do pequeno jardim nos fundos, cozinhando quando meus irmãos viessem depois da escola? Ou talvez eles morassem conosco.

Fechei os olhos e visualizei.

Tocando música de Natal enquanto montamos uma árvore na janela frontal.

Nossa bebê dormindo em seu berço enquanto Owen e eu bebemos uma taça de vinho no sofá. O braço dele envolvendo meu ombro, minha cabeça aninhada em seu peito enquanto falamos sobre nossos dias.

Vasinhos na janela cheios de petúnias na primavera e crisântemos no outono.

Uma foto da nossa criança grudada na geladeira de inox com um ímã da Carolina do Sul — um dos lugares em que paramos em nossa viagem do verão anterior. Me derretia de olhar para ela. Nossa menininha é só sorrisos, sentada nos ombros de Owen conforme caminhamos pela praia.

Eu dormindo nos braços de Owen toda noite.

Eu queria isso. Queria *mesmo, mesmo.*

E estava tão perto de conseguir, pendurado diante do meu nariz.

Ainda assim...

Estava aterrorizada de me esticar e pegar.

Quando, enfim, abri os olhos, vi uma senhora parada diante do sobrado no degrau de cima. Por sua expressão curiosa, parecia que ela poderia estar ali me observando há um tempo.

— Desculpe. — Pisquei de volta para a realidade e balancei a cabeça. — Eu, ãh, só estava admirando sua linda casa.

A mulher sorriu e apontou para a placa de imobiliária pendurada em um pilar.

— Está à venda, sabe.

— Vim vê-la outro dia. É adorável.

— Também é um bom lugar para as pessoas observarem. Venho aqui fora quase toda noite há quase quarenta e tantos anos. — Ela se sentou na escada e deu um tapinha no lugar ao seu lado. — Junte-se a mim, se não estiver com pressa.

— Claro. Por que não? — Me sentei ao lado da mulher.

— Meu nome é Francine Meyers, mas meus amigos me chamam de Fanny.

— Sou Devyn. É um prazer conhecê-la.

— Então, Devyn, é só você ou estava olhando a casa para um lugar para formar sua família?

— Vim com meu namorado.

Ela sorriu.

— Esperava que um bom casal comprasse esta casa. Eu e meu Arthur passamos muitos bons anos aqui. Tivemos muito amor e risada dentro destas paredes. Criei quatro filhos *e* um marido aqui.

Dei risada.

— Posso saber por que estão se mudando? Vão se aposentar em algum lugar mais quente ou algo assim?

Fanny assentiu.

— É grande demais para mim ultimamente, então vou para a Flórida para morar perto da minha irmã. Em um apartamento. Sem manutenção. Sou só eu agora. Meu Arthur faleceu no ano passado.

— Sinto muito pela sua perda.

— Obrigada. Tivemos quarenta e nove bons anos juntos.

— Uau. Quarenta e nove anos de casamento. É bastante tempo.

Ela sorriu.

— É. Ainda assim, a única coisa de que me arrependo sobre meu tempo com Arthur é não termos nos conhecido antes.

Cobri meu coração com a mão.

— Isso é tão fofo.

Fanny e eu ficamos em silêncio, observando uma mulher passar com duas menininhas. Provavelmente, tinham uns seis ou sete anos, ambas usando uniformes azul e cinza xadrez de escola católica com laços combinando no rabo de cavalo.

— Posso te perguntar uma coisa, Fanny?

— O que foi, querida?

— Sabia, no seu coração, que a senhora e Arthur ficariam casados por quase meio século quando se conheceram?

— Eu só tinha vinte e dois anos. Não sei se olhava tão à frente, mas a única coisa de que eu tinha certeza era que me arrependeria se não aproveitasse a oportunidade com aquele homem.

Sorri e olhei por cima do ombro para a casa mais uma vez. Pensar em perder a oportunidade de montar uma árvore ou não ter ímãs na geladeira fez meu coração se apertar.

— Obrigada, Fanny. Tenho que correr. Tem uma coisa que acabei de perceber que preciso fazer.

Ela deu uma piscadinha para mim.

— Vá atrás dele, menina.

Praticamente corri o caminho de volta todo até o apartamento. Não fazia ideia do que iria dizer ou fazer, mas estava cansada de deixar meus medos me controlarem. Mesmo que não desse certo, valia a pena arriscar por Owen. Eu queria tudo.

O bebê.

Os dois irmãos adolescentes.

Owen voltar para casa toda noite.

Talvez até um cachorro ou gato.

E dane-se — também queria o sobrado.

Ai, meu Deus. Definitivamente, tinha enlouquecido! *Nem sou uma pessoa que ama animais.*

Mas não me importava. Após minha epifania, a única coisa que importava era chegar até Owen.

No apartamento, o elevador não veio em três segundos, então subi de escada. Graças a Deus, ele só morava no segundo andar, porque estava totalmente sem fôlego quando subi correndo.

Owen abriu a porta, deu uma olhada no meu rosto vermelho e no fato de eu estar ofegante, e surtou.

— O que aconteceu? O que houve?

— Nada. — Me curvei e coloquei as mãos nos joelhos.

— Tem certeza? Por que está sem fôlego?

Ergui um dedo conforme arfei por ar. Quando consegui falar, me levantei.

— Desculpe.

— O que está havendo, Dev? Está me assustando.

— Bem, somos dois, então. Porque estou assustadíssima.

— O que não estou entendendo? Do que está com medo?

— De você, Owen! Estou com medo de você!

— Por que está com medo de mim?

— Porque o que acontece se você for embora?

A expressão de Owen se fechou.

— Pegou os resultados? Não sou o pai?

— Ai, meu Deus! Não! Os resultados ainda não chegaram.

— Então o que é? Por que eu abandonaria você?

— Não sei. Mas estou com medo...

O pobre Owen estava completamente perdido, mas, de repente, pareceu entender. Sua expressão suavizou, e ele se aproximou e segurou minha bochecha.

— Não vou a lugar nenhum, Dev.

— Que bom. Porque... porque eu te amo.

Ele arregalou os olhos.

— Ama?

Lágrimas se acumularam em meus olhos e assenti.

— E quero tudo com você. Até o cachorro idiota.

— Que cachorro idiota?

— Só fique quieto e me beije.

Ele deslizou um braço pela minha cintura e me puxou para ele.

— Sim, senhora.

Era como se a Terra girasse conforme nossas bocas colidiram. Todos os meus medos pareceram derreter.

Pelo menos até meu celular tocar...

CAPÍTULO 28

Owen

Uma ligação da médica de Devyn tinha interrompido nosso momento, e nós dois pensamos que os resultados estariam prontos. Mas a dra. Talbot só estava ligando para dar os resultados de outros exames de sangue de Devyn. Tinha demorado um pouco para baixar a adrenalina de pensar que estávamos prestes a ter a resposta à pergunta da paternidade.

E agora, dois dias depois, ainda estávamos aguardando. Eu permanecia nas nuvens depois de Devyn ter me dito que me amava, mas também estava nervoso. Agora estávamos no dia cinco do que era para ser o terceiro de cinco dias antes de pegarmos os resultados. A espera estava praticamente nos matando neste momento.

Hoje, Devyn havia acompanhado seus irmãos à piscina coberta no centro comunitário à tarde. Já que minhas exibições tinham finalizado no dia, eu estava ansioso esperando que ela voltasse. Resolvi visitar Holden em um dos apartamentos vazios em que sabia que ele estava consertando para novos inquilinos.

A porta estava aberta, então entrei. Holden estava debaixo da pia.

— Toc. Toc — me anunciei.

Ele deslizou para fora de debaixo do armário.

— Oi! Como está indo?

Estava grato por, pelo menos, um dos caras saber, para que eu pudesse desabafar.

— Ainda sem resultados. — Respirei fundo. — Praticamente uma pilha de nervos, mas não tão ruim quanto antes.

— O que mudou?

— Devyn falou que quer fazer isto dar certo independente dos resultados. Foi um passo enorme. Ela me disse que me amava, o que nunca tinha feito. Então isso tira um pouco da pressão quando se trata do teste de DNA.

— Legal. — Ele sorriu. — Fico feliz em saber disso.

— Robert pode tentar interferir se o bebê for dele, mas saber que ela tomou a decisão de ficar comigo *antes* de os resultados chegarem significa muito.

— É. Nem brinca. Você sempre ficaria se perguntando se fosse depois.

— Verdade. Eu nunca iria querer sentir que ela só estava escolhendo ficar comigo pelo bem do bebê.

— Total. Entendo. — Ele se levantou e deu um tapa no meu ombro. — Parece que você vai ter um filho, independente de qualquer coisa. — Holden ergueu a mão. — Bem-vindo ao clube dos sem-dormir, cara.

Eu o cumprimentei.

— Louco, não é? *Eu*, de todas as pessoas.

— Nunca pensei que veria esse dia. — Ele olhou para o teto. — Ryan tem feito uns jogos muito loucos lá em cima, nos enviando todos os bebês. — Holden voltou para o chão e deslizou para debaixo do armário. — Preciso continuar aqui, mas continue falando.

— O que tem de errado com a pia?

— O cano está com um vazamento — ele respondeu.

Alguns minutos depois, um monte de água espirrou por todo lugar.

— Porra! — ele gritou. — O cano quebrou.

Conforme Holden corria para fechar o registro, eu procurava uma panela para pegar um pouco da água. Acabei totalmente ensopado da cabeça à virilha até a água parar.

Holden voltou.

— Sou muito idiota por não fechar o registro antes de trabalhar com o cano.

— Bem, você não esperava que ele quebrasse.

Fiquei ali por mais alguns minutos, mas então pensei em deixá-lo trabalhar.

— Bom, só queria falar oi. Precisa de alguma coisa antes de eu ir?

— Não. Estou tranquilo. — Ele saiu de debaixo da pia por um instante. — Me mantenha atualizado, ok? Lala e eu estamos esperando com a respiração presa também.

— Pode deixar que vou.

Completamente ensopado, atravessei o corredor. Quando entrei no elevador, recebi uma mensagem.

Devyn: Cadê você? Estou na frente do seu apartamento.

Owen: Indo para aí agora. Estava conversando com Holden aqui em cima. Fique aí. Estou chegando.

No meu andar, eu a vi parada à minha porta. Ela correu na minha direção, enrolada em uma toalha com o cabelo ensopado. Nós nos olhamos como se tivéssemos fugido de um furacão.

— O que aconteceu, Devyn? Por que ainda está de toalha?

Será que aconteceu alguma coisa na piscina? Houve um acidente?

Ela estava ofegante.

— A médica ligou. — Os poucos segundos que ela demorou para recuperar o fôlego foram os mais longos da minha vida. — Corri para cá para te contar...

Meu coração estava batendo fora do peito.

— Certo?

— Que é seu, Owen. — A voz dela tremeu. — Você é o pai.

Uma nuvem de euforia me envolveu.

— Ai, meu Deus.

Lágrimas preencheram os olhos dela.

— Eu sei.

Minhas mãos tremiam.

— Ai, meu Deus.

— Temos muita sorte. — Uma lágrima escorreu por sua bochecha.

Repeti:

— Ai, meu Deus! — Minha voz ecoou no corredor conforme peguei Devyn no colo e a girei. Fechei os olhos. — Sinto que posso respirar pela primeira vez desde que você me contou que estava grávida.

— Eu também, Owen.

Eu a coloquei no chão e me ajoelhei, encostando a cabeça na barriga dela, que estava começando a aparecer.

— É o *meu* bebê dentro de você. Puta merda.

Ela enfiou os dedos no meu cabelo.

— Sim.

— *Meu* filho — murmurei.

— Isso! — ela gritou.

Pulei, erguendo-a de novo e apertando-a forte.

— O que aconteceu? Tivemos uma inundação?

Nos viramos e vimos Colby ali parado, segurando dois copos de café. Ele parecia compreensivelmente confuso.

Coloquei Devyn no chão.

— O que aconteceu é que... vou ter um filho, Colby. — Eu sorri.

— O quê? — Ele arregalou os olhos. — Primeiro de tudo, por que estão completamente molhados? — Ele balançou a cabeça. — Mas o quê?

— Quebrou o cano — respondi.

— Corri da piscina para contar a novidade — Devyn adicionou.

— Ok, segundo... o quê? — Ele deu risada. — Vocês vão ter um filho?

— Devyn e eu sabemos que ela está grávida há um tempo, mas... É uma longa história. Precisamos guardar segredo por um tempo, mas agora podemos gritar para o mundo.

A boca de Colby estava permanentemente aberta.

— Bom... parabéns! Alguém mais sabe?

— Holden — respondi com relutância.

Ele estreitou os olhos.

— Você contou para *Holden* antes de mim?

— Ele escutou Devyn e eu conversando um dia... ele e Lala, na verdade. Eles descobriram sem querer.

— Ele guardou segredo?

Dei de ombros.

— Milagres acontecem.

— Sua esposa também sabe — Devyn complementou.

— Sério? — Ele balançou a cabeça. — Caramba, ela não deixou escapar nada.

Devyn assentiu.

— Eu sei. Ela é uma boa amiga. Desculpe tê-la feito esconder isso de você.

— Brayden não sabe? — ele perguntou.

— Não. Será o último a descobrir.

— Ele não vai ficar feliz com isso. — Colby deu risada. — Vamos ao meu apartamento ligar para ele agora.

Nós três fomos juntos até a casa de Colby, e liguei para Brayden assim que chegamos lá.

— E aí? — ele respondeu.

— Estamos todos na casa de Colby. Desça aqui. Preciso contar uma coisa. Novidade. — Então desliguei.

Billie veio da cozinha para a sala, segurando o bebê Maverick. Ela pareceu surpresa ao ver Devyn e eu.

— Oi, gente. E aí? Estavam nadando?

— Você sabia sobre a gravidez, hein? — Colby disse, aproximando-se e dando um tapa na bunda dela.

Billie deu de ombros.

— Sabia.

— É meu, Billie — anunciei.

Ela arregalou os olhos.

— Aeeeeee! — Pulou de alegria. — Aí, sim!

Colby semicerrou os olhos e se virou para mim.

— De quem mais teria sido?

— De novo, longa história para outro dia.

Ele abriu a boca, mas então assentiu, optando por não insistir mais.

Brayden entrou no apartamento.

— Por que vocês dois estão molhados?

Envolvi o braço em Devyn e a puxei para perto.

— Vamos ter um filho.

— Me lembre de ficar fora da água, então. — Brayden deu risada, mas sua expressão ficou séria quando ele entendeu. — Espere, sério? Ela está grávida?

— Sim, cara.

Ele olhou entre nós.

— Há quanto tempo sabem disso?

— Total? Só nos últimos dez minutos — eu disse.

— É uma boa notícia? — ele perguntou.

— Sim. Estamos felizes. — Devyn sorriu.

— Muito felizes. — Beijei-a na testa. — O melhor acidente da vida.

— Parabéns, então. — Ele nos abraçou. — Com certeza vocês sabem como chocar alguém.

— É melhor você correr, Brayden. — Dei um tapinha nas costas dele. — Logo vai ser o único de nós sem filho.

Ele ergueu as mãos.

— Estou bem. Estou feliz em ser o homem estranho por *bastante* tempo.

Holden entrou pela porta aberta.

— Billie acabou de me mandar mensagem. Soube que é seu!

Brayden semicerrou os olhos.

— Do que está falando... seu?

— Não se preocupe com isso — Holden disse, me olhando de forma arrependida.

Então Lala entrou carregando Hope. Ela correu direto para Devyn.

— Estou tão feliz por vocês!

A filha de Colby, Saylor, saiu do quarto.

— Por que está todo mundo gritando?

— Devyn e Owen vão ter um filho — Colby contou a ela.

Saylor olhou para nós.

— Vocês são namorado e namorada?

— Somos. — Baguncei o cabelo dela.

— Não sabia disso. — Ela deu de ombros.

Devyn e eu nos olhamos e rimos.

Devyn se afastou de mim por um instante e levantou a voz acima da comoção da conversa de todo mundo.

— Só quero falar uma coisa, por favor.

— Shhh... — Holden acenou sua mão. — Deixe-a falar.

— Oi — ela começou estranhamente assim que teve a atenção de todo mundo. Ela mexeu os dedos. — Só queria dizer que, do instante em que vim para cá e conheci todos vocês, admirei a amizade unida que vocês têm... a família que formaram. Por causa do meu histórico, senti que não merecia esse tipo de conexão. Invejava vocês todos. Por muito tempo, por motivos que não vou entrar em detalhes agora, o status do meu futuro e de Owen juntos ficou no ar. — Ela se esticou para minha mão. — Estou muito feliz de poder, enfim, enxergar esse futuro. E estou ainda mais feliz que isso inclui todos vocês. Vocês só foram gentis comigo desde o primeiro dia. Espero que tenha espaço para mais um membro no seu grupo.

Coloquei a mão na barriga dela.

— Tecnicamente, mais dois membros.

— Verdade. — Ela deu risada.

Billie soprou um beijo para nós.

— Nós te amamos, Devyn.

— E *eu* só quero dizer que — Brayden interrompeu —, de quase todo instante que tentei roubar você de Owen, Devyn, ficou claro que você só tinha olhos para ele. Não poderia estar mais feliz pelo meu melhor amigo, finalmente, ter encontrado a mulher dos sonhos dele. Ele esperou bastante tempo por você.

— Obrigada, Brayden. — Ela sorriu, então estremeceu.

Precisávamos tirar as roupas molhadas.

Peguei a mão dela.

— Se nos derem licença, nós dois precisamos nos secar. Vamos comemorar mais depois.

Conforme saíamos, Brayden nos chamou:

— Agora vão me contar o nome do ator com quem ela estava saindo?

Mostrei o dedo do meio para ele — amavelmente — enquanto Devyn e eu seguíamos pelo corredor.

Tinha dado a Devyn uma das minhas camisetas para vestir depois de tomarmos um banho quente juntos. Ela havia me pedido para ficar lá quando ligasse para Robert para dar a ele a notícia, então nos sentamos lado o lado no meu sofá.

Ela esfregou a mão na coxa ao esperar que ele atendesse.

— Oi, Robert — ela finalmente disse, respirando fundo. — Pegamos os resultados. — Ela pausou. — O bebê é de Owen. — Ela expirou e lambeu os lábios.

Observei Devyn piscar e assentir enquanto ouvia o que quer que ele estivesse dizendo.

— Eu sei — ela falou. — Desculpe te contar pelo telefone assim, mas não havia opção. — Alguns segundos se passaram. — Ele e eu vamos criar o bebê juntos. Vamos *ficar* juntos. Eu o amo, Robert. — Ela se esticou para pegar minha mão. — Amo de verdade. — Ela se virou para mim. — Ele quer que eu o coloque no viva-voz para você poder ouvi-lo.

— Claro. — Inspirei devagar, me preparando para uma conversa desconfortável.

Ela colocou o celular entre nós.

— Oi, Owen — Robert disse.

— Oi.

— Parabéns.

— Obrigado. Agradeço de verdade. Sei que não tem sido fácil para você.

— Não, mas é assim mesmo. Respeito você por ficar ao lado dela todo esse tempo quando eu não pude. — Depois de um instante, continuou: — Nem sempre tratei Devyn da forma que ela merecia. Mas eu a amo mais do que qualquer coisa neste mundo. *Sempre* vou amá-la. Espero que saiba disso, Devyn. Queria ter sabido que nosso tempo juntos antes de você se mudar para Nova York seria nosso último. Teria aproveitado mais, curtido cada segundo. Pensei mesmo que poderia mudar por você, por este bebê. E não vou mentir, isto dói pra caramba. Mas preciso confiar que tudo tem um motivo. Fico feliz por você ter encontrado alguém que te ama, alguém que sei que vai ser um ótimo pai.

— Obrigado, Robert — eu disse. Quando olhei para Devyn, os olhos dela estavam cheios de lágrimas.

Entendia por que ela estava chorando. Ela tivera uma longa história com esse homem, mesmo que tivesse sido turbulenta. Ela se importava profundamente com ele. Eu admitia isso.

— Tenho que filmar uma cena triste hoje — Robert disse. — Duvido que terei algum problema em me entregar. — Ele deu risada, apesar de dar para ouvir a melancolia em sua voz.

— É... — ela sussurrou.

— Quero falar mais uma coisa, Devyn, antes de você desligar.

— Ok — ela disse.

— Você esteve ao meu lado desde o início. A única coisa que não vou aceitar é te perder como amiga. Espero que não tenha problema com isso, Owen. Porque não vou a lugar nenhum nesse assunto.

— Contanto que não encoste nela, estamos bem. — Dei uma piscadinha para ela. — Estou brincando... mais ou menos.

— E, se um dia a magoar, vou usar em você o treinamento de caratê que tive para aquele filme de artes marciais.

Dei risada.

— Combinado.

Depois que ele desligou, um sentimento incrível de paz me envolveu.

Esfreguei a perna dela.

— Não sei você, mas me sinto mais relaxado agora do que não me sentia há anos.

— Eu também. — Ela colocou a mão na minha. — Estou ficando excitada, na verdade.

Arqueei uma sobrancelha.

— Sério?

— Sim. O estresse atrapalha minha libido, mas, quando me sinto verdadeiramente livre... tudo que quero fazer é transar.

— Bom, me lembre de marcar para você uma sessão de massagem. — Me levantei e estendi a mão. — Venha, deixe-me cuidar disso.

Devyn me seguiu para dentro do quarto, porém esse era o último momento que liderei.

— Deite-se, Owen — ela exigiu, assumindo o comando da situação.

Fiz o que ela disse e, feliz, me sentei e a observei tirar minha camiseta de seu corpo e vir se sentar em cima de mim. Meu pau inchou.

Delicadamente, apertei o mamilo dela, seus seios mais macios do que nunca. Fiz um som gutural.

— Seu corpo está mudando a cada dia. E estou totalmente aqui para isso.

Ela esfregou os peitos juntos.

— Imaginei que pudesse gostar do jeito que eles estão.

— Sim, porra. Você continua ficando mais linda.

Ela se esticou para minha cueca boxer e pegou meu pau ereto antes de baixar a boca e me chupar. Seu tesão induzido pelo relaxamento deve ter sido contagioso, porque eu quase gozei com a sensação de sua boca quente envolvida no meu pau.

Joguei minha cabeça para trás.

— Podemos só congelar o tempo agora mesmo?

Devyn girou a língua pela cabeça, lambendo cada parte do pré-gozo que tinha se formado na ponta.

— O que fiz para merecer isto? — chiei.

— É o pai do meu bebê.

Eu sorri, tonto demais para formar uma resposta inteligente para isso. Enfiei os dedos no cabelo dela e aproveitei cada segundo.

— Isso é muito bom, mas quero gozar dentro de *você*, não da sua boca.

— Fique deitado de costas então. É minha vez de montar em você.

Isso, porra.

— Você *não* vai me ouvir reclamar disso.

Devyn tirou a calcinha e se abaixou no meu pau. Um prazer sem precedentes me percorreu quando ela mexeu sua boceta molhada e linda para cima e para baixo no meu pau.

Com as mãos nos quadris dela, eu a puxei para baixo em mim até estar enfiado até as bolas.

— Eu te amo tanto, Devyn — eu disse, olhando nos olhos dela.

— Também amo você — ela falou antes de revirar os olhos.

Após alguns minutos, os sons de prazer de Devyn correram por meu quarto — minha deixa para me liberar. Conforme a boceta dela se unia em volta de mim, gozei tão forte que minhas pernas tremeram debaixo dela.

Devyn mexeu os quadris até seu orgasmo acabar. Ela caiu em mim e encontrou minha boca faminta ao nos envolvermos em um beijo profundo.

Depois de nos acalmarmos, nos olhamos, nossos corpos nus enrolados nos lençóis.

Acariciei a lateral do rosto dela com as costas dos meus dedos.

— Nunca estive mais feliz do que neste momento.

— Eu também. Estou falando sério.

— Enfim contamos para todo mundo e tivemos a conversa com Robert, o que, obviamente, é uma grande carga retirada dos nossos ombros, mas, você sabe, essa não é a conversa mais importante do dia.

— Esquecemos alguém? — Ela arregalou os olhos. — Na verdade, tem razão. Ainda preciso contar à Mia e às crianças que você é o pai.

— Não foi isso que quis dizer. — Deslizei para baixo, baixando a cabeça para a barriga dela. — Ainda não conversei com o *meu filho*.

— Ah... — Ela sorriu.

— Ei, pequenininho. Posso, enfim, falar isso em voz alta. Sou eu, seu papai. E mal posso esperar para te conhecer. Não sei o que fazer quando se trata de ser pai, então espero que me dê um desconto. Mas juro aprender. E juro te amar e fazer tudo que posso para te manter em segurança. — Olhei nos olhos de Devyn. — Eu e sua mãe.

Ela olhou para sua barriga.

— Esta é a minha oportunidade de provar que não sou nada igual a Vera... ou à mãe dela.

Me estiquei para segurar suas bochechas.

— Você vai quebrar o ciclo, linda. E estarei lá a cada segundo para testemunhar isso.

CAPÍTULO 29

Owen

Um mês depois, encontrei Holden no Gramercy Park. Ele deu um assobio de admiração quando chegamos ao sobrado. Eu sorri, pensando em quantas coisas tinham mudado nos últimos um ou dois anos. Holden Catalano assobiava para corretores bonitos ultimamente, em vez de para mulheres.

— Caramba. — Ele balançou a cabeça. — Você tem dinheiro para um lugar deste neste bairro chique?

— Tenho metade. Pensei em financiar o resto com uma prestação administrável.

— Principalmente com duas rendas. Devyn deve ser louca.

— Queria conversar com você sobre isso. Não pode mencionar que viemos aqui hoje. Devyn não faz ideia de que estou esperando para fazer uma oferta pela casa. Quero que seja surpresa para ela.

Holden ergueu as sobrancelhas.

— Tem certeza de que é uma boa ideia? E se ela não gostar?

— Eu a trouxe para aqui no último mês, logo antes de ser posta à venda. Ela amou. Além do mais, é uma ótima propriedade para investimento. Se ela acabar não querendo morar aqui, posso alugá-la. O preço é bom, e esta área tem um valor legal de aluguel. Estive economizando por alguns anos com a intenção de comprar algum tipo de propriedade como renda passiva.

Eu sabia que o sobrado era um bom investimento financeiro porque conhecia o mercado imobiliário de Nova York. Mas Holden sabia sobre encanamento e aquecedor, então tinha pedido para ele vir ver a casa antes de eu fazer uma oferta a fim de verificar se havia algo gritante e errado. Planejava pedir para um engenheiro fazer uma inspeção de cima a baixo se minha oferta fosse aceita, mas estava prestes a zerar minha conta bancária e sentia que precisava de uma segunda opinião antes.

A proprietária não estava em casa naquela manhã, então o corretor tinha me dado o acesso para a *lock box*, pendurada na porta da frente, com todas as chaves dentro. Dei a Holden um tour rápido antes de fazermos uma análise minuciosa do sistema de aquecimento e encanamento. Ficamos lá por mais de uma hora e ele testou várias estruturas.

— Deveria te dizer que os canos têm chumbo e é perigoso, o sistema de aquecimento está nas últimas e as paredes são revestidas com amianto. — Holden tirou o pó das mãos ao se levantar do chão depois de olhar debaixo da pia. — Mas nada disso é verdade. Só vai ser uma droga não ter mais você no prédio.

— Eu sei. Me acostumei a ter vocês, palhaços, por perto. Mas Devyn realmente quer ter espaço para Hannah e Heath. No momento, ela ainda tem a guarda legal temporária. Vera precisa fazer umas aulas de maternidade e ir à terapia antes de o juiz sequer considerar devolver a guarda depois da merda que ela fez. E Dev quer garantir que as crianças saibam que sempre haverá espaço para elas conosco independente disso. Meu instinto diz que vão acabar morando com a gente no longo prazo.

— É um grande comprometimento, meu amigo. Um bebê, dois adolescentes e um financiamento enorme.

— É. Mas nunca estive mais feliz.

Holden sorriu.

— O sistema de aquecimento tem menos de cinco anos, os canos são todos de cobre resistente à corrosão e PVC, e não vejo nenhuma rachadura de estresse ou problemas estruturais.

Respirei aliviado.

— Valeu, cara. Agradeço por ter vindo comigo.

— Sem problema. Mas você sabe que não foi de graça. Vai ficar de babá no próximo fim de semana para que eu possa levar minha esposa gostosa para jantar.

Dei risada.

— Pode deixar.

Tranquei a casa quando saímos e, conforme Holden e eu descíamos os degraus da frente, uma mulher se aproximou. Eu não tinha conhecido a proprietária, mas havia falado com ela pelo telefone...

— A senhora é a sra. Meyers?

— Certamente.

Estendi a mão.

— Owen Dawson. Obrigado por me deixar ver a casa nesta manhã. Agradeço.

— Sem problema. Mas temo que tenha desperdiçado a viagem. Acabei de receber uma oferta há meia hora.

Minha expressão ficou triste.

— Sério?

Ela assentiu.

— Desculpe por ter vindo para nada.

O pânico me inundou. Tinha visualizado minha família morando ali — realmente sonhado com isso na outra noite. Havia imaginado Devyn e eu colocando papel de parede no quarto do bebê, empurrando um carrinho pelo parque da esquina e fazendo o jantar lado a lado na cozinha enquanto tocava música.

— Já aceitou a oferta? Vou fazer uma melhor se ainda não tiver assinado a papelada.

A mulher sorriu.

— Aceitei. A papelada não está assinada, mas esta casa significa muito para mim. Conheci a compradora, e estou feliz de a casa ficar com pessoas boas que querem formar a família aqui. Consegui um preço justo, então temo que o acordo esteja selado.

Abatido, não me incomodei em dizer para ela que também queria formar minha família ali. Forcei um sorriso.

— Ok, obrigado. Vou conversar com o corretor e fazer uma oferta de qualquer forma. Só no caso de alguma coisa falhar.

— Boa sorte na sua busca.

— Obrigado.

Me afastei com um sentimento de vazio. Holden colocou a mão no meu ombro.

— Sinto muito, cara. Dava para ver que você estava com bastante esperança.

Balancei a cabeça.

— Não acredito que alguém acabou de comprar a casa no meu lugar.

— Eu sei. É uma droga. É uma ótima casa. Mas, ao longo dos últimos anos, passei a acreditar que tudo acontece por uma razão, em seu próprio tempo. Há algo maior e melhor esperando vocês.

Ele quis me consolar, mas eu não *queria* algo maior e melhor. Estava com meu coração determinado a ter aquela casa. Parecia certo. Olhei para trás mais uma vez e senti uma pontada de perda no peito.

No resto da tarde, não consegui parar de sentir essa melancolia. Voltei para o escritório e vasculhei as listas de novas casas à venda para ver se aparecia algo interessante. Mas tudo estava fora da minha faixa de preço, era em um bairro horroroso ou era pequeno demais para o que Dev e eu precisávamos. Estava me martirizando por demorar muito para fazer uma oferta. Se tivesse feito uma hora antes, essa casa poderia ter sido minha. A única hora que meu humor melhorou foi quando Devyn ligou.

— Oi, amor — atendi.

— Acho que acabei de sentir o bebê mexer!

— Puta merda. Sério?

— Sim. Estava sentada no sofá depois de uma reunião de trabalho de duas horas, comendo Oreos. Comi dois e queria abrir o leite e comer o resto do pacote. Mas minha calça já está apertada, então parei. Me levantei para colocar o biscoito no armário, para me livrar da tentação e, no minuto em que fechei a porta do armário, senti um chute.

— Puta merda.

— Pois é! Esta bebê me chutou porque queria Oreos, e eu não ia lhe dar mais.

Eu sorri.

— Percebeu que acabou de falar *ela*?

— Falei?

— Sim.

— Bem, acho que estou pegando sua mania. Por que está convencido de que é uma menina?

— Não sei. Mas estou mais convencido do que nunca agora, já que ela quer algo doce.

— Ownn... é porque a mãe dela é muito doce?

— Isso, e talvez porque vi a mãe dela enfiar metade de uma torta de limão na boca ontem à noite.

— Cuidado, amigão, ou vou falar para minha menininha te chutar.

Meu sorriso se alargou.

— Mal posso esperar.

— Vamos sair para jantar, certo?

Quase tinha me esquecido de que fizera uma reserva em um lugarzinho romântico. Eu tinha esperado surpreendê-la com a novidade sobre uma oferta aceita da casa.

— Sim. Sete e meia.

— Certo! Mas acha que pode parar a caminho de casa para pegar uma coisa para mim?

— Claro. Do que precisa?

— Mais Oreos. A bebê me fez terminar o pacote inteiro, afinal.

Dei risada.

— Pode deixar. Até daqui a pouco.

Ainda estava chateado por perder a casa, mas meu humor havia melhorado. Mal podia esperar para chegar em casa e sentir aqueles chutinhos.

Devyn estava esperando no meu apartamento quando cheguei uma hora depois. Não tínhamos, oficialmente, começado a morar juntos, mas eu tinha lhe dado uma chave para que ela pudesse trabalhar em paz durante o dia, e ela passava a maioria das noites lá desde que Vera voltara. Entrar e vê-la melhorava bastante até os piores dias.

Deixei a caixa que estava nos braços no balcão da cozinha e a puxei para um beijo.

— Você está linda.

— Esqueceu os Oreos?

— Caramba, alguém está ansiosa. Está com desejo?

Ela balançou a cabeça.

— Não, mas não senti mais a bebê mexer, então estava torcendo para que, se comesse um, ela pudesse chutar para você.

Gesticulei para a caixa.

— Está aqui dentro.

Devyn arregalou os olhos ao abrir a parte de cima.

— Esta *caixa inteira* é de Oreos? Quantos você comprou?

Dei de ombros.

— O quanto eles tinham na prateleira no minimercado do fim do quarteirão. Acho que havia treze pacotes.

— Treze pacotes? Ficou louco?

Eu sorri.

— Quero *muito* sentir a bebê mexer.

Devyn riu e pegou minha mão.

— Vamos. Vamos sentar e ver o que acontece.

Nos sentamos no sofá por meia hora, mas a bebê não se mexeu. Apesar de termos comido meia dúzia de biscoitos. Desse jeito, nós *dois* ficaríamos com a barriga grande.

— É melhor nós irmos — eu disse. — O restaurante é no centro.

Eu tinha escolhido um lugar em Gramercy para que pudesse passar pela casa com ela após o jantar e dar a notícia. Agora era só uma viagem de Uber inconveniente de meia hora até o centro no trânsito. Mas que seja. Eu estaria sentado ao lado da minha garota. Nada mais era tão importante.

No restaurante, dividimos dois pratos — fettuccini carbonara e frango recheado com caprese balsâmico. Nenhum de nós tinha espaço para mais sequer uma garfada, mas, quando vimos o cheesecake de Oreo no cardápio, tivemos que provar.

Devyn se recostou na cadeira com as mãos na barriga.

— Não consigo mais comer nada.

— Bom, vai ter que comer mais uma colherada. Aí vou falar para nossa pequenininha que ela não pode mais comer. Com sorte, ela vai te chutar.

Dev acariciou a barriga.

— Estou começando a me perguntar se o que senti foram gases, não a bebê chutando.

— Ah, ótimo — zombei. — Agora que você me diz? *Depois* de eu ter enchido uma moça grávida com comida. Vou usar um cobertor diferente esta noite para não ficar preso debaixo dele com você, sua fedorenta.

Devyn jogou seu guardanapo em mim com uma risada.

— Idiota.

Alguns minutos depois, a garçonete trouxe um pedaço gigante de cheesecake de Oreo. Estivera brincando quando pedira isso, mas realmente queria sentir a bebê mexer. Então coloquei um monte na colher e estendi para Devyn.

— Abra.

Ela abriu bastante a boca, e recuei com a colher.

— Espere um pouco. É só isso que precisa para você abrir assim? Acho que vou guardar a sobremesa e usá-la em casa mais tarde...

Devyn semicerrou os olhos.

— Me dê isso agora.

— Ah, enfim...

Infelizmente, a bebê não se importava se Devyn só comesse um pedaço do cheesecake de Oreo. Ela não se mexeu nadinha. Saímos cheios do restaurante, mas felizes, mesmo assim. Do lado de fora, peguei meu celular para chamar um Uber.

Mas Devyn se esticou e me fez parar.

— Vamos dar uma caminhada. Preciso queimar um pouco desse jantar, e este bairro é tão bonito.

— Certo. — Assenti na direção oposta do sobrado. — O parque é na esquina.

— Na verdade, poderíamos andar para lá? — Ela apontou. — As casas são tão bonitas.

Eu ainda estava amargurado por perder a propriedade, porém não havia muito que não faria para fazer Devyn feliz. Então dei de ombros.

— Claro. Lógico.

Descemos a East 19 lado a lado, conversando sobre fazer uma viagem para a Califórnia agora que as crianças estavam de férias da escola para o verão. Devyn precisava fazer umas reuniões, e queria pegar umas coisas de seu apartamento. Ainda não tínhamos pensado em como as coisas seriam a longo prazo, com ela tendo que ir e voltar a trabalho.

— Estava pensando — ela disse. — Sou amiga de uma mulher que é dona de uma agência de elenco concorrente. O nome dela é Suzie. Ela se casou no ano passado, e sei que quer ter uma família um dia. Talvez eu entre em contato com ela e veja se pode estar interessada em unir forças. Ela mora em L.A., então, provavelmente, poderia cuidar de muitas das coisas pessoalmente, e eu poderia assumir mais das reuniões pelo Zoom e o trabalho administrativo. Acho que não diminuiria totalmente a necessidade de eu viajar para a Costa Oeste, mas ajudaria. Além disso, poderíamos cobrir uma à outra quando tivermos filhos e tal.

— Parece ótimo, se não tiver problema para você. Mas, se tiver, posso ajustar minha agenda para poder cuidar da bebê quando você estiver lá. Farei o que for preciso. Você está cedendo muita coisa para tornar Nova York sua residência principal.

Falando nisso, a casa que eu esperava poder chamar de nossa estava a apenas duas casas dali. Me perguntei se Devyn iria perceber.

Ela balançou a cabeça.

— Acho que vou entrar em contato. Suzie pode não se interessar, mas gostaria de morar aqui e, para fazer isso, preciso saber que meu negócio está sob controle. Além disso, preciso de um lugar para morar. Não há espaço para mim com Vera de volta.

— Pode ficar comigo.

— Na verdade... — Devyn parou. — Estava torcendo para *você* ficar *comigo.*

— Onde?

Ela apontou para o sobrado.

— Aqui. Amei esta casa quando você me trouxe para vê-la. Mas estava com muito medo de me comprometer na época.

Merda. Detestava contar a ela que era tarde demais. Fechei os olhos.

— Sinto muito, amor. Já está vendida.

Devyn sorriu.

— Eu sei. Eu que comprei.

Meus olhos se arregalaram.

— Você o quê?

Ela mordeu o lábio em um sorriso.

— Comprei para nós.

— Do que está falando? Quando?

— Hoje. Fiz uma oferta, e Fanny aceitou.

— Fanny?

— Francine Meyers. A senhora que é dona. Ela é muito fofa.

Olhei para o sobrado e de volta para Devyn.

— Está falando sério?

Ela assentiu.

— Quando descobri que estava grávida, em vez de fugir ou esperar até sabermos quem era o pai, você se comprometeu comigo. Tem se comprometido comigo desde o dia em que nos conhecemos. Era hora de eu te mostrar que também estou nessa para o longo prazo. Minha casa é onde você está, Owen.

— Devyn. — Balancei a cabeça, sem acreditar. — Vim a esta casa *hoje*... com Holden. Pedi a ele para olhar a estrutura porque estava planejando fazer uma oferta. Queria te fazer surpresa. Mas, quando estávamos saindo, a proprietária nos disse que tinha acabado de vendê-la... para pessoas boas que queriam formar a família aqui.

— Uau.

— Não acredito nisso. Estive deprimido o dia todo porque pensei que outra pessoa a tivesse comprado.

— Não. É toda nossa. Bem, nossa e do banco. Só tenho metade do dinheiro à vista.

— Jesus Cristo, Dev. Eu também ia dar metade! Acho que, juntos, podemos comprá-la à vista. Nossas duas metades somam uma.

O queixo de Devyn caiu conforme ela mexeu na barriga.

— Ai, meu Deus. A bebê mexeu. Owen, rápido. Me dê sua mão.

Me estiquei para segurar a barriga de Devyn. Após alguns segundos, senti um movimento diferente. Não era muito como um chute, mas mais como uma bolinha rolando da esquerda para a direita. Arregalei os olhos.

— Puta merda! Estou sentindo.

— Acho que ela ficou brava de novo.

— Por causa dos Oreos?

— Não, porque você falou que duas metades somam uma. Nossas duas metades somam três!

EPÍLOGO

Seis meses depois

Owen

— Viu isso? — Devyn perguntou.

Tínhamos acabado de sair do prédio depois de uma visita rápida a Colby e Billie. Devyn, Heath, Hannah e eu estávamos amontoados no meu carro, e eu tinha visto Brayden enquanto estávamos parados no último semáforo. Ele não estava sozinho.

— Com certeza — respondi conforme o trânsito começou a andar de novo. — *Ele*, obviamente, não viu *a gente*.

Brayden tinha uma mulher presa na parede de um prédio no fim da quadra. Estavam se beijando, alheios ao mundo à sua volta. Eu tinha dado uma rápida olhada para ela quando ele recuou. Parecia um pouco mais velha do que ele, apesar de eu não ter muita certeza. Talvez fosse minha imaginação, com base no comentário que ele fizera uma vez sobre mulheres da sua idade não serem maduras o suficiente.

— Ele não falou nada sobre estar saindo com alguém — eu disse.

— Mas, com ele, isso não é surpresa.

— Deveríamos ter buzinado. — Devyn deu risada.

— Duvido que ele teria percebido. Ele parecia bem envolvido nela.

— Eu os peguei se beijando com a câmera — Heath falou do banco de trás.

— Não poste nada on-line! — Devyn o repreendeu.

— Não vou. Mas posso usar como vantagem da próxima vez que precisar de dinheiro. Brayden é bom para isso, certo?

— Que pena que não era Holden — Hannah interviu. — Não teria me importado de *vê-lo* beijando assim!

Devyn deu risada e revirou os olhos.

— Você é uma causa perdida, irmã.

A vida tem sido boa nestes últimos meses. Devyn e eu tínhamos ficado ocupados decorando nosso novo lar e preparando-o para a bebê, apesar de termos optado por não descobrir o sexo. De alguma forma, nós dois sabíamos que teríamos uma menina.

Nosso relacionamento com os irmãos dela tinha ficado mais forte, apesar de eles não estarem morando conosco. Depois de terminar suas aulas obrigatórias e meses de terapia familiar, Vera tinha podido reaver a guarda de Heath e Hannah, mas Devyn e eu nunca os deixávamos fora de vista por muito tempo. Metade do tempo, eles estavam na nossa casa.

As coisas estavam tranquilas, em geral. Talvez um pouco tranquilas *demais*. E, se eu pensava que ver Brayden nos amassos contra uma parede do lado de fora do prédio tinha sido a coisa mais interessante que aconteceu no dia, estava redondamente enganado.

Estava ficando escuro do lado de fora. Era para nós quatro irmos direto para um jantar na casa de um dos meus colegas de trabalho em Connecticut naquela noite. Mas, em vinte minutos de viagem na estrada, pegamos um engarrafamento.

No meio dele, Devyn se virou para mim.

— Xiiiii.

Arregalei os olhos.

— O que foi?

Ela olhou para baixo.

— Acho que minha bolsa acabou de estourar.

— Tem certeza de que não fez um pouco de xixi? Você falou que isso tem acontecido ultimamente.

— Ecaaa... — Heath grunhiu do banco de trás.

— Tenho certeza de que não é isso — Devyn disse, segurando a barriga. — É diferente. É muito mais.

Devyn tinha passado da data prevista de parto, já marcada para ser induzida em uns dois dias.

Isto não é bom.

— Precisamos voltar para a cidade e ir direto para o hospital — ela disse, urgente.

Uma onda de adrenalina me percorreu.

— O trânsito não está andando nada. — Comecei a suar conforme permanecíamos presos em um mar de carros.

Alguns minutos depois, Devyn apoiou a cabeça no encosto do assento. Sua respiração se tornou mais difícil.

Segurei sua mão.

— O que está havendo?

— Isto não parece certo. — Ela arfou.

Meu coração acelerou.

— Como assim?

— Estou sentindo muita pressão. Veio de repente.

— Que *tipo* de pressão?

— Como se tivesse que empurrar.

Hannah arfou enquanto Heath disse:

— Ah, droga!

Me estiquei para pegar meu celular.

— Vou ligar para a ambulância.

A funcionária atendeu.

— Nove-um-um, qual é a sua...

— Minha noiva está em trabalho de parto! Estamos presos no trânsito na noventa e cinco norte logo após a saída para Darien. Preciso que envie ajuda imediatamente.

A mulher pegou a informação e me garantiu que uma ambulância estaria a caminho. Ela se ofereceu para ficar na linha no caso de precisarmos dela, então mantive o celular no viva-voz.

— Estou com medo. — Devyn respirou.

Por mais que eu estivesse me cagando, *precisava* ficar calmo por ela.

— Não se preocupe, amor. Vamos tirar você daqui.

— Ela vai ter o bebê no carro? — Hannah perguntou.

— Ai! — Devyn gritou como se respondesse.

— O que está acontecendo? Me diga como está se sentindo agora — perguntei, começando a entrar em pânico, apesar da minha promessa.

— Acho que não temos muito tempo — ela respondeu entre as respirações.

Pense, Owen. Pense!

— Certo. Vamos fazer o seguinte. Tem mais espaço no banco de trás. — Tirei meu cinto. — Devyn, vamos colocar você lá atrás. Heath, saia. Você pega o volante. Se o trânsito começar a andar, dirija para a próxima saída.

Devyn e eu fomos para trás, trocando de lugar com Heath e Hannah.

Heath abriu um sorriso tolo.

— Não acredito que está me deixando dirigir!

— É, bom, momentos desesperados pedem atitudes desesperadas... e às vezes ilegais. — Suspirei. — Infelizmente, você se provou no dia em que pegou meu carro para uma volta sem eu saber e voltou ileso.

— Ai. Ai! — Devyn gemeu. — Está piorando!

— Onde eles estão? — gritei, esfregando a perna dela. Olhei para trás de mim, sem conseguir ver nada além de fileiras e fileiras de faróis de carro.

Me obrigando a fingir tranquilidade de novo, tentei confortá-la.

— Nós vamos conseguir, Devyn. Vai ficar tudo bem, amor. Eu juro. — *Onde está a ambulância?*

— Não vou conseguir esperar até eles chegarem! — ela gritou.

Ai, meu Deus.

— Senhor, precisa da minha ajuda? — a atendente perguntou.

Tinha quase me esquecido de que ela ainda estava na linha.

— Preciso que traga a ambulância aqui! — gritei. — É disso que preciso!

— Não sei o que está causando o atraso, senhor. Mas vamos preparar o senhor no caso de precisar fazer o parto.

Eu?

Antes de poder processar a declaração dela, a atendente indagou:

— De quanto tempo ela está?

— Ela está a termo, passou da data prevista, marcado para ser induzido esta semana — gritei para o celular.

— Certo.

— Está saindo! — Devyn declarou. — Posso sentir!

Ah, não.

Ela e eu tiramos sua calça e a calcinha conforme comecei a suar sem parar.

— Socorro! — gritei. — Está saindo!

— Vocês têm roupas extras que poderiam colocar em volta dela? — a mulher perguntou.

Imediatamente, tirei minha jaqueta e me virei para Heath e Hannah.

— Me deem seus casacos.

— Ah, cara. Acabei de comprar esta jaqueta — Heath murmurou.

— Depressa! — exigi.

Depois de me entregarem seus casacos, coloquei um debaixo de Devyn.

— Vai precisar de algo para embalar o bebê também.

— Não consigo fazer isto — murmurei.

— Consegue, sim. Só respire e faça o que eu disser.

Respirei fundo e demoradamente e soltei devagar.

Quando Devyn gritou de dor de novo, senti em cada fibra do meu ser. Não houve mais "não consigo fazer isto" depois disso. Eu *tinha* que fazer.

Nossa bebê estava vindo, independente se eu estivesse pronto ou não.

Alguns segundos depois, quando olhei entre as pernas dela, eu vi.

— Ai, meu Deus. Tem alguma coisa ali. Acho que é a cabeça da bebê! Estou vendo cabelo!

— Ok. Certifique-se de haver uma toalha perto de você, e coloque a mão debaixo da cabeça para impedir que saia rápido demais.

Devyn soltou o grito mais alto que eu já tinha ouvido quando me estiquei para baixo e guiei *nossa bebê* para fora dela. Então veio o choro — o som mais lindo.

A bebê estava em meus braços, se mexendo. O tempo pareceu parar para o momento mais surreal da minha vida. Meu queixo caiu conforme eu congelei, em completa admiração, encarando os olhos da minha filha. Então saí desse torpor tempo suficiente para embalar a bebê no meu casaco e colocá-la no peito de Devyn.

Ouvi o som de sirenes ao longe. A ambulância, finalmente, estava vindo através do pesadelo do trânsito.

Eu estivera em tanto choque que não havia confirmado se realmente tínhamos uma menininha. Ou era um menino?

Devyn, enfim, olhou para cima da bebê em seu peito e sussurrou:

— É um menino.

O quê?

— Um menino? — Uma lágrima caiu dos meus olhos. *Eu tenho um filho.*

Estava um silêncio extremo no banco da frente. Acho que as crianças estavam tão chocadas quanto eu.

Os paramédicos, enfim, apareceram em volta do nosso carro e abriram espaço para nós estacionarmos. Eles ajudaram com a saída da placenta — que eu não fazia ideia que saía. (Provavelmente, era bom que eu não tivesse ideia, ou talvez tivesse desmaiado, afinal.) Então levaram Devyn e o bebê para a ambulância. Como Heath não podia dirigir legalmente, não pude ir com Devyn para o hospital. Deixá-los irem à frente enquanto eu descobria o jeito mais rápido de alcançá-los foi sofrido. Parecia que minha vida toda estava naquela ambulância enquanto a vi se afastar rapidamente.

No dia seguinte, Devyn e eu estávamos sozinhos no seu quarto de hospital em Connecticut enquanto ela segurava nosso filho. Mia tinha acabado de ir embora, então estávamos esperando as próximas visitas.

Acariciei seu cabelo caramelo-castanho delicado com as costas do meu dedo.

— Não acredito como eu estava enganado.

— Sobre ter uma menina?

— Sobre tudo. — Balancei a cabeça. — Pensei que ser pai não seria natural para mim, mas, no segundo em que o segurei nos braços, pareceu certo. Quase me esqueci de dá-lo para você quando ele saiu. Sei que só faz um dia, mas sinto que o conheço desde sempre. Tipo, não consigo imaginar uma época em que ele não estivesse aqui. Como se eu tivesse nascido para ser pai dele.

Ela sorriu para mim, seus olhos brilhando.

— Sabe, provavelmente, seria bom pensarmos em um nome.

— Quer dizer que não podemos chamá-lo de Bebê Dawson para sempre?

Tínhamos tanta certeza de que nosso bebê seria menina que não havíamos pensado em nomes de menino.

— E Devin? — sugeri. — Escrito D-E-V-I-N. Mas pronunciado como Devyn.

Devyn assentiu ao olhar para nosso filho.

— Devin Dawson. Soa bem. — Ela o ergueu e deu um beijo suave em sua testa. — Seria uma honra compartilhar o nome com ele.

— Então combinado. — Hesitei por um instante. — Eu gostaria que o nome do meio dele fosse Ryan, se não tiver problema. É meio que uma tradição que os caras já começaram.

Nem um dia se passava em que não sentisse a alma de Ryan, e tinha parecido mais forte desde que meu filho nasceu.

— Claro — Devyn disse. — Eu esperava por isso. Independente se fosse menino ou menina, eu tinha certeza de que honraríamos Ryan de alguma forma.

— Obrigado.

Alguém bateu à porta.

— Entre! — eu disse.

Holden e Lala entraram no quarto, seguidos de Billie e Colby.

— Cadê os bebês? — perguntei. Parecia que ninguém tinha levado o filho.

— A mãe de Colby está cuidando de todos para que possamos conhecer nosso novo sobrinho em paz — Billie contou.

Eles nos rodearam e tiveram sua vez, um por um, de conhecer o bebê Devin.

— Ele é tão precioso! — Lala sussurrou.

— Você é O cara — Holden falou ao dar um tapa nas minhas costas.

— Fazer o parto do seu próprio filho? Pensei que eu fosse o mais habilidoso do grupo. Mas essa merda é um nível bem diferente de talento. Você levou o prêmio, cara.

— Ryan certamente está orquestrando alguma loucura lá de cima. — Dei risada. — Mas você ficaria surpreso com o que pode fazer quando não tem escolha.

— Estou tão empolgada por nós criarmos nossos filhos juntos — Billie disse.

— É melhor Brayden se apressar — Colby adicionou. — É o único que falta.

— Falando em Brayden, tenho uma história interessante para vocês...

Os olhos de Holden se iluminaram.

— Qual?

Mas não parecia a hora certa...

— Conto depois — prometi.

— Cadê Heath e Hannah? — Billie perguntou.

— Owen os levou para casa ontem à noite, mas Vera vai pegar o carro de seu amigo emprestado e deixá-los aqui daqui a pouco — Devyn respondeu.

— Ela não vem conhecer o neto? — Lala perguntou.

Devyn olhou para mim, depois explicou:

— Falei para ela que preferiria que ela conhecesse o bebê depois de sairmos do hospital.

Estava orgulhoso de Devyn por impor limites e priorizar sua saúde mental. Vera sempre conseguia chateá-la, e precisávamos aproveitar isto em paz, sem nenhuma distração indesejada.

Depois dos nossos amigos irem embora, Devyn e eu tivemos uma janela de alguns minutos antes de seus irmãos chegarem.

— Tenho uma surpresa para você — eu disse.

— Ah, é? — Ela sorriu.

Peguei um saco que trouxera depois de ter ido à nossa casa para pegar umas coisas de Devyn mais cedo. Dentro, havia uma caixa que estivera no gelo.

— Comprei para você uma torta ao voltar esta tarde.

— Hum! — Ela sorriu. — Definitivamente, vou querer um pedaço.

— Não poderia marcar o nascimento do nosso filho sem a sobremesa preferida da mãe dele.

A última caixa de torta de limão que eu dera para Devyn tinha uma caixa de anel escondida dentro. Eu a havia pedido em casamento uma noite quando ela estava com seis meses de gestação. Pode não ter sido o pedido mais elaborado, mas foi muito *nós* — meio bagunçado, mas ainda perfeito, no fim. Mal podíamos esperar para planejar nosso casamento assim que as coisas se acalmassem.

Devyn pegou um garfo de plástico de mim e se esticou para sua mesinha de cabeceira para pegar a torta, tendo cuidado para não deixar cair em nosso bebê dormindo.

Após uma garfada, ela olhou para mim e falou:

— Sou só eu ou essa está especialmente boa?

— Tudo é melhor quando se está feliz — eu disse a ela com a boca cheia.

— Estou mesmo... mais feliz do que já estive em toda a minha vida, Owen. E surpreendentemente calma com tudo. Não duvido mais de mim mesma como mãe.

— Amo ouvir isso. — Eu sorri. — Mas o que mudou?

Ela lambeu o chantilly do canto da boca.

— Você acredita em mim. E isso me ajudou a acreditar em mim mesma.

Me curvei para beijar seus lábios antes de me inclinar e dar outro beijo na bochecha do meu filho.

A porta se abriu, e Heath e Hannah entraram.

— Oi, gente. — Eu sorri.

— Como está meu sobrinho bebê? — Heath perguntou.

Devyn olhou para o bebê.

— Ele está dormindo, na verdade. — Ela se virou para Hannah. — Por que seu rosto está todo vermelho?

Heath deu risada.

— Encontramos Holden quando entramos.

— Ah... — Dei risada.

Após alguns instantes, Heath anunciou:

— Então... Tenho a sensação de que vocês vão ficar bravos com uma coisa.

Devyn se virou para ele.

— O que Vera fez agora?

— Nada. Mamãe está sendo boa. Ainda louca. Mas não desse jeito.

Arqueei uma sobrancelha.

— Então o que houve?

Heath se encolheu.

— Um vídeo meu viralizou hoje.

— Por que isso é ruim? — perguntei.

Ele hesitou.

— Porque é meio que... um vídeo de Devyn dando à luz no carro.

Devyn arregalou os olhos.

— O quê?

— Não se preocupe — Heath disse. — Embacei toda a parte nojenta. Não dá para ver nada.

— Por que fez isso, Heath? — eu o repreendi.

— Embaçar? Porque é nojento.

— Não foi o que quis dizer. — Ergui a voz. — Por que filmou tudo?

Ele deu de ombros.

— Imaginei que fossem querer documentar.

— Claro, mas não para metade do mundo! — Passei a mão no cabelo e comecei a andar de um lado a outro.

— Me dê o celular. — Devyn estendeu a mão. — Deixe-me ver.

Fui até o outro lado da cama para olhar também.

Ele tinha razão. Não dava para ver nada além do rosto de Devyn e da minha nuca. *Graças a Deus.*

— Aumente o volume — eu disse. Ele aumentou, mas ainda não deu para ouvir nada porque Heath tinha adicionado uma música: *Push it*, de Salt-N-Pepa.

Todos nós assistimos ao vídeo muitas vezes.

Na última vez, meus olhos foram para os números no lado direito da tela.

— Cinco milhões de visualizações?

— Isso é loucura! — Devyn deu risada, parecendo ter se acalmado.

Então percebi uma coisa. Entre as centenas de comentários, um chamou minha atenção. Apontei para chamar a atenção de Devyn.

— Olhe esse comentário bem ali. — Um arrepio percorreu minha espinha.

Claro que eu sabia que não era *realmente* ele.

Era um cara com o logo do Philadelphia Eagles como foto de perfil. Os Eagles eram o time preferido de Ryan. Mas foi o *nome* do perfil que realmente se destacou.

RyanFãdosEagles: Isso mesmo, cara. Estou orgulhoso de você.

AGRADECIMENTOS

Obrigado a todos os maravilhosos blogueiros, bookstagrammers e BookTokers que ajudaram a empolgar todo mundo para *The Rules of Dating My One-Night Stand.* Seu entusiasmo nos faz continuar, e nós somos gratas por todo o apoio.

As nossas rochas: Julie, Luna e Cheri. Obrigada por seu apoio incansável ao nosso trabalho e por sempre estarem ao nosso lado para iluminar nosso dia.

A Jessica. Obrigada por fazer Owen e Devyn brilharem!

A Elaine. Uma editora, preparadora e formatadora incrível. Você faz muito por nós, e somos gratas por também chamá-la de querida amiga!

A Julia. Obrigada por sua atenção incrível aos detalhes. Seus olhos de águia deixam nossos manuscritos extremamente limpos.

A nossa agente, Kimberly Brower. Obrigada por ajudar a colocar nossos livros nas mãos de leitores internacionais. Estamos ansiosas para ver onde Owen e Devyn vão pousar pelo mundo!

A Kylie e Jo, da Give Me Books Promotions. Agradecemos todos vocês por promoverem nossos livros e criarem empolgação!

A Sommer. Obrigada por dar vida a Owen na capa!

A Brooke. Obrigada por tudo que faz por nós nos bastidores!

Por último, mas não menos importante, aos nossos leitores. Simplesmente, sem vocês, não haveríamos nós. Obrigada por sempre estarem presentes. Amamos vocês e somos gratas!

Com muito amor,

Penelope e Vi

LEIA TAMBÉM

Charme
AS REGRAS
para
NAMORAR
AUTORAS BESTSELLERS DO NEW YORK TIMES
PENELOPE WARD
VI KEELAND

Charme
AS REGRAS
para
NAMORAR
A irmã do meu melhor amigo
AUTORAS BESTSELLERS DO NEW YORK TIMES
VI KEELAND
PENELOPE WARD

Charme
BILHETES
DE ÓDIO
Autoras Bestseller do New York Times
VI KEELAND
PENELOPE WARD

Charme
Escrevendo
o para Sempre
Autoras Bestsellers do New York Times
VI KEELAND
PENELOPE WARD

Editora Charme
CARTAS INDECENTES
Autoras Bestseller do New York Times
VI KEELAND
PENELOPE WARD

Editora Charme
MINHA LEMBRANÇA FAVORITA
Autoras Bestsellers do New York Times
PENELOPE WARD
VI KEELAND